KB231137

내 마음의
칸타타

내 마음의 칸타타

초판 1쇄 인쇄 2013년 09월 06일
초판 1쇄 발행 2013년 09월 13일

지은이   박 상 현
펴낸이   손 형 국
펴낸곳   (주)북랩
출판등록   2004. 12. 1(제2012-000051호)
주소   153-786 서울시 금천구 가산디지털 1로 168,
우림라이온스밸리 B동 B113, 114호
홈페이지   www.book.co.kr
전화번호   (02)2026-5777
팩스   (02)2026-5747

ISBN   979-11-5585-032-9 03810

이 도서의 국립중앙도서관 출판시도서목록(CIP)은 서지정보유통지원시스템 홈페이지(http://seoji.nl.go.kr)와
국가자료공동목록시스템(http://www.nl.go.kr/kolisnet)에서 이용하실 수 있습니다.
(CIP제어번호 : 2013016941)

내 마음의 칸타타

박상현 소설

book Lab

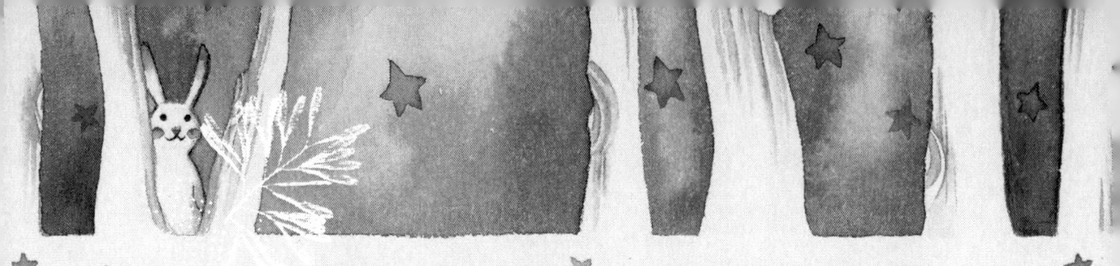

차례

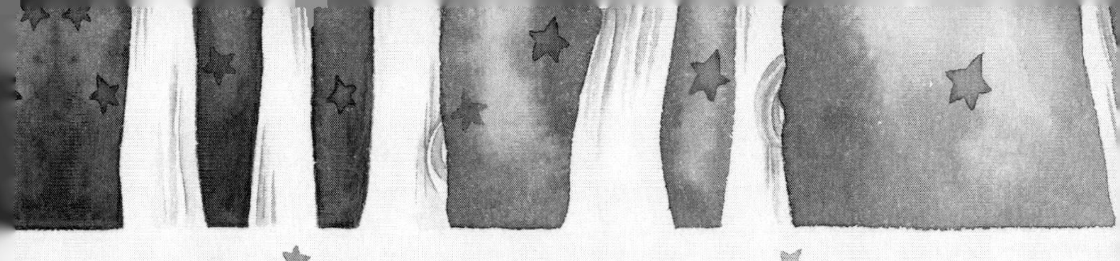

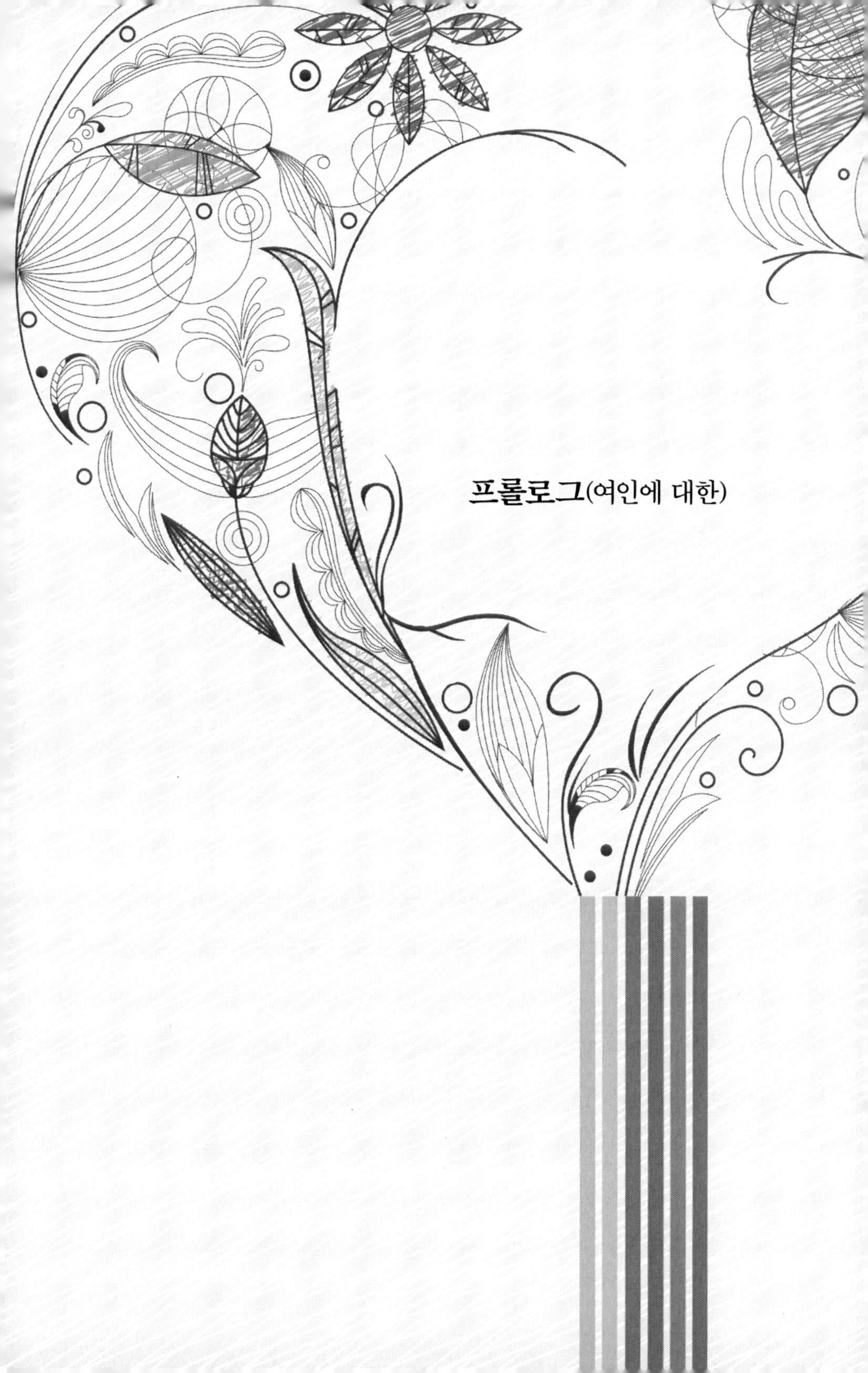
프롤로그(여인에 대한)

● ● ●

　　나는 근본적으론 현실주의자(現實主義者)이며 합리주의자(合理主義者)이다. 예컨대 삶을 살아가는 방식이라든지 인간관계를 유지해 나가는 데 기본적인 사고(思考)방식들 대부분이 그러하다. 때문에 언제, 어디서나 현재의 상황을 충실히 따르며 살아 왔었고 항상 현실의 삶에 최선을 다하며 살기 위해 노력해 왔었다. 그러나 나의 그러한 노력에도 불구하고 의지대로 되지 않는 것이 하나 있었다. 바로 여자에 대한 사고(思考)와 자세였다. 여자에게만은 지나칠 정도로 온정주의자(溫情主義者)였고, 맹목적인 애정주의자(愛情主義者)였다고 말하는 것이 가장 솔직한 표현이 아닌가 싶다. 물론 나 자신이 여자라는 존재를 좋아하는 건 사실이다. 한때는 육체적 탐닉주의자(耽溺主義者)이자 동경주의자(憧憬主義者)이기도 했었다. 관계를 맺었던 여인들과는 정신적 감정까지도 교감(交感)하고자 했던 정신적 합일주의자(合一主義者)였다. 직장생활을 할 때엔 신입(新入) 여사원이 입사(入社)를 한 후 어려움을 토로(吐露) 할 때면 언제나 그녀들의 자상하고 충실한 안내자였고 그녀들의 멋진 상사(上司)가 되어 있었다. 그녀들에게 상사로부터 어렵고 힘든 과제가 주어지던지 업무적으로 어려운 도움이 필요할 때면 여리고 가녀린 신입 여사원들은 그녀들의 보호본능을 살짝 어필(appeal)하며 남자인 나의 콧잔등에 그녀들만의 향긋한 여인네의 향미(香味)를 가득 풍기곤 했다. 개중엔 나에게 먼저 프러포즈(propose)를 했던 여인도 있었고 나를 노골적으로 유혹하려 했던 여인도 있었다. 나의 거짓 없고 솔직한 행동과 마음 씀씀이에 끌리어 나를 좋아했던 여인도 있었고 또 때로는 나를 단지 자기의 이익과 쾌락만을 추구하기 위한 하나의 방편으로만 여기고 나에게 접근한 여인도 있었다. 어쨌든 이러한 여인들 모두 나의 뇌세포들을 자극해 주고 유쾌하게 만들어 준 촉매제이기도 했다.

나는 유년기(幼年期) 시절부터 나의 여자 친구들에게 뭔가 특별한 그 무엇을 느껴 오며 살아 왔음이 분명한 듯하다. 항상 여자 친구에게 관심이 많았었고 그녀들과 함께 소꿉놀이도 하고 뛰어 놀기도 하는 등 나의 일상의 대부분은 그녀들과 함께였었다. 초등학교를 입학하기 훨씬 어릴 때부터 나에게는 몇 명의 여자 친구가 있었다. 그녀들과 조개껍질과 돌조각 등을 가지고 까끔살이를 하기도 하고 아빠 엄마 놀이를 하기도 했었다. 그때의 어린 시절의 나의 여자 친구들은 지금은 어느덧 중년(中年)이 되어 어느 남자의 아내가 되어 있을 것이고 어느 아이들의 엄마가 되어 있을 것이며 또 그녀들 중에서 이른 나이에 결혼을 했던 여인이라면 어느 어린 아이들의 할머니가 되어 있을지도 모른다. 하여튼 가끔씩은 그녀들이 지난날의 과거의 기억 저편에서 회상되어지며 나를 유쾌하게 해준다.

초등학교 때의 나는 공부도 잘했었고 키도 훤칠하게 커서 여자 아이들의 로망(roman)의 대상의 영역에서 크게 비켜나진 않은 듯

하다. 물론 나만의 착각일 수 있지만은. 그 당시를 돌이켜 회상해 보면 그런 가능성이 전혀 없었다고는 할 수 없다. 그건 어떤 느낌 또는 직감(直感)으로도 충분히 알 수 있는 일이기 때문이기도 하다. 하지만 그땐 왠지 숫기가 없어 나 자신이 여자아이들에게 선뜻 나서거나 당당히 고백하거나 했던 기억은 나지 않는다. 숙맥(菽麥)이었지만 자신이 인기가 있다는 건 알고 있었다. 처음으로 직접 투표로 실시됐던 4학년 때의 반장 선거 때 나는 60여 명의 과반이 넘는 40여 명의 지지를 얻었었는데 그 중 70% 이상의 지지가 여자아이들에게서 비롯되었었다. 하지만 불행하게도 담임선생님이 갑작스런 병환으로 장기간의 입원을 하시게 되었고 후임으로 오신 선생님에겐 반장 선거에 대한 어떠한 사실도 감히 말을 하지 못해 유야무야(有耶無耶) 되어 버렸다. 어떤 이유인지는 몰라도 새로 오신 선생님도 그에 대한 어떠한 언급도 없었다. 하여 담임선생님에게 감히 그 이유를 물어 볼 수도 없었던 나에게는 너무도 유감스러운 과거의 일이 되어 버렸다.

　나는 초등학교 때 여러 명의 여자아이들에게 호감을 가지고 있었다. 하지만 누구에게도 고백하지를 못했고 혼자만의 짝사랑으로 끝나버리곤 했다. 처음으로 여자아이에게서 프러포즈를 받았던 그날을 잊을 수 없다. 전학(轉學)을 간 학교의 옆 반 여자아이였던 난주(蘭舟)라는 여자아이가 나를 기억(군내 백일장 대회에서의 조우)한다며 사귀자고 했었지만 그때 역시도 나는 숙맥인 남자아이일 뿐이었다.

중학교 때는 정말 이성에 관심이 많았던 시기였다. 사춘기를 겪은 시기이니 만큼 나의 눈에 들어오는 여학생들도 많았고 친구들을 통해 나와 사귀고 싶다는 여학생들의 고백도 수없이 전해 듣곤 했다. 심지어는 집에까지 찾아오는 여학생들도 많았다. 하지만 당당하지 못했고 남자답게 고백하지 못했다. 언제나 모범생인 척, 언제나 유식한 척 나를 포장하기에 급급했었다. 중학교를 졸업할 즈음 명숙(明淑)이라는 같은 또래의 여중생에게서 생일 파티에 초대를 받아 참석은 했지만 어찌할 바를 몰라 이내 금방 핑계를 대며 그 자리를 떠나 그녀의 호의를 무안하게 만들어 버렸음이라.

고등학교 때의 나는 요즘 속된 말로 킹카 중의 킹카였지만 그 킹카의 자리마저도 나의 가면 속에서 철저히 포장되어졌고 가공하기에만 급급했다. 180cm의 훤칠한 키에 뿔테 안경을 쓰던 범생(凡生)이의 범주에서만 맴돌고 있었음이 지금 생각해 보면 너무 한심하고 안타깝기만 하다.

내가 본격적으로 여자들의 육체를 탐닉하고 그리워하게 되었던 시기는 군대 생활 중의 휴가 때부터였다. 첫 경험 때의 그 짜릿함이란 남자라면 누구나 겪어 보게 되는 무릉도원(武陵桃源)이 따로 없는 천상(天上)에의 황홀경(恍惚境) 그 자체일 것이다. 여체(女體)의 향긋한 내음이며 황홀한 비경(秘境)은 나의 눈을 즐겁게 해 주었고 나의 코를 마비시키기에 충분했다. 그녀들의 소리는 아름다운 노래가 되어 귓가에 들려오곤 했다.

하지만 지금 생각해 보면 그때의 나는 오로지 여인네의 향내와 비경에 중독된 채 하룻밤 육체를 찾아 비틀거리며 헤매는 불나방 인생, 그 이상 그 이하도 아닌 에로스(eros)적 본능주의자(本能主義者)였다.

여인에의 탐미주의(耽美主義)가 극치를 이루었던 시기를 굳이 말하라고 한다면 내가 직장 생활을 하기 시작한 그 무렵이지 않았나 싶다.

경자(景紫)라는 여인은 3년 동안의 사내(社內) 동료 관계에서 연인으로 진척되려 했던 문턱에서 더 이상 나아가지 못하고 끝나 버렸던 너무도 아쉽기만 한 여자였었다. 나의 조급함과 경솔함에 부담을 느낀 그녀에게 '좀 더 시간과 여유를 가진 후에 다시 교제를 시작해 보자'는 그럴 듯한 빌미만을 주게 되었고, 결국은 그렇고 그런 무미건조한 아무런 관계도 아닌 사이가 되어 버렸었다. 시간이 지나 생각해 보면 제일 아쉽고 아까운 여자라는 생각이 가장 많이 드는 여자다.

연희(燕熙)라는 여인은 아마도 나를 유혹하려고 무척 공을 들인 듯 느껴졌다. 때로는 노골적이며 때로는 계획적으로 나에게 여인의 향내를 풍기려 했던 여인이었다. 가끔씩은 짧은 치마 사이로 그녀의 팬티가 보이는 경우가 있었고 입고 나온 치마의 지퍼가 올려 있지 않아 노팬티 사이로 그녀의 거뭇한 그곳이 보이곤 하여 나를 순간 당황하게도 했다. 그러나 나는 유감스럽게도 그녀를 직접적으로 범한 사실이 없었고, 그녀는 항상 나 혼자만의 이불 속 잠자리에서의 맛있는 안주거리의 그 역할만을 충실하게 대신해 주었던 마스터베이션의 대상, 바로 그거였었다.

하지만 연희라는 여인을 범하지 않았던 또 다른 이유를 굳이 말하라고 한다면 바로 그 여인, 어느 날 갑자기 나타나 나의 심장을 멎게 했고 나의 이성을 마비시켜 나를 자신의 포로로 만들었던 여인 채은경(蔡恩慶), 바로 그 여인 때문이리라.

그녀와의 운명적인 만남으로 인해 나의 운명 또한 정말 뜻하지 않게 모든 것이 송두리째 뒤바뀌어지는 결과를 가져왔음이라.

그러한 연유 등으로 인해 한때 나의 여인이었던 그녀에 대한 이야기부터 먼저 써 나갈 계획이다. 한 남자의 한 여인에 대한 솔직하고 진실했었던 사랑의 행위에 대해 말하고 싶다. 지난날들의 아쉬움, 그리움, 그리고 고통의 시간들을 그저 넋두리이고 푸념이라고 비웃을지도 모르겠지만 우리들이 행하고 생각했었던 일들 모두를 지금이라도 만나 솔직히 고백하고 싶고 확인도 해 보고 싶다. 진실에 대해 말하고 싶고 진실에 대해 알고 싶다. 그녀에 대한 질곡(桎梏)진 인연의 끈을 이번 기회를 계기로 끊어 내고 싶고 그녀로부터 자유로워지고 싶다.

한편 결혼까지 약속했었던 여인, 경화(京華) 씨에게 한 남자의 잘못된 행동으로 인해 마음의 고통을 안겨 준 거에 대해 뒤늦게나마 사죄의 글을 올리는 바이다. 당신은 지금은 한 가정의 주부로서, 한 남자의 아내로서, 아이들의 엄마로서 살아가고 있을 것이라 짐작이 든다. 이 못난 남자와의 일들은 다시는 생각하기도 싫은 과거의 일일 것이다. 하지만 그때 당신에 대한 나의 마음은 진실이었다고. 과거의 틀에서 완전히 벗어나지 못하고 허우적거린 나의 어리석음이 당신의 가슴에 상처만을 안겨줬음이 안타깝고 미안했다고. 당신의 모친께서 얼마나 이 남자를 믿고 인정해 주셨는데, 인간의 도리를 다 하지 못함이 그저 죄스러울 뿐이라고 백 번, 천 번 사죄드리고 싶은 마음이다. 마치 당신을 은경이란 여자로부터의 해방구로 여긴 거 같아 당신에게 너무 미안하고 죄송하기만 하다. 무릎을 꿇고 진심으로 사죄의 마음을 전하는 바이다.

그리고 또 한 여자, 그녀 민희(珉熙)에게도 나의 마음을 전하고 싶다. 불행 중 다행으로 유방암의 고통을 극복하고 열심히 살고 있는 그녀에게도 미안하고도 고마움의 마음을 전한다. 이제 다시는 지난날의 오해와 불신으로 인한 못난 행동 같은 전철을 밟지 말고 행복하고 아름답게 살아가는 여자가 되기를 진심으로 바라는 마음이다.

우린 서로를 이해하려 하지 않았고, 서로를 배려하려고도 하지 않았습니다. 그때의 일들이 가슴 아프고 후회스럽기만 합니다. 그러나 이제 당신은 새로운 모습으로 변화되어 살아가고 있는 여인이 되었습니다. 나의 새로운 마지막 여인으로 돌아왔습니다. 나 역시 당신의 새로운 마지막 남자로 변화되어 돌아왔습니다. 당신은 아름다운 여자입니다. 당신은 사랑받을 자격이 충분한 나의 영원한 꽃입니다.

　마지막으로 상상의 나래 속에서나마 이 못난 남자를 만나 믿어 주고 또한 따스하게 위로하고 격려해 주었던 여자, 나의 전부이며 나의 심장처럼 뜨거웠던 여인, 세상에 단 하나밖에 없는 유일한 존재인 사랑하는 여인, 민수진(敏粹眞)! 그저 미안하면서도 고맙다는 말을 진심으로 전하고 싶다.

　당신을 사랑합니다. 진실로 영원히! 하늘나라에서 편히 잠들기를.

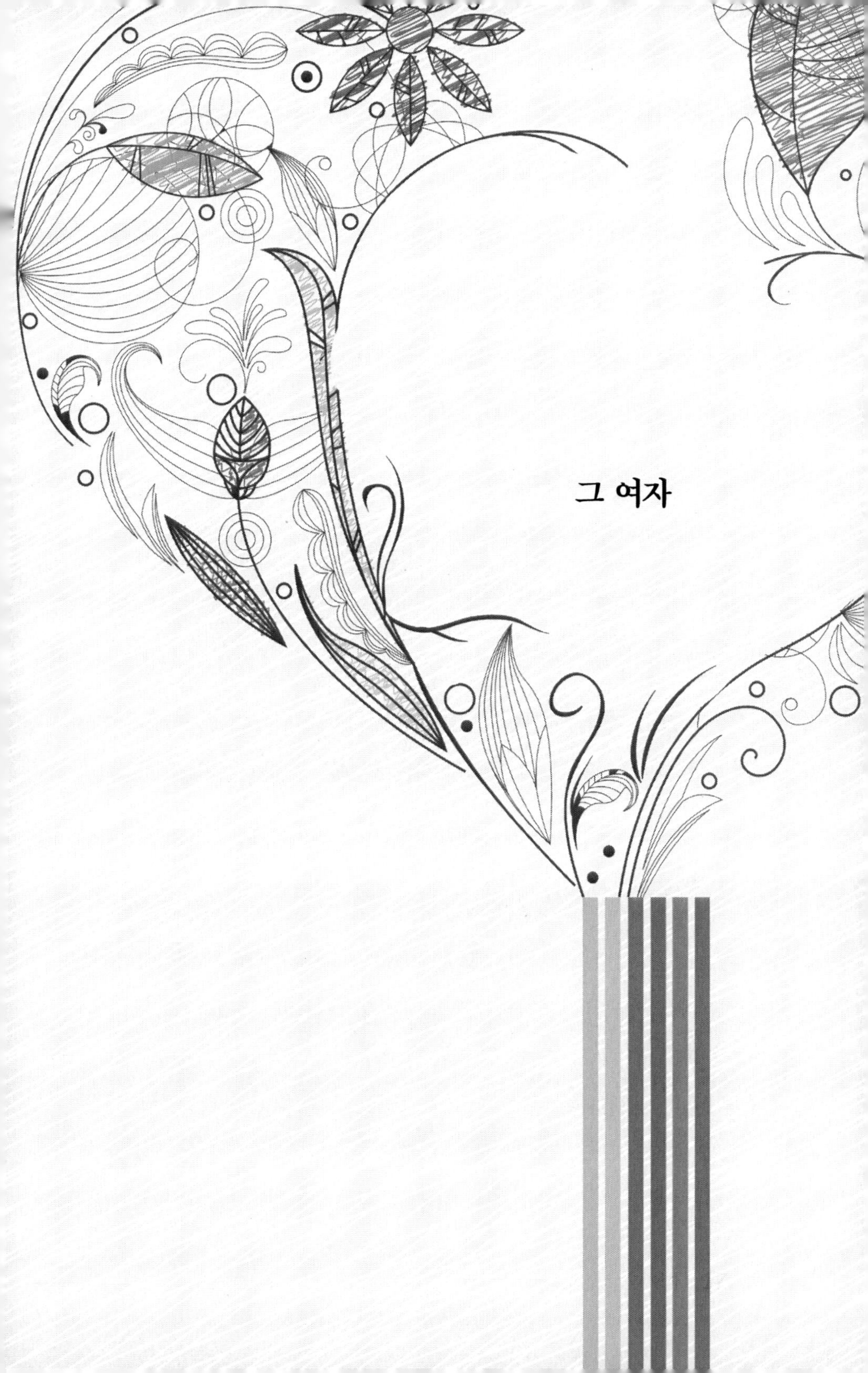
그 여자

1996년 어느 봄날에

　　1996년 어느 봄날의 해질녘이 가까워진 듯 석양(夕陽)의 노을빛이 수줍은 새색시의 그것처럼 붉은 홍조(紅潮)를 머금고 있는, 무언가 좋은 일이 일어날 것만 같은, 마치 이국(異國)적이고 정열적인 판타지의 세계에 온 듯 황홀한 저녁노을이 드리워진 풍경이다.

　　상현은 그때 그날도 다른 여느 날과 마찬가지로 잠깐의 시간이라도 허비하고 싶지 않은 마음에 어린이 회원들과의 방문 약속이 없는 중간 중간 비어 있는 시간을 쪼개어 아이들(비회원)을 만나본다. 승용차의 트렁크 안에서 각종 인쇄물과 학습 참고 교재들을 챙겨 아파트 단지 앞의 한 모퉁이에 휴대용 책상을 펼친 후 파라솔을 펴고 의자에 앉아 꼬마 손님들을 부지런히 맞이한다. 그때의 방식이란 게 대부분 일대일(1:1) 직접 대면(對面) 방법을 사용했었고, 그보다도 효과적이고 회원 유치에 탁월한 방법은 없었다.

　　그리고 예쁘고 귀여운 어린 꼬마 여자아이와의 만남! 그 남자의 운명이었고 그 남자의 모든 것을 바꾸게 만들어 버린 그 아이!

　　그리고 영원토록 그의 전부이고 전부일 것만 같았던 그 여자!

　　영원토록 자신만의 하나뿐인 존재라고만 생각했었던 그 여자!

그의 모든 것이었던 그 여자!

채·은·경(蔡·恩·慶)!

"따르르릉, 따르르릉……!"

전화기 버튼을 누른 후 한참 동안을 기다리는 그 남자. 집안에 아무도 없는지 전화기의 벨소리만 계속해서 울린다. 상현은 이내 항상 그랬듯이 다른 아이들의 집에 전화를 걸기 위해 수화기를 내려놓으려 한다. 상현이 퇴근을 하면 으레 당연히 하는 일이었다. 일과(日課) 중에나 낮 동안 확보한 소스(source; 아이들의 인적사항)를 대상으로 컨텍(contact; 전화 통화)하여 유용한 회원으로 만들어 관리하는 것이 그의 주된 일이며 직업이었다.

"여보세요."

순간 수화기 너머로 여자의 목소리가 나지막하게 그러나 또렷하게 그의 귀가에 들려온다.

하지만 수화기를 타고 들려오는 목소리는 여자의 목소리가 아니었다. 천상(天上)에서나 들을 수 있는 맑고 청아(淸雅)한 천사의 달콤한 속삭임, 바로 그것이었다.

"안녕하세요. '꿈나무 영어'의 교육을 담당하고 있는 박상현(朴尙賢)입니다. 유승혜(柳陞蕙) 어린이 집 아닌가요?"

예의를 갖춰 자신을 소개한다.

“네. 맞는데요. 그런데 무슨 일이세요?”

여느 아이들의 부모들처럼 부드럽고 상냥한 음성으로 그녀도 그렇게 전화를 받는다.

“승혜 어린이가 영어에 관심이 많아 이번 기회에 조금이나마 도움이 되었으면 하는 마음으로 실례를 무릅쓰고 전화 드렸습니다. 너그러이 이해 바랍니다.”

상현도 여느 때와 전혀 다를 게 없이 지극히 업무적인 말투와 내용으로 전화를 한다.

“그런데 승혜를 어떻게 알고 전화하시는 거예요?”

그녀 역시 여느 학부모들처럼 그게 궁금한가 보다.

“네. 학교 앞이나 아파트 단지 내에서 종종 회원 확보를 위해 아이들을 만나곤 합니다. 승혜 어린이가 영어에 관심을 많이 갖더군요. 실례가 됐다면 진심으로 사과드리겠습니다.”

정중히 예의를 갖추어 사과의 말을 전해 본다.

“아니에요. 괜찮습니다.”

그녀가 괜찮다는 아량을 베푼다.

“……”

“선생님, 4학년이면 늦은 편에 속하죠? 제가 시간이 없다 보니까 아이의 영어 교육에 신경을 통 못썼네요. 요즘은 거의 대부분이 일찍 시작하는 걸로 알고 있는데…… 선생님, 지금 시작해도 뒤처지지는 않을까요?”

하나뿐인 딸에 대한 자신의 무관심에 가슴이 뜨끔했는지 진지

하게 물어 보는 그녀다. 은경은 요즈음 거의 1년 이상을 딸 승혜에게 제대로 신경을 쓰지 못했다. 가까스로 들어간 회사에서의 일이라는 게 부지런히 전화를 해서 아이들의 학습교재나 영어 CD, 음악 CD 등을 1개라도 더 판매하는 것이 그의 업무인지라 집에 오면 온 몸이 파김치가 되다시피 했다. 더욱이 전주(全州)에 내려와서 거의 1년 가까이를 거의 멍한 상태로 지내다 보니 가지고 있던 돈도 거의 다 써버렸고 아이를 방치하다시피 한 꼴이 되어버렸다. 그런데 한 남자로부터의 전화에 이제야 정신이 번쩍 뜨이는 것 같다.

"그럼요. 지금부터라도 열심히 하면 늦은 것은 아닙니다. 아이들의 관심과 부모님의 정성만 있으면 충분히 실력을 쌓을 수 있습니다."

어느 학부모에게나 그랬듯이 모범적인 답안의 내용으로 해법을 제시한다.

"근데, 선생님 연세가 어떻게 되세요? 음성으로 듣기에는 젊으신 것 같은데……. 제 말이 맞죠?"

그런데, 그녀가 너무도 태연하고도 당돌하게, 갑작스럽게 나이를 물어온다. 머리가 '땅' 해진다. 상현이 잠시 머뭇거린다. 대화의 방향이 이상하게 흐르는 것 같다. 하지만 정신을 가다듬고서 이내 대답을 한다.

'뭐 어때? 나이만 묻는 건데. 궁금해 할 수도 있겠지.'

몇 초간의 짧은 침묵이 흐른 뒤 상현이 입을 뗀다.

“네. 32살입니다.”

정말 순수한 마음의 발로에 기인해 대답을 한다.

그때 상현의 마음은 정말로 아무런 감정도 개입하지 않은 그냥 순수하고 솔직함 그 자체 일 뿐이라고 생각을 해본다.

“저는 채은경이라고 해요. 그리고 보니 저하고 나이가 비슷하네요. 제가 일찍 결혼을 하는 바람에 승혜가 벌써 열 살이 됐네요. 참, 선생님은 결혼하셨어요?”

그녀 혼자 말하고 그녀 혼자 대답을 한다. 묻지도 않은 말들을 그녀는 스스럼없이 묻고 대답을 한다.

그때 그녀는 이미 작정을 했었는지도 모른다. 아니 분명 그러했으리라. 사랑이라고 하는 그럴 듯한 이름의 가면을 쓰고 그에게 접근하려 함은 아니었을까.

“아직 결혼은 안했습니다.”

상현도 무엇에 홀린 듯 태연하게 대답을 한다.

“선생님, 우리 친구 하기로 해요.”

뜬금없이 그녀가 제의를 한다.

“……”

그런데 ‘친구’라니? 상현에게서 아무런 대답이 없다. 이런 상황에서 무턱대고 ‘예’라고 대답할 사람이 어디 있을까.

“괜찮죠? 괜찮으신 거죠?”

그녀가 다시 묻는다.

“네, 저도 뭐……”

이 상황에서 달리 할 말도 생각나지 않는다. 상현이 잠시 머뭇
하다가 그러겠노라고 대답을 하고 만다. 갑자기 선남선녀(善男善女)
들의 미팅과도 같은 묘한 분위기가 되어버렸다. 하지만 짜릿하면
서도 운명적인 그들의 만남을 어찌 거역 할 수가 있을까!

"선생님, 지금 저희 집에 오실래요?"

이번엔 그녀가 초대를 한다. 상현이 순간 적잖이 당황해 한다.
과연 이성적인 길로 가고 있는 것인지 심란해진다. 오라고 한다고
해서 선뜻 가겠다는 것은 이상하게 보일 수가 있다. 경솔한 판단
일 수도 있고 무례(無禮)를 범할 수도 있다.

"……."

그녀와는 생면부지(生面不知)다. 더구나 그녀는 학생의 엄마다.
절대로 이성(異性)의 대상이 될 수도 없고 되어서도 안 되는 금기
(禁忌)의 대상인 그런 관계다. 깊은 생각에 잠긴다.

"뭘 망설이세요? 우리 친구 하기로 했잖아요."

그녀가 다시 말을 걸어온다. 상현은 '그래도 이건 아니다'라는 생
각이 든다.

"……."

상현에게서 아무런 대답이 없자 은경이 다시 말을 잇는다.

"괜찮아요, 오세요. 부담 갖지 않으셔도 돼요. 알았죠?"

그녀는 포기하지 않는다. 상현의 마음이 흔들린다. 두 개의 마
음이 격렬하게 갈등을 한다. 그러나 그녀의 호의(好意)에서 비롯된
초대일거라 생각을 바꾸며 마음을 다잡는다.

“네. 알겠습니다.”

망설임의 시간은 길었지만 자신도 모르게 대답을 해버린다. 마치 첩첩산중(疊疊山中)의 요새(要塞)와도 같은 깊고 높은 마법(魔法)의 성(城)에 갇힌 채 요정의 노예가 된 듯이 그녀의 요청을 모두 받아들인다.

“광장 아파트 307동 913호에요.”

상현은 어느새 옷매무새를 가다듬고 있었고 얼굴에 스킨을 살짝 바른 후 그녀가 있는 그 곳을 향해 마음은 벌써 떠나가고 있었다.

엘리베이터의 버튼을 누른 후 한참을 기다린다. 하지만 기다림의 시간은 영겁(永劫)의 시간만큼이나 길고 긴 두근거림의 크기에 비례하는 바로 그것과도 같았다.

엘리베이터를 탄 후 깊고 긴 심호흡을 토해본다.

‘어떤 여인일까.’

‘괜한 오해는 사지는 않을까.’

‘내가 지금 무얼 하고 있는 거지?’

별의별 생각들이 뇌리를 스치며 지나간다. 엘리베이터에서 내려 다시 한 번 심호흡을 해본다. 머릿속은 하얗고 가슴은 쿵쾅쿵쾅 뛰며 온 몸의 혈류가 모두 심장으로 모아지는 듯 뜨겁게 요동을 친다. 그리고 어느새 그의 이성과는 상관없이 벌써 초인종을 눌러 그녀가 문을 열어 주기만을 기다리며 문 앞에 서 있다. 잠시 후면 아름답고 신비로운 미지(未知)의 한 여인이 화사한 미소를 지으며 기다리고 서 있으리라.

"어서 오세요. 반가워요. 채은경이라고 해요."

현관문을 열어주며 그녀가 반갑게 맞는다. 찰나(刹那)의 아찔한 현기증에 눈앞이 하얘진다.

"근데 들어오실 때 보니까 키가 아주 크시던데. 키가 얼마세요?"

상현이 거실에 들어서자마자 그녀가 궁금했던지 묻는다. 상현이 현관문을 들어설 때 그녀의 눈에 가장 먼저 들어온 것이 그의 키였다. 훤칠한 키에 그리 마른 거 같지는 않은 건장한 체격이다.

"182, 3cm쯤 될 겁니다."

"전 얼마쯤 보이세요?"

상현이 자기의 키를 말하자 은경이 묻는다.

"165cm쯤은 되시는 것 같은데."

자연스럽게 첫 만남에서의 대화의 중심이 서로의 키로 옮겨졌다. 상현은 어릴 적부터 또래 중에서 키가 제일 컸었다. 중 2때 그는 이미 180cm가 넘었고 그 무렵 그는 '키가 더 크지는 않을까' 하는 걱정 아닌 걱정으로 잠을 이루지 못하는 날도 많았었다. 1년에 10cm나 쑥쑥 크다보니 2m가 넘을 수도 있겠다는 두려움도 있었다. 중학교 때 인근의 배구부가 있는 학교에서의 배구부 가입 권유도 여러 번이나 있었고 그가 다니던 중학교의 체육 선생님과 씨름부인 선배들과 친구들은 그의 씨름부 가입을 거의 쫓아다니다시피 하며 권유하기도 했었다. 다행히 그 후로 키가 거의 자라지 않았고 다음해인 중 3 때부턴 성장이 멈추어 지금의 최상의 상태가 된 것이다. 은경도 늘씬하고 이목구비 또한 뚜렷하여 전형적인 미인 형이고 볼륨 있는 몸매를 가지고 있었다.

그들은 그렇게 첫 만남부터 오랜만에 만난 친구처럼 스스럼없이 친밀해져 갔고 가까운 연인처럼 되어가고 있었다.

"잠깐만 앉아 계세요. 커피 타서 올게요."

그녀가 커피를 타기 위해 일어서며 말한다.

"고맙습니다."

그 여자가 물을 끓인 후 커피를 타서 가져 온다.

"상현 씨, 여기 오시면서 저 이상하게 생각하셨죠?"

커피를 마시던 그녀가 말을 꺼낸다. 아마 그녀 자신 스스로 그런 생각이 들었던 모양이다. 혹시 자신에 대해 '이 남자가 나쁜 선입견을 가지면 어쩌나' 하는 노파심 같은 게 있었던가 보다.

"아닙니다."

상현이 손을 저으며 아니라고 대답을 한다.

"이상하게 생각하셨을 거예요. 유부녀가 외간 남자와 만나는 자체가 이상하다고 생각들 하잖아요. 저 사실은 남편하고 떨어져 산지가 3년이 넘었어요. 아이 아빠가 해외 지사에 나가 일한지가 3년이 넘었으니까. 무역회사의 일본 오사카 지사장으로 가 있거든요."

묻지도 않은 말들을 그녀 스스로 먼저 말을 한다. 아마 자신은 절대로 그렇고 그런 닳아빠진 속된 여자가 아니라는 걸 말하고 싶은 모양이다. 스스로 솔직한 모습을 보이는 게 자기 자신에겐 떳떳하고 상대방에 대해서는 '나는 솔직하고 쿨(cool)한, 절대로 이상한 여자가 아니니까 오해 말라'는 무언의 메시지를 주는 이중의 효과를 거둘 수 있기 때문이기도 하리라.

"아, 네."

달리 뭐라 할 말이 떠오르지 않아 짧게 대답을 한다.

"……."

"……."

서로 커피를 마시며 약간의 침묵이 흐른다.

"사람들이 그러더라고요. '돈 잘 벌고 잘 나가는 서방 자랑 하면서 무슨 엄살이냐'고."

어떤 말 못할 사연이 있는지 한탄조의 목소리로 말하는 그녀다.

"……."

"그건 당사자들만이 아는 문제잖아요."

왠지 그녀의 말 속에서 뭐라 표현하기 힘든 어떤 측은함 같은 그런 묘한 그 무언가가 느껴진다. 분명 그녀에게 어떤 말 못할 사정이 있는 듯하다.

"참, 제가 초면(初面)에 염치가 없죠. 죄송해요. 우리 지금부턴 유쾌한 이야기만 나누기로 해요."

"……."

그녀가 먼저 상황을 바꾸려고 애를 쓴다.

"상현 씨, 잠깐만 기다리세요."

그녀가 일어나 주방으로 향한다. 그리고 어느새 맥주와 안주를 준비하여 가져왔고 그들은 그렇게 첫 만남의 아름답고 달콤한 추억을 간직한 채로 시원스레 음미를 한다. 맥주의 하얀 거품이 생크림의 그것처럼 달콤히 느껴진다. 그들만의 만남이었고 그들만의 그리움이기에 맥주만의 청량(淸凉)함이 더해져 세상에 하나뿐인 달콤함으로 승화되어 가리라.

한참 동안을 함께 맥주 2병을 모두 마셨다. 그녀가 화장실에 가기 위해 일어선다. 상현이 집 안 구석구석을 두리번거리며 살펴본다. 집안의 인테리어가 밝고 화사하게 꾸며져 있다. 엷은 연분홍빛이 도는 파스텔 톤의 벽지와 베이지색의 3인용 소파, 원목의 무늬가 선명한 거실장, 그 위엔 TV가 중앙에 자리해 있고 왼쪽에는 오디오 기기가, 오른쪽에는 예쁘고 앙증맞은 소품용의 작은 장식장이 자리해 있다. 거실은 나뭇결 모양의 바닥재에 연보라보다도 더 엷은 색의 러그(lug)가 깔려져 있다. 커튼은 마치 순백(純白)의 드레스와 같은 레이스가 달린 하얀 색이다. 전체적인 분위기가 화사하고 포근히 느껴진다. 분위기를 아는 여자인 듯 느껴진다. 잠시 후 '쏴아' 하는 화장실의 물 내리는 소리가 들리고 그녀가 나온다.

"죄송해요. 제가 많이 마셨나 봐요."

다리에 힘이 풀린 듯 순간 비틀 한다. 상현이 비틀거리는 그녀를 부축하려 한다.

“아니에요. 괜찮아요.”

은경이 자리를 잡고 앉았고 그들은 그 후로도 몇 시간을 더 함께 하며 이야기를 나눴다. 모처럼 그들은 오랜 친구들이 해후(邂逅)를 한 듯, 진솔한 대화 상대를 만난 듯이 시간 가는 줄 모른 채 서로의 첫 만남을 즐기고 있었다. 새벽 기운이 깊어가고 있다. 몇 시간 후면 미명(未明)의 동이 뜰 시간이다. 달콤한 만남 뒤의 헤어짐을 아쉬워하며 현관문을 나선다. 새벽녘의 밤기운이 제법 차갑게 느껴진다. 하얀 솜사탕보다 부드럽고 초콜릿보다 달콤한 꿈같은 만남이었다. 초콜릿의 달콤함의 여운이 그의 가슴속에 가득히 느껴진다.

그녀와 헤어진 지도 두 달이 다 되어간다. 이젠 얼굴조차도 잘 기억이 나지 않는다. 아마 길거리에서 무심코 옆을 지나치기라도 한다면 알아볼 수 있을 지도 모르겠다. 차라리 단념하고도 싶다. 이제껏 아무런 연락도 없다는 건 그저 지나쳐가는 인연인 것이다. ‘그래 잊자. 잊어야 한다.’ ‘그녀는 나의 여자가 될 수 없는 여자다.’ ‘더구나 그녀는 결혼한 여자다.’ 하지만 쉽게 잊혀 지지가 않는다. 그녀와의 우연하고도 로맨틱한 만남의 경험은 생전에 처음이다. 그녀가 보고 싶다. 왠지 모를 아릿한 그리움이 가슴 가득 밀려온다. 하지만 선뜻 용기가 나지 않는다. 괜한 오해를 사지나 않을까 조금은 두렵기까지 하다. 세월이 더디 흐름이 야속하기만 하다.

　그건 그녀 은경도 마찬가지였다. 혹시 자신을 '이상한 여자라고 생각하지는 않을까' 하는 의구심도 있었고 한편으론 자기를 '쉬운 여자라고 생각하고 무시하지는 않을까' 하는 노파심 아닌 노파심도 있었다. 하지만 곰곰이 생각해 보면 상현이란 남자가 여느 남자들처럼 닳고 닳 그런 남자는 아닌 거 같다. 진실해 보였고 순수해 보였다. 적어도 속물근성이 있는 그런 남자는 아닌 거 같았다. 그와의 첫 만남은 평범하지 않은 우연하고도 이상야릇한 상황에서 비롯되었지만 자꾸만 그 남자가 끌린다. 보고 싶다. 가슴이 으스러지도록 안아보고도 싶다. 그 남자의 체취도 맡아보고 싶고 그 남자의 뜨거운 체온도 느끼고 싶다. 하루하루의 시간들이 너무도 길고 지루하기만 하다. 시간의 더디 흐름이 야속하기만 하다.

　오늘도 시간은 그저 덧없이 흐르기만 하는 느낌이다. 어느덧 11시가 다 되어간다. 정확히 말하자면 11시 10분 전, 그러니까 밤 10시 50분이다. 내일의 일과를 위해 잠을 자야만 한다. 하지만 통잠이 오질 않는다. 그동안의 밤은 길기만 했다. 그녀를 향한 그리움이 거대한 쓰나미가 되어 밀려온다. 그녀가 얄밉기까지 하다.
'나의 애틋한 이내 마음을 누가 알아주리오.'

'아직까지 전화 한 통화가 없다는 건 분명 나에 대한 어떠한 감
정이나 미련도 없다는 거다.'
'그 남자는 분명 나의 존재를 망각한 거야.'
'아니야, 전화를 한 번 해볼까?'
별의별 생각들로 머릿속이 너무 어지럽다. 부정과 긍정의 사이
에서 하루하루가 망설여진다.
'그래, 먼저 해 보는 거야. 감정의 흐름에 순응하는 거야.'
그리고 마침내 결심을 한다.
전화기의 버튼을 하나씩 하나씩 누를 때 마다 그에게로 한 발
짝 한 발짝 가까이 다가가는 느낌이다. 가슴이 콩닥 콩닥 두근거
린다. 그 남자의 체취가 살포시 느껴진다. 드디어 그 남자와 포옹
을 한다.

"따르르릉!"
늦은 밤의 전화벨 소리가 달콤한 노래 소리가 되어 귓가에 들리

어 온다. 상현이 수화기를 든다. '그녀로부터의 전화라면 얼마나 좋을까!' 은경 그녀로부터의 전화이기를 고대를 하며 전화를 받는다.

"여보세요. 상현 씨? 저 은경이에요."

심장이 멎는 듯하다. 온몸에 짜릿함의 전율이 느껴진다. 정말 그녀로 부터의 전화다. 그녀의 목소리가 수화기 너머로 들려온다. 하지만 그녀의 청초하고 부드러운 음성은 맑고 고운 아름다운 사랑의 멜로디가 되어 그의 귓가에 살포시 들리어 온다.

"은경 씨?"

상현은 하마터면 그리움의 목소리에 기쁨의 환호성이라도 내지를 뻔 했다.

"네, 저예요. 오랜만이네요."

지극히 평범하게 인사를 하는 그녀다.

"네, 그러네요."

상현도 그의 속마음과는 달리 평범하게 인사를 건넨다.

"상현 씨 지금 오실래요? 오늘 저하고 술 한 잔 하실 수 있으시죠?"

그녀가 또다시 초대를 한다. 가슴이 두근두근 거린다. 마치 그녀에 대한 상현 그 자신의 애절한 마음을 들켜 버린 듯하다. 하지만 망설이거나 초대를 거절하는 등의 가식적인 행위는 오늘은 하고 싶지 않다. 솔직해지고 싶다.

"저도 마침 술 한 잔 하고 자려 했는데."

그럴 듯한 상황을 연출을 하며 그의 마음을 전하여 본다. 그 역시 감정의 흐름에 무조건 맡기고 싶다. 상현은 얼굴에 스킨을 살짝 바른 후 은경이 있는 그곳을 향해 자동차의 핸들을 잡는다.

저기 차창 밖으로 젊은 남녀 한 쌍이 서로의 허리춤을 꼭 껴안은 채로 걸어가고 있다. 서로 사랑하고 있는 연인 사이 일게다. '나도 저 연인 속의 남자가 되어봤으면' 하는 착각에 잠시나마 빠져 본다.

가는 길에 마트에 들러 아까 은경이 말했던 담배 1갑과 맥주 2병을 사서 봉지에 담는다. 엘리베이터의 버튼을 눌러 한참을 기다린다. 그러나 도무지 내려올 기색이 없다. 13층에서 꼼짝을 안한다. 나이가 지긋한 아주머니 한 분과 손자로 보이는 예닐곱 살의 여자꼬마 아이가 계단을 통해 내려오며 투덜거린다. 상현은 할 수 없이 계단을 향해 발을 딛는다.

"왜 그렇게 숨을 헐떡이며 들어오세요?"

헐레벌떡 가쁜 숨을 내쉬며 들어오는 상현이 이상하게 생각되었는지 묻는다.

"엘리베이터가 고장이 났는지 내려올 생각을 안 길래 걸어서 오다보니……. 지치는데요."

가쁘게 숨을 내쉬며 손등으론 이마에 흐르는 땀방울을 닦으며 대답을 한다.

"여긴 엘리베이터가 항상 말썽이라니까."

전에도 종종 있었던 일인 듯 은경이 투덜거리듯이 말한다.

"……."

"상현 씨, 맥주 한 잔 하실래요? 시원하실 거예요."

상현이 겉옷을 벗으며 자리를 잡고 앉는 동안 은경이 맥주와 안주를 준비해서 가져 온다. 은경이 건네주는 맥주를 한 모금 쭉 마신 후 호흡을 가다듬는다. 조금이나마 갈증이 풀리는 듯 시원한 느낌이 든다.

"저 조금 전에야 퇴근했어요. 아니지. 퇴근이 아니고 늦은 귀가라고 하는 게 낫겠다. 오늘 월말 결산을 하는 날이었거든요."

은경이 늦은 시간에 전화를 하게 된 이유에 대해 말을 한다.

"많이 늦었네요."

상현이 시계를 한 번 슬쩍 쳐다보며 은경의 말에 대꾸를 한다. 정말로 늦은 시간이다. 시간이 벌써 열한시 반을 훌쩍 넘어 자정이 다 되어가는 시간이다.

"원래 월말 결산 때는 늦은 시간까지 실적에 대해 닦달하는 게 대다수잖아요. 한 건이라도 실적 더 올리게 하려고 말이에요."

"힘들죠?"

힘든 직장 생활이란 게 어떤 것인지 공감이 간다. 그도 월말 결산 때면 항상 바쁘고 정신이 하나도 없었다.

"기진맥진한 상태로 들어 왔거든요. 들어오자마자 피로감이 확 밀려오는 거예요. 쓰러질 거 같은 기분이 들어 욕조에 따뜻한 물을 받아서 푹 담그고 나왔더니 조금 괜찮은 거 같기도 하고 상현 씨 생각도 문득 나서 상현 씨 하고 오늘은 이런 저런 얘기도 나누고 싶어서 전화 드렸어요. 괜찮죠?"

은경이 자신의 감정을 스스럼없이 솔직하게 말한다.

"네, 괜찮습니다."

상현이 고개를 끄덕이며 말한다.

"회사라면…… 어디 다니시는지……. 실례가 아니라면."

"YB라는 회사 아시죠? 거기 다녀요."

상현도 알고 있는 회사다. 영국에 본점을 두고 있는 출판과 교육을 전문으로 하는 다국적(多國籍) 기업이다. 하지만 엄밀히 말하자면 서적과 영상물 등을 판매하는 유통회사에 가깝다.

"그런데 남편이 해외 지사의 지사장으로 근무하신다면 생활비 걱정은 안하서도 될 텐데. 왜 굳이 직장에 나가시는지……."

궁금했다. 그것도 다들 힘들고 짜증스러워 하는 영업직종이다. 남들이 보면 팔자 좋아 배부른 소리 한다고 핀잔을 줄 수 도 있는 일이다. 월급 많겠다, 남편이 없는 동안 남편 눈치 안보고 자기 맘대로 일상을 누려 보겠다, 모든 여인네들의 호사(好事)스러운 로망(roman)이 바로 은경이 누리고 있는 이런 삶의 행태 아니던가. 그런데, 은경은 지금 호사(好事)스러움을 거부한 채 자기개발이니 자기만족이니 하는 그럴 듯한 미사어구(美事語句)로 포장하려 할 것임이 분명하다.

"저 사실은……."

무슨 말을 하려다 멈칫 한다.

"저 남편하고 이혼(離婚)했어요. 남편하고 헤어진 지 벌써 4년째네요."

잠시 머뭇거리는가 싶더니 이내 말을 잇는다. 전혀 뜻밖의 대답이다. 지난번 은경의 '남편이 해외지사 근무를 하고 있어서 잠시 떨어져 살고 있다'는 말을 상현은 곧이곧대로 믿고 있었다. 개방적이고 솔직한 성격의 여자쯤으로 생각을 했었다. 그때의 만남 이후로 유부녀(有夫女)인 그녀에게 묘한 끌림이라든지 혼자만의 연정(戀情)이 생겨 괜한 죄책감 같은 것이 들기도 했었다. 은경을 향한 그리움이나 홀로 사랑 뭐 그런 감정의 상태였었다. 윤리적으로야 좀 그렇지만 상현 자신도 감정에 충실하고 싶었던 게 솔직한 심정이었다. 육체적 관계만 갖지 않는다면 결혼한 여자와도 친구의 관계로서 이상할 게 없다는 것이 그의 평상시의 생각이었다. '불륜'이라든지 '내연의 관계' 같은 그런 낱말을 그는 생각하고 있지도 않았다. 그런데 그녀가 이혼을 했단다. 그것도 벌써 4년째란다. 그녀가 측은(惻隱)해진다. 그동안 젊은 여자 혼자서 어린 아일 데리고 살아왔을 거라 생각하니 안타깝고 애처롭기까지 하다. 그동안 그녀에게 짊어진 삶의 무게가 얼마나 무거웠을까 가슴이 아릿해온다.

상현의 마음은 정말 그러했었다. 상현만의 상상이었고 상현만의 착각은 아니기를 그는 진실로 바라고 또 바랐을지도 모른다.

하지만…….

"네?"

달리 할 말이 없었다. 딱히 생각나는 말도 없었고 또한 이런 상황에서 위로라거나 하는 그런 행동도 어울릴 거 같지도 않았다.

"상현 씨, 미안해요. 내가 괜한 소리해서 상현 씨 마음만 심란(心

亂)하게 만든 거 같네요. 자, 우리 한 잔 해요."

은경이 애써 분위기를 전환하려 한다. 그녀를 따라 상현도 잔을 들어 건배하듯 행동을 취한다.

"상현 씨, 우리 친구 하기로 해요. 아니지. 지난번 만날 때부터 우리 친구 하기로 했잖아요."

은경의 볼이 발그레 홍조를 머금고 있다. 약간의 취기에 그녀의 감정은 업(up)된 상태이고 행동은 부자연스럽다. 말 투 마저도 사알 짝 어눌해지려 한다. 술기운을 빌려 자신의 이성을 맡겨보고 싶은 마음 간절하다. 아니 그래보고 싶다. 한이 맺혔던 지난날의 인생을 보상 받고도 싶다. 이 남자와 만나는 이 순간을 뜨겁고 열정적으로 보내보고 싶다. 미치도록 사랑 하고 싶다. 은경은 활활 타오르는 뜨거운 용광로(鎔鑛爐) 불길 속으로 걸어가고 있었다. 그런 그녀의 뒤를 상현도 동행자가 되어 함께 그 속으로 걸어가고 있다. 맹렬히 타오르는 불기운도 그들의 기세를 꺾을 수는 없다. 그들의 영혼이 하나가 된다. 영혼이 타올라 연기가 된다.

그들은 그렇게 하나가 되어 가고 있었다. 지난날의 슬픔과 아픔과 불행까지도 그들은 사랑으로 승화 시켜 나갈 수 있으리라 굳게 믿고 있었으리라.

허무함과 서글픔의 허상이 아니기를 소망하면서.

그러나 역시…….

　종종 전화를 하면서 서로에 대해 이야기를 나눴다. 서로에 대한 사랑을 노래했다. 때로는 살아가는 인생 이야기들을, 때로는 자기들만의 고민과 고충들을, 또 때로는 세상의 어떠한 이야기들이라도 전부. 상현과 은경이 서로 이야기를 나눌 때면 항상 시간이 짧게만 느껴졌고 함께 하지 못함을 아쉬워하기도 했다.

　언젠가는 저녁 식사를 한 이후부터 다음 날 아침 동이 틀 무렵까지 열 시간이 넘는 긴 시간 동안을 이야길 하면서도 할 말이 남아 있어 저녁에 못다 한 이야길 나누자고 약속하며 전화를 끊은 적도 있었다. 거의 하루도 빠지지 않고 잠깐 동안이라도 대화를 나누곤 했다. 또한 전화가 끝나면 가끔씩은 그녀의 집으로 가서 그녀와 만나 함께 시간을 보내곤 하기도 했었다. 서로를 원하고 서로를 갈구하는 뜨겁게 타오르는 연인들이었다. 그녀의 이혼이란 건 그에게는 아무 문제도 되지 않는 과거 속의 일일 뿐이었으며 세속(世俗)에서의 인간 군상(群像)들이 씹기 좋아하는 안주거리의 일부분일 뿐이라고 생각했었다. 그녀를 다독여주고 그녀를 이해해 주는 것이 자신이 해야 할 몫이라고 생각하고 있었다. 그녀의 남자가 되어 그녀의 멋진 보디가드가 되어 주고 싶었다. 그녀의 든든한 기둥이 되어 힘든 역경으로부터 그녀를 막아주고 지탱해 주고 싶었다. 그녀의 우산이 되어 거친 눈보라와 비바람으로부터 안전하게 지켜주고 싶었다. 그녀의 단 한 사람이 되어 그녀의 곁에 영원토록 머무르고 싶었다. 그들만의 영원한 사랑이길 소망했었다. 그녀와의 아름답고 찬란한 미래를 꿈꾸며 알콩달콩 작은 사랑을 키워가고 싶었다. 그들만의 영원한 연인이길 꿈꾸며.

계절이 참으로 아름답기만 하다. 녹음(綠陰)이 짙게 드리워진 수풀이며 온갖 꽃들로 만발한 화원(花園)엔 그들만의 사랑의 향기로움이 가득하다. 요즘의 상현의 눈엔 세상이 온통 긍정의 모습으로 보인다. 두 눈에 보이는 세상은 천국보다도 더 아름답고 찬란하게 빛나 흐른다. 두 귀에 들려오는 새 소리며 파도 소리와 바람 소리는 지금껏 한 번도 들어 보지 못한 부드러운 선율의 소나타로, 때로는 웅장하고 장엄한 교향악으로 울려 퍼진다. 코끝에 풍겨지는 꽃들의 향내는 그윽하기 그지없다. 그녀 은경의 존재가 그의 감성적 뇌세포들까지도 활발히 움직이게 하는 동력(動力)이 되리라 미루어 짐작하게 한다.

샤워를 막 끝내고서 침대 위에 널브러진 채 혼자만의 상상의 꿈을 꾸어 본다. 오디오에선 영화 〈레옹〉의 OST로 유명한 스팅(sting)의 'shape of my heart'의 아름다운 선율이 흘러나온다. 감미로운 목소리가 매력적인 곡이다. 그의 감정의 상태를 말해 주는 듯하다. 전화벨이 울린다.

"여보세요."

수화기를 얼른 들어 전화를 받는다.

"저 은경이에요."

역시 은경 그녀였다.

"아, 은경 씨!"

상현이 유쾌한 음성으로 반갑게 받는다.

"뭐 하시고 계셨던 거예요? 한참 동안을 전화를 안 받아서 막 끊으려고 했거든요. 정말 뭐하셨어요? 설마 제 생각하고 계셨던 건 아니죠?"

은경이 맹랑하게 묻는다. 하여튼 숨김이 없고 솔직담백한 매력이 느껴지는 예쁜 여자다.

"샤워하고 방금 전부터 누워서 음악 듣고 있었습니다."

"아, 지금 들리네요. 음악을 좋아하시나 봐요."

수화기 너머로 들려오는 음악 소리를 듣고서 묻는다.

"가끔씩 쓸쓸하거나 따분할 때면 듣곤 합니다."

서로 묻고 대답을 한다.

"상현 씨, 우리 데이트 할래요?"

은경의 데이트 신청이다.

"예? 지금 이 시간에 말입니까?"

너무 늦은 시간인 것 같다는 생각이 든다. 그녀의 데이트란 의미는 단순히 그녀의 집으로의 초대가 아닌 밖에서의 만남을 의미하는 것일 게다. 10시가 넘었다. 요즈음 그녀와의 통화는 거의 10시나 11시가 넘은 시간에 이루어지곤 했다.

“나오세요. 요즘 밤공기가 제법 상쾌하고 시원해요. 한 밤의 드라이브도 좋을 거 같은데. 지금 아파트 주차장으로 나갈 거니까 이쪽으로 오시면 돼요.”

상현의 대답은 들어 보지도 않고서 혼자 정하고 혼자 말하는 그녀다. 차를 몰아 그녀가 있는 아파트 주차장으로 간다. 은경이 벌써 나와 기다리고 있다. 밤기운이 아무리 상쾌하고 좋다고 해도 오래 있으면 한기(寒氣)가 느껴지는 법이다. 연분홍색의 가벼운 겉옷을 걸친 차림이다. 20분 정도를 달려 모악산(母岳山) 인근의 한 커피숍에 도착했다. 늦은 시간인데도 영업을 하고 있다. 제법 많은 사람들이 앉아서 두런두런 대화를 나누고 있다. 젊고 어린 대학생들 같게 보이는 커플들도 보이고 중년이 넘은 듯한 커플들도 보인다. 동성(同性)의 친구끼리도 앉아 있는 모습이 보인다. 사랑에는 역시 나이와 국경은 상관없다는 말이 맞는 것 같다. 향긋한 커피 내음이 코끝에 전해진다. 따뜻한 커피 한 잔에 온 몸이 사르르 녹는 듯하다.

“어때요? 이렇게 밖으로 나와 데이트 하는 것도 괜찮죠? 항상 전화 통화나 집에서만 만나다가 처음으로 밖에 나오니까 너무 좋은 거 있죠? 상현 씨는 어때요?”

은경의 감정의 상태가 유쾌해 보인다.

“저도 너무 좋습니다. 진짜 데이트 하는 기분이 나네요.”

상현도 그의 속내를 숨기지 않고 말한다. 30분 정도를 그곳에서 더 이야길 나누며 서로를 교감을 한다.

“상현 씨, 우리 밖으로 나가요. 바로 근처에 저수지가 있는 걸로 알고 있는데.”

커피숍에서 나와 인근에 있는 호숫가에 앉아 한참을 이야기를 나누었다. 은경의 집이 아닌 밖에서의 대화나 데이트는 처음이다.

늦은 봄날의 밤의 풍경이 제법 운치가 있고 정감이 있다. 덥지도 않고 춥지도 않은 데이트하기에는 딱 좋은 날씨다.

“벌써 2시가 다 되어 가네요. 아쉽지만 내일을 기약해야 할 것 같네요. 출근도 해야 되잖아요.”

상현이 시계를 쳐다보며 말한다.

“그러네요.”

은경을 바래다주고 집에 돌아와 잠자리에 누워본다. 생각지도 않은 데이트다. 기분이 유쾌하다. 그녀 은경과 함께 할 수 있어 행복한 하루였다.

“상현 씨, 시간 낼 수 있어요? 백화점 커피숍에서 저녁에 만났으면 해서요.”

그녀의 만나자는 약속에 아이들 관리를 끝내자마자 곧바로 호텔 커피숍으로 향한다. 그녀의 집에서의 몇 번의 데이트와 한밤의 야외 데이트는 한 번 있었지만 이번처럼 특정한 장소에서의 만남은 아직까진 없었다. 분명 어떤 이유가 있어 만나자고 하는 것일 게

다. 커피숍에 들어가 두리번거리며 그녀를 찾아본다. 제일 구석진 곳에 무언가 상념이 있는 듯 두 눈을 감은 채로 앉아있는 그녀다.

"은경 씨, 언제 왔어요?"

은경을 발견하고서 그녀에게로 다가가며 인사말을 건넨다.

"아, 왔어요. 앉아요."

은경이 상현을 보자 일어서는 자세를 취했다 앉으며 말한다.

"무슨 고민 있어요? 얼굴빛이 조금 어둡게 보여요."

상현이 앉으며 묻는다.

"그렇게 보여요? 죄송해요."

조금은 어두운 표정의 그녀다.

"미안하긴요. 괜찮아요. 도울 게 있으면 서로 도와야죠."

상현이 의례적인 말투로 위로 비슷한 말을 그녀에게 전해본다.

"고마워요. 상현 씨가 그렇게 말씀해 주시니 용기가 나네요."

조금 전의 표정과는 다른 미소를 띠는 그녀다.

"먼저 커피부터 시키죠."

커피 2잔을 시킨 뒤 앞에 있는 컵의 물을 마신다.

"차 많이 막히죠? 바쁠 텐데 만나자고 해서 죄송해요."

은경이 거듭 미안한 마음을 나타낸다.

"아니에요. 일 끝나고 온 거니까 그런 생각마세요. 근데 정말 무슨 근심이 있으신 거 같아요. 정말 무슨 일이 있으세요?"

"별 거 아니에요."

표정과는 달리 아니라고 하는 은경이다.

“말씀해 보세요. 은경 씨에겐 친구인 제가 있잖아요.”

은경을 안심시키는 그다.

“말할게요. 친구가 있으니까.”

마음의 결정을 한 듯 자세를 고쳐 앉는 그녀다.

“네, 그러세요. 기쁨은 나누면 배(倍)가 되고 슬픔은 나누면 반이 된다잖아요.”

상현이 은경을 위로해 준다.

“상현 씨가 이해해 주시고 용기를 주시니까 말할 수 있을 거 같네요.”

“……”

“다름이 아니라 다음 달부터 생활비 걱정이 됐거든요.”

은경이 용기를 내어 말한다.

“생활비요? 무슨 일 있어요?”

상현이 반문하여 묻는다.

“네. 이번 달까지만 회사 다니고 다음 달부턴 실적 저조하다고 알아서 사표 쓰래요. 그래서 혹시 일할 곳이 있거나 아시는 곳 있으면 부탁 좀 하려고요.”

은경이 걱정을 했던 이유를 말한다.

“걱정 마세요.”

상현이 위로를 한다.

“걱정을 안 할 수가 없잖아요. 내 처지가 가만히 있을 상황이 아닌데. 전주에 아는 사람이라곤 언니, 오빠밖에 없거든요”

상현의 말이 귀에 들어올 리 만무하다.

"은경 씨가 다시 자리 잡을 때까진 내가 어떻게 해볼게요."

상현은 정말 그래야만 할 것 같았다. 자신의 일처럼 은경이 너무도 안쓰럽고 가여워 보였다. 아니 꼭 자신의 아내가 당한 일로만 생각되었다. 그에게는 착각이 아닌 현실이었다.

"아니에요. 괜찮아요."

은경이 괜찮다며 손사래를 친다.

"은경 씨, 우리 친구잖아요."

친구 사이라는 걸 강조하여 그녀를 다독이고 위해 주는 상현이다.

"그래도 되겠어요? 너무 고마워요."

은경이 고마움의 마음을 전한다.

"은경 씨, 우리 힘냅시다."

상현이 그녀에게 용기를 내라며 주먹을 쥐어 보인다. 은경도 상현을 따라 주먹을 힘껏 쥐어 보인다.

그 때 그의 마음은 진심이었다. 어떠한 목적이 있었던 것도 아니고 어떠한 이득을 바라거나 한 것도 아니었다. 꼭 그래야만 할 것 같은 책임감 같은 게 느껴졌다. 그녀를 위해 무언가 해 줄 수 있음에 마음이 뿌듯해진다.

하지만 아이러니하게도 그건 그의 인생의 ㅇㅇ이었고 영원한 ㅇㅇㅇ였다. (ㅇ ㄷ l ㅗ ㅓ ㅏ ㅁ ㄱ ㄹ ㅊ~ 독자 여러분이 한 번 맞춰 보세요.)

#. 유혹

"상현 씨, 지금 어디야? 집으로 올래?"

"호성동 동아 아파트 학생 집인데. 왜?"

"공과금 내야 하는데 생활비가 부족해서 아직 못 냈어. 내일까지 내야 돼서 그래."

너무도 태연하게 생활비 타령을 한다. 마치 남편에게 투정하듯 하는 그녀다.

상현도 아내에게 대하듯 스스럼없이 말을 한다. 상현이 10여분 정도를 빨리 마친 후 차를 몰아 은경의 집으로 향한다.

"일찍 왔네. 그런데, 애들 공부는 어떻게 하구?"

집으로 오라는 말은 했지만 설마 이렇게 상현이 올 거라고는 생각하지 않았다. 한창 바쁜 시간이라는 걸 누구보다도 잘 아는 그녀다. 저녁 8,9시 까지는 항상 시간이 꽉 짜여 있다고 했었다. 그냥 투정하듯 애교를 부린 거였다. 그리고 직접 오지 않아도 돈을 보내는 방법이 많다. 아니면 저녁에 만나서 줄 수도 있는 것이다. 그런데 상현이 진짜 쏜살 같이 달려 왔다. 마치 기다리고 있는 남

자처럼 말이다. 시간도 이제 겨우 3시가 조금 넘었다. 그의 말대로
라면 도저히 올 수 있는 시간이 아닌 것이다.

"은경 씨가 오라는데 애들이 대수야?"

한술 더 떠 상현의 장난기가 발동을 한다.

"이 남자가 미쳤어? 애들 없으면 돈이 어디서 나와?"

그의 여자라도 다 된 척, 아니 그의 마누라이기라도 한 듯 입술
을 씰룩거리며 제법 아내의 흉내를 내어 본다. 그런 모습이 상현
의 눈에는 너무도 사랑스럽게 보인다.

"진짠 줄 알았어? 오늘은 이따 8시쯤에나 있어. 꼭 그 시간밖에
시간이 안 된다고 고집을 부리더라고. 그리고 다행히 같은 반 아
이들 두 팀이 오늘 견학을 가서 다음 주로 미뤄졌고 다른 한 팀은
은경 씨 당신을 만나기 위해 내일로 바꿨어. 은경 씨 놀리려고 그
랬지."

토라진 은경을 마주하게 하고서 위로 아닌 위로의 의미로 살짝
안아 본다. 은경이 못 이긴 척 상현의 품에 미끄러지듯 끌리어 안
기어 온다.

요즈음 그들은 자연스럽게 연인의 관계로, 때로는 부부의 관계
로 되어졌다. 만남의 횟수가 늘면 늘수록 자연스럽게 대화의 정도
또한 스스럼없이 친밀해졌다. 그리고 어느 순간부터인가 서로 격
이 없는 말이 오고 가는 정말 부부 같은 사이가 되었다.

"자기야, 커피 한 잔 끓일게. 잠깐 앉아 있어."

은경이 주방으로 가서 주전자에 물을 붓고 가스레인지의 손잡

이를 잡고 오른쪽으로 돌려 불을 켠다. 상현이 그런 은경을 바라본다. 아내의 모습을 사랑스럽게 바라보는 남편의 모습이다. 찰나(刹那)의 정적이 흐른다.

상현이 물을 끓여 커피를 타는 은경을 바라다본다. 은경의 뒷모습이 참으로 아름답다고 생각을 해본다. 잘록한 허리에 탄력 있고 섹시해 보이는 복숭아 같은 탐스런 엉덩이와 날씬하게 쭉 뻗은 두 다리의 각선미. 언제 보아도 여인(女人)의 여체(女體)의 형상은 아름답고 신비로운 조각품과도 같다. 예술품이 따로 없는 자연의 명품(名品) 중 최고의 명품이다. 이 순간 상현의 눈에 보이는 은경의 여체도 세상에서 제일 아름다운 단 하나밖에 존재하지 않는 최고의 예술 조각품이다. 이렇게 멋진 여체를 감상할 수 있음이 너무도 즐겁고 행복하다. 상현의 시선이 그녀의 머리끝에서 발끝으로 서서히 이동을 한다. 그리고 찰나의 순간 상현의 시선이 어느 한 부분에서 멈춘다. 상현은 두 눈을 의심하지 않을 수가 없었다. 너무도 야하다 못해 에로 비디오에서나 볼 수 있는 레이스가 달린 얇은 하늘색의 드레스, 그 속에 감추어 비춰 지는 반투명의 망사 팬티, 그리고 그 속에 비밀스럽게 감추어진 그녀의 거뭇한 비원(秘苑), 상현의 온몸의 자율 신경들이 숨 가쁘게 움직인다.

"은경 씨, 너무 야하게 보여. 아무리 집안이라고 해도 이런 차림은 좀 그렇다. 나야 상관은 없지만 승혜 학원 끝나고 갑자기 들어오기라도 하면 어쩌려고."

혹시 정말 그런 상황이라도 된다면 난감하다. 이웃이라도 갑작스럽게 방문할 수도 있고 더욱이 딸아이라도 들어온다면 어떻게 감히 그런 차림새로 아이를 똑바로 바라 볼 수 있을까.

"괜찮아. 학원은 아직도 2시간이나 남았어. 그리고 날씨가 좀 더워서 이렇게 입었어. 물론 상현 씨를 위해서기도 하구."

은경이 자기의 감정을 솔직히 드러낸다. 솔직담백한 그만의 여인이었고 그만의 사랑스러운 천사였었다.

"상현 씨, 커피 마시자."

은경이 커피를 든 쟁반을 안방으로 들고 들어간다. 상현도 함께 뒤따라 들어간다. 상현이 탁자 옆에 있는 의자에 앉는다. 은경이 탁자 위에 쟁반을 내려놓은 뒤 커피 한 잔을 상현에게로 건네주며 침대 모서리에 걸터앉는다.

"자기야, 커피 맛 어때? 괜찮지?"

"응, 부드러워."

상현이 한 모금을 입에 살짝 대어 본 후 은경의 물음에 대꾸를 한다.

"난 커피만의 은은한 이 냄새가 좋더라. 물론 자기는 은경이라는 여자와 함께 있어 더욱 향기롭게 느껴질 거야."

정말 못 말리는 여자다. 언제 어디서나 자기의 감정과 느낌에 충실하게 따르는 그만의 여인. 속물적이거나 이기적이지도 않은 있는 그대로의 매력을 가지고 있는 여인. 때로는 순수한 하얀 백합화의 여인처럼, 때로는 정열적인 빨간 장미 같은 여인처럼. 그녀를 사랑할 수밖에 없는 이유이리라.

“상현 씨, 오전에 언니네 집 걸어갔다 왔더니 다리가 좀 쑤신다. 조금만 주물러 줄래?”

다리를 들어 상현의 무릎 위로 올려놓는다. 상현이 정성스레 다리를 주무른다.

“상현 씨, 종아리 아래쪽만 감질나게 주무르지 말고 허벅지 안쪽도 좀 주물러 줘.”

그의 손길이 허벅지로 향한다. 손바닥에 닿는 그녀의 살결의 감촉이 부드럽다. 은경이 가녀리게 비음(鼻音)을 토해 낸다. 무릎 사이가 스르르 벌어진다. 잘 익은 수박처럼 살짝 닿기만 하는데도 어쩔 줄을 몰라 한다. 지극히 도발적이고도 계획적인 유혹의 행위일 게다. 그들은 그렇게 하나가 되어간다. 베토벤 교향곡 5번 〈운명(運命)〉을 연주하듯 그들의 육체의 속삭임은 방안 가득 장엄하고 웅장하게 연주되어진다.

정말 아슬아슬하게 그녀의 딸 승혜가 들어 왔다. 30분이나 일찍 들어온 거다. 은경도 적잖이 당황한 듯하다. 하지만 정말 다행히도 그들의 결정적인 사랑의 순간은 피할 수가 있었다. 그녀가 딸아이 승혜를 맞는다. 그리고 상현을 바라보면서 ‘휴우~’하며 ‘정말 다행이다’는 들릴 듯 말 듯 한 작은 안도의 숨을 토해내며 가슴을 쓸어내린다. 그런 은경의 모습이 귀엽고 사랑스럽다고 느낀

다. 상현이 승혜의 눈을 피해 '한 번 더?'라는 손짓을 은경에게 짓
궂게 해본다. 은경이 '미쳤냐'며 상현에게 얄밉다는 시늉을 한다.

딸아이에게 남자의 존재를 말한다. 엄마가 전에 다니던 회사의
동료라고. 엄마의 손님인 아저씨에게 인사를 잘하는 예쁜 아이가
되어야 한다고. 그녀의 딸도 그 남자에게 예쁘고 공손하게 인사
를 한다.

승혜를 데리고 함께 나가 저녁을 함께 하기로 했다. 제법 분위
기가 있는 인근에서는 꽤 알려진 고급스런 음식점이다. 함께 하는
외식 시간이 꼭 가족의 모습처럼 행복하게 보인다. 승혜의 표정이
너무도 귀엽고 해맑아 보인다.

#. 일상(日常)의 날들

상현은 으레 일과를 마치면 은경의 집으로 향한다. 그녀의 딸
승혜까지도 상현의 이러한 모습이 당연한 생활의 한 부분으로 인
식하고 있었음이라. 일과가 끝나면 그녀의 집으로 퇴근을 하고 함
께 저녁을 먹고, TV를 보며 이야기를 나누고, 아이의 공부를 보살
펴주고, 가끔씩은 승혜를 재운 후 커피를 마시거나 시원한 맥주
한 잔에 뜨거운 가슴 속을 식힌 뒤 진한 사랑을 나눈 후 하룻밤
이별을 반복하곤 했다. 또다시 하루가 시작이 되면 상현은 출근

준비를 한 채로 다시 그녀의 아파트를 찾았고, 커피를 마시며 이야기를 나누고 포옹을 하고 가끔씩은 진한 모닝 섹스를 나누기도 했다. 점심을 먹고 회사에 들러 교육 준비를 해서 아이들을 가르치는 일이 그의 삶의 모습들이었다. 이제 그는 은경의 남편이었고 승혜의 아빠였으며 그녀들만의 든든한 가장(家長) 이었다.

'아빠, 아니 아저씨, 지금 어디 오고 계세요? 엄마가 아저씨 오면 저녁 진지 차려 드리래요.'

'아빠, 아니지. 내가 왜 이러지?'

'아빠, 아니 아저씨, 오실 때 학용품 좀 사다 주세요.'

이렇듯 승혜는 아빠와 아저씨 사이에서 혼란스러워 했고 그런 딸의 행동들을 바라보는 은경의 가슴엔 지난날의 쓰리고 아린 여운만이 남겨질 뿐이었다.

"우리 이번 여름에 어디로라도 피서(避暑) 좀 갔으면 하는데. 자기 괜찮겠어?"

은경의 입에서 먼저 여행을 떠나자는 말이 나온 게 둘이 만난 이후로 처음이다.

"응, 나도 생각은 하고 있었어."

"승혜랑 함께 갔으면 좋겠어."

딸아이의 존재가 신경이 쓰이는가 보다. 아니 하나뿐인 딸은 그녀의 전부이고 분신과도 같은 대상이다. 그녀에게 승혜를 그의 인생에서 분리한다는 것은 있을 수도 없는 일이다.

"근데 일정을 조절해야만 가능할 거야. 아이들하고의 약속이 우선이니까. 내가 어떻게든 조율을 해볼게."

아이들과의 방문 약속까지도 팽개치고 떠날 수는 없는 일이다.

"진짜지? 알았어. 승혜에게 말해줘야겠다."

은경은 마치 지금 모든 것이 다 결정 되기라도 한 듯 어린 아이처럼 펄쩍 뛰며 좋아한다. 정에 굶주려 있는 승혜를 위해, 사랑에 목말라 하는 그녀를 위해 상현은 그만의 임무를 다 해 주고 싶었다.

선유도(仙遊島)를 향하는 선상(船上)에 그녀와 그녀의 딸이 두 팔을 벌려 바다 내음을 들이켜 본다. 모녀(母女)의 모습이 사랑스럽다. 파란 물방울 모양이 엷게 드러나 보이는 하얀 바탕의 블라우스를 입고 머리엔 연두색의 헤어밴드를 한 은경의 모습이며 멜빵바지를 입고 역시 연두색의 헤어밴드를 한 승혜의 모습은 감히 누구도 근접하거나 모방할 수 없는 맑은 리트머스의 여백처럼 순수의 모습으로 그의 곁으로 다가 온다.

선유도에는 숙박할 곳이 많지 않았다. 금방 숙소를 잡을 수 있으리라 생각하고 왔는데 막상 와서 보니 하늘의 별따기 같다. 벌써 다섯 군데 째다. 할 수 없이 이 곳 고군산군도가 고향인 걸로 알고 있는 대학 친구 권우에게 전화를 했더니 마침 그의 이모네 집에 방이 하나 남아 있다고 해서 그를 통해 간신히 민박(憫迫)을 구할 수가 있었다. 여장(旅裝)을 풀고서 바닷가로 나갔다. 경포대도 좋고 해운대도 좋다고들 하지만 진정 자연(自然)의 비경(秘境)을 즐길 줄 아는 사람이라면 그런 삭막한 곳을 선택하는 우(遇)를 범하지는 않을 것이다. 명사십리(明沙十里) 해수욕장의 확 트인 전경이며 이를 포근히 감싸 안은 장군봉(將軍峰)의 위엄이 이곳을 여행지로 선택한 것이 정말 잘했구나 하는 생각이 든다(지금 그곳은 새만금 개발의 가장 중심에 있는 도시로 자리 잡고 있다).

적당한 인파에 아름다운 풍광(風光)까지 어우러진 그곳에서의 여행을 그들은 영원히 잊을 수가 없을 것이다.

3박 4일의 일정을 생각하고 떠나온 여행이다. 정말 다행히도 날씨까지 피서하기에 적당하다. 은경과 상현은 부모로서의 역할을 위해 최선을 다하는 모습이다. 오로지 놀이와 관광의 모든 활동은 승혜를 위해 이루어지고 있다. 은경은 당연한 거겠지만 상현 역시도 혹 자신에게 흠이 되는 모습이나 행동은 없는지 각별히 유념하는 모양새다. 승혜가 즐겁게 놀아주니 더할 나위 없이 행복하기만 하다.

"자기야, 승혜 피곤했는지 벌써 잠들었나 봐. 자기도 피곤하지."

나란히 누워 사랑스러운 표정을 지으며 마주하고 있다. 은경에게서 조금 떨어진 위치에 그녀의 딸 승혜가 따로 만든 잠자리에 곤히 잠들어 있다.

"아냐, 난 괜찮아. 남자가 뭐 이런 일로 피곤해 하겠어."

당연한 일이라며 아무렇지 않은 척 한다.

"자기 너무 고마워. 승혜가 저렇게나 좋아하는 걸 보니 나도 너무 자기에게 고맙더라고. 정말 고마워."

은경이 상현의 옆으로 바싹 다가와 안기어 온다. 상현이 그녀를 포근히 감싸 안는다. 은경의 살 내음이 좋다. 영원한 행복이길 소망해 본다.

그렇게 한참을 나란히 누워 이야길 나누던 은경이 미끄러지듯 상현의 아래쪽으로 향한다. 상현이 움찔 한다. 언제나 그랬듯 그녀만의 방식으로 자기의 감정을 표출하는 여자.

"은경 씨, 왜 그래."

상현이 은경의 돌발적인 행동에 움찔한다. 하지만 싫지는 않은 듯 가벼운 제지만 하는 시늉을 취해본다.

"자기야, 괜찮아. 승혜 한 번 잠들면 귀신이 업어 가도 몰라. 더구나 오늘은 피곤해서 자기가 걱정 안 해도 돼. 절대 안심이라고."

한술 더 떠 안심까지 시키며 노골적인 행동을 취한다. 상현의 상징을 움켜 쥔 채로 입 안 가득 포만감을 만끽 하려 한다. 아이를 옆에 재운 채로 당돌하고 과감하게 사랑의 화신(火神)이 되어 간다. 그도 그녀의 화주(火主)가 되어 모든 걸 불사른다. 정말로 미워할 수 없는 사랑의 여인 채·은·경! 그들만의 여행도 아름다운 한 편의 추억으로 갈무리 되어 가고 있었다.

"자기야, 이번 달에는 생활비 조금 더 주면 안 돼? 생활비가 제법 많이 들어갈 것 같아서."

모처럼만에 생활비가 부족하다고 엄살을 부린다.

"왜, 무슨 일이라도 있는 거야?"

상현도 그녀의 남편임이 당연한 듯 태연하게 묻는다.

"응. 청주에 사는 혜린이 엄마 온대서. 그래도 손님 대접은 해야 되잖아. 그리고 토요일엔 서울에서 친구들 하고 모임도 있어서 올라가 보기도 해야 하고. 내가 무슨 돈이 있겠어. 자기 아니면 나 굶어 죽어."

그때 그 일이 있던 이후론 은경은 여느 집의 여인들처럼 가정주부의 모습으로 되돌아가 있었고 상현의 아내로서의 역할을 다소곳이 행해가고 있었다. 상현마저도 그런 모습들이 당연한 것인 양 인식하고 있었다. 그들만의 자연스러운 생활의 방식으로 받아들이고 있었다.

　며칠 동안 은경을 만날 수 없다고 생각하니 무척 심심하고 따분하게만 느껴진다. 벌써 이틀이 다 지나가는데도 전화가 없다. 더구나 내일은 친구들 모임이 있어 서울에 갈 것이고 일요일 밤에나 내려올 거라고 한다. 거의 4, 5일가량을 얼굴도 볼 수 없고 목소리도 들을 수도 없다. 정말 시간이 멈춰버린 느낌이다. 어제는 그래도 하루 종일 바쁘다보니 은경을 생각할 겨를이 없었지만 오늘은 아이들 하고의 방문 약속이 듬성듬성 잡혀 있어서 그녀의 생각이 더욱 나곤 했다. 계절이 초가을이라 서늘함이 느껴져야 정상인데 왠지 속이 뜨겁게 느껴진다. 시원한 국물에 소주 한 잔이 생각이 난다. 외투를 걸치고 나와 차를 몰아 달려볼 요량으로 자동차의 키를 찾는다. 이리저리 주머니 속을 뒤지다가 양복 주머니 속에 두고 온 걸 깜빡했다. 그녀의 집으로 가는 길에 포장마차가 있다. 포장마차와의 거리도 불과 500, 600m밖에 되지 않는다. 이따 어차피 술 한 잔을 마시게 되면 운전을 할 수가 없다. 걸어가는 것이 좋을 거 같다. 밤 12시가 넘은 시간이라 차량의 통행이 뜸하다. 아직도 장사를 하고 있다. 물어보니 새벽 2시까지 장사를 한다고 한다. 곱창 한 접시와 시원한 조개국물에 소주 한 병을 금세 비운다. 술기운 때문인지 가슴속이 조금은 시원한 느낌이다.

　집으로 들어와 다시 옷을 벗고 잠자리에 누워 본다. 술기운에 의지해서라도 잠이 들면 좋겠다. 그녀가 곁에 없음에 너무도 쓸쓸하고 외로운 하루였다. 내일과 모레는 또 어떻게 보내야만 할까.

"자기야, 내일 애들 좀 데리고 스케이트장 다녀올래? 언니네 집 가봐야 할 것 같아서."

처음으로 아이들을 맡기는 그녀다.

"언니네 집이 코앞인데 애들은 왜? 무슨 일 있어?"

아직까지 이런 일이 한 번도 없었는데 궁금해서 묻는다.

"은성 언니 내일 자궁 근종 수술 있대. 간병을 해줘야 하거든. 형부도 회사 월말 결산 때문에 도저히 시간을 뺄 수 없는가 봐."

"그런데 애들은 왜? 자기들끼리 있으면 잘 놀 텐데."

"애들이 며칠 전부터 보챘어. 혜민이하고 유림이, 정우, 승혜 데리고 놀다가 저녁 늦게 쯤 오면 될 거야. 애들한테도 말해 놨어. 언니한테도 자기가 애들 데려 간다고 했고. 알았지?"

상현이 승혜의 생일날 함께 했던 은경의 언니 은성(殷盛) 씨를 소개 받은 적이 있어 알고 있다. 은경은 그때 상현을 승혜의 과외 선생님이란 그럴 듯한 관계로 포장하는 탁월한 기지(奇智)를 발휘 했음은 물론이고 그 자리에서조차도 과외 선생님으로서의 임무를 충실히 행할 것을 요구하곤 했었다. 나중에 은경은 상현에게 어쩔 수 없는 부득이한 상황이었음을 이해해 달라고 했기에 그도 그녀에게 충분히 이해할 수 있다며 괜찮다고 했었다. 하지만 언젠가는 떳떳하게 인정받고 싶다고 조만간 기회가 왔으면 한다고 불만 아닌 불만을 토로한 적이 있었다.

우연히 은경의 언니 은성 씨를 그녀가 사는 아파트 앞 길가에서 만났다. 그녀는 은경과 상현과의 관계를 어느 정도는 짐작하고 있었으리라.

"상현 씨, 안녕하세요. 바쁘세요?"

예기치 않은 자신을 부르는 소리에 고개를 돌려 바라보니 언니 은성(殷盛)씨였다.

"네, 안녕하세요. 바쁘기는 한데 다행히 30~40분 정도 여유가 있네요."

시계를 보니 여유가 조금 있었다.

"그럼, 저희 집에 가요. 주스 한 잔이라도 대접해야 마음이 편할 것 같아서요."

그녀의 호의를 거절할 수 없어 함께 그녀의 집으로 따라 들어갔다. 그녀는 알고 있었다. 비록 이혼은 했다지만 젊고 예쁜 한창때인 여동생과 젊은 남자 상현과의 관계를 어느 정도는 짐작은 하고 있었으리라.

"상현 씨, 나이 물어 보는 거 실례인 줄 알지만 올해 몇이세요?"

은성이 냉장고에서 주스를 꺼낸 뒤 잔에 따르며 묻는다.

“32살입니다.”

그녀의 물음에 상현이 대답을 한다.

“상현 씨도 좋은 사람 만나 결혼하셔야죠. 늦은 나이는 아니지만 그래도 지금이 가장 좋은 나이 때 같은데. 상현 씨, 마음에 품고 있거나 결혼할 생각이 있는 여자는 있으세요?”

분명 둘의 관계를 알고서 묻는 것이 분명하다. 세상의 어느 누가 보더라도 두 사람이 사귀고 있거나 어떤 관계를 맺고 있다고 생각할 것이다.

“네, 있습니다.”

상현이 고개를 끄덕이며 대답을 한다. 은경을 염두에 둔 대답이리라.

“승혜 엄마도 걱정이네요. 성질이라도 좋아야지. 애가 고집은 왜 그렇게 센지. 빨리 좋은 사람 만나서 제대로 된 가정 꾸리고 사는 거 보는 게 언니로서의 소원이라면 소원이네요.”

분명히 은성은 상현을 염두에 두고서, 또한 그가 귀담아 들으라고 하는 말일 것이다. 그녀 역시 눈치 하나만은 벌써 동생과 상현의 관계를 알고도 남으리라. 때문에 상현을 향해서 동생에 대해 확실하고 분명한 관계의 정립을 요구하는 차원에서 지금 언급을 하고 있다고 상현은 생각하고 있었다.

상현도 알고 있다. 그냥 그렇고 그런 관계가 지속 된다면 서로에게 상처만이 남는 법이다. 은경은 어떨지 모르지만 상현 그 자신은 지금 그녀에 대해 진지하고 솔직한 마음을 가지고 있다. 만

약에 은경이 상현 그와의 관계를 아무런 관계도 아니라고 부정을
한다면 자신만 비참해질 것 같다. 조만간 얘기를 나눌 수 있는 기
회를 가졌으면 하는 바램을 가져 본다.

"상현 씨, 지금 올래?"

역시 은경 그녀의 전화다.

"왜 무슨 일 있어?"

전화기 너머로 들려오는 그녀의 목소리가 나지막하고 차분하게
들린다. 평상시의 그녀는 밝고 쾌활한 통통 튀는 듯 명랑한 톤의
목소리이다. 그런데 오늘은 너무도 조용하고 낮게 깔린 저음의 목
소리이다.

"아니. 그냥 자기가 미치도록 보고 싶어서."

"……."

"자기가 얼른 와서 나 좀 사랑해 주라. 오늘은 에로틱(erotic)한
분위기에 취해보고 싶어. 참, 자기야. 나 자기에게 보여 주고 싶어
서 지금 노팬티 차림이야. 보고 싶지? 보여 주고 싶다. 빨리 와."

상현이 대충 준비를 하여 차를 몰아 달린다. 왠지 은경에게 무
슨 일이라도 있었던 것만 같아 조금 불안한 구석도 있다. 낮게 깔
린 저음에 에로스(eros)적인 태도와 말투, 여느 때와는 분명히 다
르다. 평상시의 은경은 에둘러 표현하는 법이 없는 솔직하고 담백

한 여자인데 오늘은 정말 이상하기만 하다.

"진짜 무슨 일 있는 거야?

은경의 집에 도착하자마자 적잖이 걱정이 되어 묻는다.

"아냐, 정말 아무 일도 없어. 그냥 왠지 오늘은 자기하고 찐하게 사랑도 하구 싶고 그래. 자기야 나 진짜 자기에게 보여 주고 싶어 아래에 아무것도 안 입었어. 노팬티라고. 보고 싶지? 보여 주고 싶다."

은경이 걸치고 있던 얇고 짧은 시스루를 걷어 올려 아무 것도 입고 있지 않음을 보여 주려 한다. 정말로 그녀는 아무것도 입고 있지 않았다. 검고 윤기 나는 음모(陰毛)에 석류처럼 잘 익은 살짝 벌어진 빨간 석류가 상현을 반기기라도 하듯 수줍은 미소를 지으며 배시시 웃고 있었다. 은경이 상현의 손을 이끌어 그곳으로 가져가 본다. 상현의 손바닥에 느껴지는 감촉이 부드럽다. 하지만 상현이 이내 손을 빼어 낸다. 사랑을 나눌 분위기가 아니라는 생각이 든다.

"은경 씨, 정말 무슨 일 없는 거지?"

상현이 다시 되묻는다.

"진짜 아무 일 없어. 퇴근하고 목욕 하면서 자기 생각이 미치도록 나는 거 있지. 왜 그럴 때 있잖아. 암캐들 바람나면 주체 못하는 거. 내가 오늘 그런 날인가 봐. 자기야, 나 오늘 뜨겁게 사랑해 줄 수 있지?"

은경이 안기어 온다. 마치 활활 타오르는 불꽃처럼 뜨거운 화녀

(火女)로 다가온다.

"그래 알았어."

힘껏 껴안아 준다. 뜨거운 가슴과 뜨거운 열정으로 뜨거운 포옹을 한다. 그리고 그들은 하나가 된다. 영원토록 하나가 되자고 맹세도 한다.

지난날들의 아픔과 지난날들의 생의 찌꺼기들 까지도 말끔히 씻어 버리기라도 하듯 그들의 사랑은 뜨겁게 이글거렸고 단순한 육체의 합일(合一)만이 아닌 영혼의 합일(合一)까지도 이루어 가고 있었다. 숭고하고 고귀한 사랑의 표현법이었다.

10월 29일. 오늘은 은경의 생일이다. 어제 그녀는 상현에게 '내일이 생일인데 어떻게 할 거야?' 하며 투정 아닌 투정을 부렸었다. 상현은 '뭐 생일이면 특별한 거야?'라며 일부러 시큰둥한 태도를 보였다. 상현의 의도된 설정이었다. 실망한 뒤에 찾아오는 기쁨이 배가 되듯 은경에게 그런 기쁨을 안겨주고 싶었다. 시간에 맞춰 꽃 배달을 부탁했고 예쁜 반지도 준비했다. 아무런 준비도 하지 않은 듯 하고서 은경의 집에 갔다. 상현의 그런 모습에 여간 실망한 기색이 아니다. 하지만 담담한 표정을 짓는다.

"자기야, 진짜 그냥 온 거야? 실망했어."

상현의 무성의한 모습에 기분도 조금 언짢아지려하고 실망스럽기도 하다. 곧바로 자기의 감정을 드러내는 여자. 그 모습이 참으로 귀엽고 예쁘다고 생각을 한다.

"생일이 뭐 특별한 날이야? 아침에 미역국 끓여 먹으면 되는 거 아닌가. 내 생일은 항상 그렇게 보냈는데."

정말 아무런 준비도 안한 듯 태연한 모습을 보인다. 소파에 앉아 TV를 켠 후 한참 동안을 은경은 아무런 말이 없다. 여간 토라진 게 아니다. 상현도 애써 그런 은경을 무시해 버린다. 은경의 그런 모습이 재미있다.

잠시 후 초인종이 울린다. 은경이 문을 열자 그녀에게 예쁜 꽃다발을 전해지며 팡파르와 함께 흥겨운 생일 축하 노래가 울려 퍼진다.

은경이 감격에 겨워 행복해 한다.

"자기야, 너무 고맙고 행복해. 사랑해."

상현의 깜짝 이벤트에 은경의 표정이 금세 밝아진다.

"이벤트 준비하려고 일부러 은경 씨를 놀린 거야. 미안해."

은경의 허리를 감싸 안은 후 꼭 껴안아 준다. 은경도 상현에게 힘껏 안기어 오며 뜨거운 키스를 퍼붓는다. 영원히 행복하기만 한, 아름답기만 한 그녀만을 위한 생일이었다.

금세 1년이라는 세월이 흘러 버렸다. 1년 전 이 무렵 ,그녀를 알게 되었고 그녀를 정열적으로 사랑했고 그녀를 위해서만 살아 온 그였다. 그녀를 위해서라면 세상의 그 무엇도 두려울 게 없었다. 몰래한 사랑이 뜨겁고 달콤하다하지만 상현은 은경에게 솔직했었고 그녀에게 충실했던 여느 부부(夫婦)들의 모습 그대로였다. 그녀를 미치도록 사랑했기에 예쁘고 아름다운 둘만의 보금자리를 꾸미고 싶었고 영원토록 함께하고 싶었다. 그녀를 위해서라면 목숨까지도 다 주고 싶었다.

"나의 여우!"

언젠가부터 상현은 그녀의 애칭을 '여우'라고 불렀다. 계속 이름을 부르는 것도 둘 사이의 관계가 싱겁고 무미건조 한 것 같고 '달링'이니 '여보'니 하는 것도 닭살 돋는 것 같이 느껴졌다. '사랑', '허니' 하는 것도 확 와 닿지도 않았다. 그래서 단둘이 있을 때엔 아주 색다르고 사랑스러운 애칭을 부르기로 했고, 그래서 은경은 '여우'라고 했고 상현은 '자기', '늑대'로 부르기로 한 것이다. 특히 사랑의 관계를 나눌 때에는 언제나 이런 애칭으로만 부르기로 약속을 했었다.

"왜, 늑대 남편."

은경도 그의 말에 멋지게 복수를 한다.

"아니, 은경 씨."

상현이 은경을 애칭으로 부르지 않고 다시 이름으로 바꾸어 부른다. 그녀를 '여우'라고 부르려니까 지금 은경에게 말하려고 하는 내용과 너무도 어울리지 않아 얼른 바꾸어 부른다.

"자기, 왜 갑자기 이름으로 불러?"

이상하게 느껴졌는지 상현에게 되묻는다.

"은경 씨, 2주 후면 우리가 만난 지 1년이 돼. 작년 3월31일이었어."

"1주년 기념으로 해외여행 어때?"

아무렇지 않은 듯이 이내 자연스러움으로 되돌아가는 은경이다. 어색해지려고 하는 묘한 상황에서는 얼른 분위기를 바꾸는 것도 나쁘지는 않다.

"함께 가면 좋기야 하지."

"그런데 오늘 자기 표정이 이상해. 무슨 일 있었던 거야?"

상현의 얼굴을 보니 어느 때의 표정이 아니다. 뭔가 할 말이 있는 듯 진지하고 담담한 표정이다.

"제대로 봤어. 그래서 말인데, 우리 이번 일주년을 계기로 지금의 이런 관계보다 훨씬 진전된 그런 관계가 됐으면 해서."

"지금 이대로가 어때서?"

조금 전의 분위기와는 사뭇 다르다. 은경의 표정이 약간 굳어진다.

"정상적이지는 않잖아. 우린 지금 단지 몰래 사랑을 하며 남들 눈치를 보고 있어. 우습지 않아? 더욱이 생활만은 벌써 부부와 같은 생활을 하고 있어. 승혜에게 교육상으로도 좋지 않고. 가끔씩은 나를 아빠와 아저씨 사이에서 혼동하고 있어."

정말 그랬다. 승혜는 요즘 상현을 '아빠'라고 부르는 일이 빈번했다. 그럴 땐 상현도 난처하고 곤욕스러웠다. 어린아이에게 다른 어떤 말로도 이 상황을 설명할 수 없음에 자괴감(自愧感)마저 들기까지 했다. 가슴으로는 이미 그의 딸이지만 그걸 어린 아이가 온전하게 받아 들여 주기를 기대한다는 건 그들의 욕심일 수도 있다. 만약 아이가 그런 상황을 거부하고 삐딱해지기라도 한다면 정말 큰일이다. 그나마 다행인건 아직까지 둘의 이상한 모습들, 말하자면 사랑을 교감하는 어떠한 소소한 애정의 행위들(볼키스, 포옹, 키스 등)을 승혜가 한 번도 보거나 인식하지 않았다는 것이다. 하지만 이제는 이런 애매한 관계보다도 진전된, 서로를 위하는 길이 무언지 고민하고 해결해 나가고 싶은 게 그의 솔직한 심정이었고 바램이었다.

"상현 씨, 조금만 더 기다려 주면 안 될까? 내가 엄마와 언니, 오빠들에게 기회를 만들어서 말해볼게. 가족들도 조금은 눈치를 챘을 거야. 생각해 봐. 다 큰 딸이 이 남자가 좋아 살겠다는데 어떻게 하기야 하겠어?"

은경이 미안한 마음이 들었는지, 아니면 상현의 마음을 이해할 수 있다는 것인지 상현의 옆으로 다가와 앉으며 그의 두 손을 꼭 잡는다.

상현의 마음은 정말 그랬다. 사랑의 시작은 떳떳하지 않은 몰래 사랑으로 시작됐지만 지금 이 순간 상현은 그녀를 세상의 그 누구보다도 더 아끼고 사랑하고 있다. 그녀의 모든 것이 그녀 은경만이 그의 심장 속에 자리하고 있고 그녀 은경만이 그의 영혼을 지배하고 있다. 그녀의 떳떳한 남편이 되고 싶었고 그녀의 딸, 승혜의 자상한 아빠가 되고 싶었다. 예쁘고 아기자기한 가정의 가장이 되고 싶었다.

파국(破局)

#. 오해와 진실

그녀의 딸 승혜에게서 전화가 왔다. 요즘 빈번히 자주 전화를 해서 이것저것 묻기도 하고 놀이 공원 등에 가자고 조르기도 한다. 물론 은경과 함께 있을 땐 자기는 전혀 그런 말을 한 적도 없는 척 철저하게 시치미를 뗀다. 참으로 영특한 아이다. 함께 저녁 식사를 하면서 상현이 먼저 말을 꺼내는 것처럼 말을 맞추자는 아이다. 역시 피는 못 속이는가 보다. 은경의 유전자를 고스란히 그대로 물려받은 보통이 넘는 영리한 아이다. 저녁을 차려 났다고 빨리 와서 식사를 하라며 부른다. 엄마가 교회에 저녁 예배를 갔기 때문에 직접 차려 줄 수 없어서 자기에게 대신 차려 주라고 했단다.

"밥은 먹었니?"

은경의 집으로 퇴근을 했다. 요즘 상현은 거의 매일 은경의 집으로 퇴근을 한다. 그냥 자연스럽게 그렇게 돼버렸다. 어느 날부터인가 상현은 은경의 집으로 퇴근을 하게 되었고, 혹시 상현이 늦게까지 퇴근을 하지 않고 있을 땐 '왜 아직 안 오냐', '사고라도 난 거 아니냐' 며 염려의 전화를 해 오는 그녀였다. 그녀의 딸 승혜도 역시 상현의 귀가가 늦는 날엔 어김없이 전화를 하곤 했다. 오늘도 방문 일정으로 인해 퇴근이 늦자 전화를 한 것이다.

그녀의 딸 승혜가 나름대로 저녁을 차린다고 부산을 떤다. 말이 상을 차리는 거지 은경이 해놓은 반찬을 냉장고에서 그대로 꺼내어 탁자 위에 올려놓는 동작의 반복인 것이다.

"네, 먹었죠. 참, 아저씨 밥 차리느라고 힘들었거든요. 엄마에게 말하지 말고 저 용돈 좀 주세요."

참으로 당돌한 아이다. 엄마의 남자에게 아무렇지도 않게 오히려 애교까지 부린다. 하지만 모든 게 예쁘고 귀여운 그 만의 아이, 그녀와 자신만의 딸 승혜다.

승혜가 냉장고에서 반찬을 꺼내고 국을 데운다. 국이 끓고 있는 동안 밥 한 공기를 퍼서 식탁 위에 놓는다. 처음으로 승혜가 차려주는 밥상이다. 오늘따라 승혜의 아빠 역할을 하고 있음이 실감이 난다. 눈에 넣어도 아프지 않은 귀엽고 예쁜 딸이다.

"승혜야, 고맙다. 맛있게 먹을게."

상현이 식탁에 앉아 밥을 떠서 한 수저 입 안에 넣는다. 승혜가 그 앞에 앉는다. 그 앞에 수첩이 하나 보인다. 그러고 보니 지난번 남원(南原)에 놀러 갈 때 상현이 승혜에게 선물한 것이다.

"승혜야, 이 수첩 네 것 아니니?"

"네, 처음에는 제 것이었는데 너무 크고 무거워서 엄마 줬어요."

"그랬구나."

상현이 대답한다.

상현과 이야기를 나누다가 조금 심심 했던지 거실로 가서 소파에 앉는다.

상현이 어느새 밥 한 공기를 거의 다 비워 간다. 하지만 앞에 놓인 수첩이 왠지 궁금해진다. 그녀 은경의 것이다. 자꾸만 신경이 쓰인다. 그 속에 그녀만의 무슨 비밀이라도 가득 채워진 것 같은 환상에 빠진다. 그리고 상현이 수첩을 펼쳐 넘겨본다. 비밀의 커튼을 열어 엿보고 싶은 마음은 아니었을까? 정말 어떠한 목적이 있었던 건 아니었다. 그저 궁금할 뿐이었다. 그러나 불행의 전주곡이었고 파멸의 씨앗이 될 줄을 그 누가 어찌 알았겠는가.

은경에게서 전화가 없다. 오늘 승혜와 함께 놀이공원을 가기로 약속을 했었다. 시간이 벌써 4시가 넘었다. 이젠 승혜를 만난다고 해도 놀이 공원에 갈 수가 없다. 이곳이 서울도 아닌데다 설령 간다고 해도 오늘이 어린이날이라 기다리다가 시간을 다 허비할 것이다. 순간 불길한 기운이 섬뜩 느껴진다. 혹시 그 남자? 지금 은경이 살고 있는 이 집을 살 때도 그 세무사라는 남자가 선뜻 융통을 해 줘서 살 수 있다고 했었다. 그런데, 몇 십, 몇 백도 아니고 오천만 원의 큰돈을 조건 없이 융통해 줄 사람이 과연 몇이나 있을까? 어떠한 친인척 관계가 있는 것도 아니고 그저 아는 지인

(知人) 정도의 사이라고 했다. 지난번 상현은 승혜에게 선물 했던 그 수첩을 본 적이 있다. 그리고 정말 우연히 그 수첩을 펼쳐 보았고 그 속의 몇 개의 번호를 급히 적은 적이 있었다. 그 중의 하나가 바로 세무사인 그 남자의 호출기 번호였다(비밀번호만 알면 전화를 통해서도 음성 사서함 내용, 전화번호를 알 수 있다). 평상시 은경이 그녀의 주변 사람에 대해 상현에게 언급할 때 세무사라는 남자에 대해서는 쉽게 이해되지가 않았었다. 약간의 의구심이 있었던 것도 사실이었다. 오늘도 가장 먼저 떠오르는 사람이 그 세무사라는 남자 남기섭(南基燮) 이었다. 그 남자의 호출기 번호를 누른 후 호출기의 끝 번호를 비밀번호로 하여 눌러 본다. 비밀번호가 맞지 않는다. 은경의 생일을 비밀번호로 해본다. 역시 맞지 않는다. 다시 몇 번의 시도를 해 본다. 이번엔 은경의 집 전화번호의 끝자리를 비밀번호로 해서 눌러 본다. 우연의 일치일까. 정확히 일치한다. 이젠 분명 둘 사이에 어떤 관계가 있음이 확실해진다.

— 기섭 씨, 은경이에요. 지금 어디에요? 가야 호텔 503호에 있어요.
빨리 오세요. 기다릴게요.

(1997년 5월 4일 오후10시 25분)

— 기섭 씨, 왜 아무런 연락도 안하는 거예요?
음성 들으면 전화 좀 주세요.

(1997년 5월 4일 오후 11시 24분.)

첫 번째 것은 뇌쇄(惱殺)적이고 끈적끈적한 비음(鼻音)이 섞인 목소리인데 비해 두 번째 것은 다소 신경질적이고 짜증이 섞인 목소리이다.

은경은 어제 이미 서울에 올라가 있었다. 배신감이 든다. 아니 어이가 없고 황당하기까지 하다. 은경이란 여자가 가소(假笑)롭기만 하다.

'내가 그동안 사랑했던 여자가 진정 이 정도의 여자이던가?'

'그럼 나에게 한 모든 행동들은 위선적이라는 건가.'

잠이 오질 않는다. 끓어오르는 증오심에 온 몸이 부르르 떨린다. 이제야 비로소 은경의 진심을 알았다. 그녀의 실체를 모두 알아 버린 것이다. 그녀가 애써 감추려 했던, 누구에게도 들키고 싶지 않았던 그녀만의 더럽고 추악한 비밀들을 말이다. 사랑이 덧없다. 사랑이 허무하다.

"은경 씨 지금 집에 있지? 지금 갈게."

어젯밤의 흥분이 좀체 사그라지지 않는다.

"누구세요? 제가 잠시 후에 전화 드릴게요."

손님이 와 있는지 일부러 태연하게 예의를 갖춰 전화를 받는 척한다. 한 시간 정도가 지나서야 전화벨이 울렸고 역시 은경에게서 걸려온 전화다.

"자기 왜 그래? 무슨 일 있어? 목소리가 떨리던데."

은경은 아무런 영문도 모른 채 상현에게 전화를 건다. 아까 서순정(徐 純情) 집사가 있는 상황에서 이런저런 이야기를 할 수는 없었다. 괜히 서 집사에게 자기의 치부와도 같은 남자관계를 알게 한다는 건 나중에 돌이킬 수 없는 부메랑이 되어 돌아올 수가 있다. 교회라는 데가 같은 종교적 신념과 믿음에 의해서 구성 된 조직이기는 하지만 어떤 이상한 관계나 스캔들(scandal) 등에 대해서는 가차 없는 매스(mass)나 린치(linch)를 가하는 냉정한 곳이다. 도대체 왜 상현이 난리를 피우는지 알 수가 없다. 아니 감히 알 수도 없는 일이다.

"승혜와 약속한 거 알고 있지? 그 일 때문이야."

이제야 정신이 번쩍 든다. 상현이 화가 날 만도 하다는 걸 모르는 건 아니다.

"아, 그거! 미안해. 내가 자기한테 아무 말도 안한 거야? 부산에 갔었어. 친구 있다고 했잖아."

우선 상황을 모면 하는 게 급선무라고 생각 하는지 그녀는 태연하게 거짓말을 하고 있다. 상현은 은경이 가식 속에서 살아가는 가면을 쓰고 있는 여자라고 느껴진다. 그녀의 진실을 알고 싶다.

"은경 씨, 지금 갈게. 당신에게 직접 듣지 않고서는 통 잠이 오질 않을 거 같아. 변명이라도 듣고 싶어. 갈게."

어느새 상현의 차는 아파트에 도착했고 엘리베이터의 버튼을 황급히 누른다. 엘리베이터가 내려오질 않는다. 또 고장인지 2분 가까이 아무런 동작도 하지 않는다. 계단으로 뛰어올라간다. 문을 노크하자마자 은경이 문을 열어 준다.

"자기 오늘 이상하다. 아까 전화할 때도 이상하다고 생각했어."

은경은 어느 정도는 짐작을 하고 있었다. 하지만 아무 영문도 모르는 척 해야만 한다.

"짐작하고 있을 텐데. 내가 왜 이러는지."

상현은 몹시 흥분해 있었다. 지금의 감정의 상태에선 무슨 행동이라도 일으킬지 자신도 앞을 알 수 없는 혼돈의 상태다.

"그걸 내가 어떻게 알겠어."

은경이 애써 무시를 한다. 아니 굳이 알고 싶은 마음은 아니다. 하지만 마음속으로는 상현과의 다툼에 대해서 어느 정도의 각오는 하고 있다. 쉽게 어물쩍 넘어갈 일은 아니라는 걸 누구보다도 잘 알고 있는 그녀다.

"어제 어디에 갔었어?"

상현은 다시 한 번 물어 보고 싶다.

"부산에 갔다고 했잖아."

역시 변명과 거짓으로 위장을 하고 있는 여자다.

자기의 입으로 '그 남자를 만났었다'라고 차마 말하지는 못할 것이다. 상현의 감정이 더욱더 북받쳐 오른다. 살기어린 핏기마저 비쳐진다.

"서울 가야 호텔은 뭐지?"

순간 은경의 낯빛이 하얗게 굳어진다. 온 몸이 굳어 버린 듯이 움직일 수가 없다.

"가야 호텔?"

금시초문(今時初聞)이라는 듯 도리어 되묻는다. 하지만 목소리는 두려운 듯 심하게 떨리고 있었고 안절부절 어찌할 줄 모른다.

"정말 모른단 말이야?"

다그치듯 언성을 높이며 묻는다.

"그래."

역시도 태연한 대답이다.

"503호, 남기섭, 그래도 모른다고는 말 못하겠지."

상현의 입에서 드디어 은경의 비밀스런 단어들이 터져 나온다.

"그걸 어떻게……? 이제 보니 자기 정말 무서운 사람이다."

은경이 제대로 말을 잇지 못한다. 자신도 모르게 인정을 하고만 꼴이 되었다. '정말 어떡해……. 이젠 어떻게 해야 하지?' 두렵기도 하고 무섭기도 하다.

"물론 나를 무서운 사람이라고 생각할 수도 있지. 수첩 생각나지? 얼마 전 밥을 먹는데 식탁 위에 수첩이 있더군."

"남의 수첩을 마음대로 봐도 되는 거야?"

정신을 가다듬어야 한다. 기분이 좀 더럽긴 하지만 가만히 넋놓고 있을 수만은 없다.

"물론 처음부터 볼 생각은 아니었고 정말 무심코 넘겨보는데 그 남자의 번호들이 눈에 띄더군. 당신이 그 남자에 대해 말을 할 때마다 뭔가 미심쩍었고 그래서 몇 개를 얼른 적었지. 결국은 내 직감 같은 게 맞았다는 거지. 당신을 믿고는 싶었지만 정말 왠지 예감이 좋지 않았어. 어디 한 번 아니라고 변명이라도 해 보든지.”

상현이 매섭게 몰아붙인다. 변명이라도 들어야만 마음이 진정될 거 같다.

“사실은…….”

무슨 말을 하려는데 용기가 나지 않는지 멈칫 한다.

“자기가 지금 오해하고 있는 거야.”

역시 변명의 귀재다. 위기를 모면해 나가는 데는 탁월한 재주를 지닌 여자다.

“오해라고?”

“그래, 오해야. 자기도 생각해 봐. 그 분은 세무사님이야. 나이도 육십이 다 되가는 분인데. 자기도 알잖아. 나 다른 사람들에게도 그런 식으로 애교 부리는 거.”

“그건 애교라고 할 수 없는 도를 넘은 정도의 유혹하는 소리 일 뿐이야.”

상현이 빈정거리는 투로 말한다.

“세무사님이 어린이대공원 티켓을 마련해서 저녁에 주신다고 해 놓고 잊으셨는지 그냥 집에 들어 가셨나 봐. 전화하기가 솔직히 미안해서 망설이다가 승혜 때문에 눈 딱 감고 전화 한 거야. 우리가 서울에 도착해서 티켓을 끊기에는 너무 늦잖아.”

“왜 그 사람이 그런 것까지 관여를 하지?”

듣고 보니 기분이 불쾌하다. 어찌 보면 상현 본인의 경제적 능력

까지도 은경에게 무시당하는 느낌이 든다.

"자기야, 그 분 우리를 딸처럼 손녀처럼 대해 주신 고마운 분이야."

"뭐? 고마운 분?"

상현은 정말 어이가 없었다. 이젠 자신과 자신의 딸까지도 그 남자의 딸이며 손녀라는 말까지 갖다 붙이며 두둔을 하고 있다.

"처음엔 서울 갈 생각도 없었어. 세무사님이 우리를 너무 어여삐 여기고 챙겨 주시는 게 미안하기도 하고 고맙기도 해서 미리 준비해서 간 거야. 물론 서울에 간 거는 세무사님이 오라고 해서 간 건 맞아."

"보통 사이는 아니라고 생각하는데."

"아침에 일찍 간다고 해도 자기도 알다시피 진(儘)만 다 빼버리잖아. 승혜는 승혜대로 대공원 가는 것만 기다리고 있고. 분명히 저녁도 사 주신다고 하면서 그때 주신다고 했거든."

상현의 말에는 대꾸도 않고 말을 한다.

"그럼, 난 뭐야?"

듣자니 기분이 나쁘다. 은경의 말이 다 사실이라고 해도 자신의 존재감은 그녀에겐 아무것도 아니라는 거다.

'은경에게 나의 존재감이 과연 이 정도밖에 되지 않는구나' 라고 생각하니 자신이 한심스럽다.

"자기한텐 미안해. 그저께 오후 늦게 세무사님이 전화를 하신거야. 그래서 자기에게 전화를 했었는데 바쁜지 전화를 받지 않아서 옷가지하고 화장품 같은 거 내가 미리 챙겨서 승혜 학원 끝나자마자 바로 픽업(pick up)해서 올라간 거였어."

사실을 말하는 것인지 거짓을 말하는 것인지 뭐라고 단정 짓지는 못하겠지만 은경은 상현의 말은 듣지도 않고 계속 말을 잇는다.

그러고 보니 은경에게서 두 번 연락(호출기에 번호가 찍힘)이 오긴 했었다. 다음날 학생들까지도 신경(휴일에 학습지도가 겹치면 일정을 조정하여 지도함)을 쓰는 바람에 눈 코 뜰 새도 없이 바빠 은경에게 미처 연락을 해줄 수가 없었다.

"하지만 나와의 약속은 뭐야?"

그건 그거고 지금의 상황이 그에겐 중요한 일이다.

"자기야, 생각해 봐. 이런 중소 도시에 서울처럼 놀이 기구가 제대로 갖춰져 있는 곳이 어디 있기나 해? 승혜 한 번도 대공원 같은데 가보지 못했어. 고작 가본 곳이라곤 작은 놀이 기구 몇 개 있는 그런 데만 몇 번 다닌 게 전부야. 자기가 이번엔 나를 좀 이해해 줘."

은경이 애원조로 진지하게 말한다. 왠지 그녀의 마음이 이해될 것도 같다. 하지만 꺼림칙한 마음은 지울 수가 없다.

"솔직히 기분이 더러워. 은경 씨 당신의 말이 수긍이 가지 않는 것은 아니지만 하여튼 그냥 넘어가기에는 당신의 세무사에 대한 말투라든지 그런 건 역겨운 건 사실이야."

"상현 씨, 당신 마음 충분히 이해해. 하지만 이번만은 나를 이해해 줘. 승혜를 봐서라도."

은경은 지금의 이 고비를 넘기기 위해 자신의 딸까지 들먹이며 갖은 노력을 다하고 있다고 생각이 든다.

"당신은 그럼 나에게 어떻게 믿음을 줄 수 있지?"

상현은 대충 넘어가고 싶지 않았다.

"그냥 좀 대범하게 믿어주면 안 되겠어?"

은경은 남자의 심리를 적절히 이용하고 있다.

"이런 일까지도 대범하게 양보하거나 이해하라는 건 당신의 욕심일 뿐이야."

"자기야, 다 알아. 그럼 어떻게 하겠어. 제발."

은경은 울먹이듯 한 음성으로 애원을 한다. 또다시 상현의 마음이 약해진다. 남자는 여자의 눈물에 약하다고 누가 그랬던가. 상현도 역시 그렇게 되어가고 있었다. 은경이란 여자가 불쌍해진다. 전화를 했었던 그녀를 매정하다고만 할 수는 없는 것이다. 또 사실일 수도 있는 거고.

"그래, 알았어. 은경 씨 당신의 전화가 있었던 건 사실이었어. 날 완전히 무시하지는 않은 걸로 이해를 하지. 이랬다저랬다 하는 건 아니지만 남자로서 이번 일은 덮도록 하지. 당신을 믿을게."

기분이 유쾌하지는 않지만 결국은 은경이란 여자를 용서를 하고 만다. 은경을 토닥여 주고 싶고 안아 주어야만 한다. 사랑하고 있고 또한 함께 살아가야 할 여자이기에 무조건 믿어주어야 하는 것이 남자의 도리인 것이다. 내 여자의 과거까지도 이해해 주는 남자가 되어주자며 스스로에게 위안을 삼는다. 며칠 동안의 자신의 모습이 싫다. 은경에게 못난 모습을 보인 거 같아 미안하기도 하고 가슴이 아프다. 세무사에 대해서는 전에 자신에게 말한 적도 있고 자신과 함께 있을 때 통화도 여러 차례 한 적도 있었다. 그때마다 은경은 옆에 있는 남자 친구에게 하듯이 세무사를 대하곤 했었다.

은경이 개방적여서 그런지 아니면 천성적으로 성격이 그런지는 알 수 없지만 하여튼 애교와 끼가 넘쳐 나는 그런 여자인거 만은 분명 했다.

둘은 맹세를 한다. 다시는 서로에게 오해 살만한 어떤 일도 없을 거라며. 무조건 서로를 믿고 사랑하며 살자고.

그들만의 길고 길었던 밤도 또 그렇게 흘러가고 있었다. 상현만의 착각이 아니기를 그는 간절히 기도하고 있었다.

날씨가 제법 더워진 느낌이 든다. 얼마 전까지만 해도 긴팔이나 가벼운 캐주얼 차림이 어울렸던 날씨였는데 며칠 전부턴 짧은 반팔을 입지 않고는 일상생활을 할 수가 없다. 냉장고에서 갓 꺼낸 아이스크림이 생각나는 날씨다.

상현은 오늘도 정신없이 다니느라 몸이 파김치가 될 지경이다. 차가운 물에 샤워를 한 후 팬티 한 장만 걸친 채로 선풍기를 틀어 놓고서 그 앞에 널브러진다. 잠깐 누워 있었는데도 땀 냄새나 더운 기운은 가신 듯하다.

"따르르릉!"

전화벨이 울려 얼른 수화기를 집어 든다. 분명 은경 그녀 말고는 이 시간에 전화 올 데는 없다.

"자기! 나야."

역시 은경이었다.

"응, 은경 씨."

상현도 평상시와 다를 게 없이 전화를 받는다.

"자기야, 지금 집으로 올래? 날씨가 제법 더운 거 같아서 자기하고 와인 한 잔 하고 싶어서. 냉장고에 몇 병 넣어 놨거든. 참, 올 때 내일 바로 여기서 출근할 수 있게 준비해서 와야 해."

그런데, 바로 그녀의 집에서 출근 할 수 있도록 준비를 해서 오라고?

"지금 가기는 하는데, 출근 준비를 해서 오라니? 어떻게 된 일이야?"

뜬금없이 출근 준비까지 해서 오라는 은경을 아직껏 보지 못한 그였다. 밤에 그녀의 집에서 함께 있다 헤어지기가 아쉬워 '자고 갈까?'라는 말만 꺼내도 '무슨 소리를 하는 거야'라며 기겁을 하는 그녀였다. 승혜의 존재가 그녀를 방심하거나 느슨해지는 걸 막아주는 그런 역할을 했음은 당연한 것이다. 그런데 오늘은 그녀가 변한 것이다.

"이따 자기 오면 말해줄게."

한사코 말을 하지 않는 그녀다.

상현은 여느 때와 마찬 가지로 얼굴에 스킨을 살짝 바른 후 차를 몰아 은경이 있는 그녀의 아파트로 향한다. 가는 길에 역시 88 라이트 담배 2갑을 사서 호주머니에 넣는다.

"은경 씨 무슨 일인데 그래."

상현이 현관문에 들어서며 신발도 벗기도 전에 작은 목소리로 궁금하여 묻는다.

"응, 승혜 오늘부터 내일까지 견학이거든. 1박 하고 내일 오후에 온데. 그러니까 오늘밤엔 안심하고 나한테 회포 확 풀라고."

못 말리는 여자인 줄은 알고는 있지만 이 정도로 철저하고 도발적 일 줄은 감히 예상하지 못했다. 아니나 다를까 분위기 또한 지극히 퇴폐적이고 에로스한 분위기이다. 소파엔 부드러운 하얀 패드가 깔려져 있고 탁자엔 밝은 분홍색 바탕에 빨간 꽃이 예쁘게 수놓아진 탁자포가 씌워져 있다. 그리고 붉은 빛이 감도는 촛불이 몇 개 켜져 있고 검붉은 빛의 블랙 와인 한 병과 투명한 화이트 와인 한 병이 몇 가지 과일 안주와 함께 놓여 있다.

"살다보니 이런 날도 오네."

상현이 유쾌한 자기의 감정을 말한다.

"자기야, 이거 말고 이벤트 또 준비 했는데."

은경의 말에 상현이 그녀를 유심히 훑어본다. 그러고 보니 화사한 화장에 하얀색의 엷은 드레스이다.

"은경 씨, 예쁘다."

상현이 그녀의 아름다운 모습을 보며 감탄해 한다.

"자기야, 예쁜 거 말고 또 다른 거 모르겠어?"

자기를 더 봐달라며 아양을 떠는 그녀다. 다시 한 번 은경을 자세히 훑어본다. 그런데, 아니? 역시나 대담한 여자다. 상현이 놀랍다는 듯 눈을 크게 뜬다.

"이제 본 거야? 이제야 눈치 챘구나."

은경은 오늘도 지난번 언젠가 '뜨겁게 사랑해 달라'고 했을 때처럼 아래에 아무것도 입고 있지 않았다. 노팬티 차림 그대로였다. 그녀만의 상큼하고 달콤한 거뭇한 비밀의 화원(花園)이 엷은 드레스 위로 과감하게 비치고 있었다. 검은색의 음모가 그를 미치도록 유혹하고 있었다. 실루엣 속에 감추어져 있는 그녀의 터질 듯한 육체는 그의 호흡까지도 거칠게 만들어가고 있었다. 상현의 이성이 혼미해져 간다.

"자기야, 앉아. 우리 와인 한 잔 해."

은경이 상현의 글라스에 와인을 한 잔 따른다. 상현이 은경에게서 와인을 건네받은 후 그녀의 글라스에 따라 준다. 서로 잔을 주고받으며 마신다. 그들의 얼굴이 발그레 달아올라 홍조를 띤다.

"자기야, 더우면 옷 벗고 마셔."

상현이 약간 더운 기운을 느끼는지 손바닥으로 부채질하는 동작을 취하며 웃옷을 벗어 소파 위에 올려놓는다. 와이셔츠만 입은 차림이다. 잠시 후 아예 넥타이를 풀고 와이셔츠도 벗은 채로 앉아 마신다. 2병의 와인이 거의 비워져 간다. 은경이 상현의 옆으로 바짝 다가와 앉는다. 그녀의 화사하고 상큼한 내음이 코끝을 스친다. 상현이 은경을 잡아 소파로 이끈다. 은경이 스르르 이끌려 소파에 눕는다. 그리고 그들은 하나가 된다. 세상에서 제일 아름다운 그만의 여인이 된다. 세상에서 가장 멋지고 박력 있는 그녀만의 남자가 된다. 초여름 밤의 아름다운 사랑의 하모니가 방안 가득 울려 퍼진다.

지루한 장마가 끝나는가 싶더니 35, 6도를 오르내리는 폭염이 연일 맹위를 떨치며 기세가 꺾일 줄을 모른다. 방학 중이라 방문 약속을 잡았던 아이들하고도 통 연락이 되질 않는다. 학부모들까지도 약속을 잊기가 일쑤이고 또한 자기들 마음대로 방문을 요청을 한다. 정말 미칠 지경이다. 방학 기간이라 오전부터 방문 계획을 잡아 놨었지만 밤 10시가 넘어도 끝나기가 어려울 거 같다. 진짜 최악의 하루였다. 밤 10시 20분이 넘어서야 마지막 주미네 집에서 나올 수 가 있었다. 주미네 집은 은경이 사는 동(洞)의 왼쪽에 있는 210동의 10층이었다. 계단 쪽 창가를 통해 은경의 거실 쪽을 바라보면 거실 안의 일부가 보이기까지 했다. 그래서 은경에게 각별히 신경을 쓰라고 당부를 하기도 했었다.

하지만 이건 또 무슨 운명의 장난이란 말인가. 그는 또 보고야 말았다. 보지 말아야만 했었다. 지난번 일로 상현과 은경은 서로

굳은 맹세를 했었다. 서로 다독여 주고 이해하자고. 믿고 사랑하자고. 그러나 그러한 맹세도 다시 공염불이 되어간다. 마음이 진정되지가 않는다. 심장이 터져버릴 듯하다. 엘리베이터를 타고 내려와 심호흡을 한다. 그리고 다시 그녀가 사는 동의 엘리베이터에 오른다. 문 앞에 서서 문을 두드릴까 하다가 멈칫한 후 가까이 귀를 대어 본다. 굵은 저음(低音)의 남자의 목소리가 들리고 깔깔거리며 웃고 있는 은경의 목소리도 들려온다. 도저히 마음을 진정할 수가 없다. 초인종을 누른다. 상현임을 확인한 은경이 황급히 문을 열고 나와 얼른 문을 닫는다. 그리고 자신의 손으로 상현의 입을 가로막으며 한 손으로는 상현의 팔을 이끌어 위층 계단으로 향한다. 두 사람의 목소리가 안으로 타고 흘러가는 것을 막기 위함이리라.

"무슨 일인데 연락도 없이 찾아 온 거야?"

작고 나직한 목소리로 조심스럽게 말을 건넨다.

"지금 저 남자 누구야?"

상현이 다그치듯 묻는다. 그때 세무사와의 일이 있었던 이후로 은경의 주변에서 무슨 일이 조금이라도 있기라도 하면 상현의 심장 박동 소리는 요동을 치곤 했다. 자신의 의지와는 상관없는 반응이다. 자꾸만 은경의 주변에서 그런 일이 벌어지는 것 같다.

"남자라니? 무슨 말하는 거야?"

은경이 시치미를 뗀다.

"내가 저쪽 110동에서 보고 온 건데, 아무도 없다고?"

“자기야, 사실대로 말할게. 집에 가 있어. 내가 전에 한 번 말했었던 시골 동창 명근이야. 저 친군 안양에 사는데 자기도 알고 있듯이 인월 초등학교, 중학교 동창회를 전주에서 했어. 그래서 온 거야. 바로 갈 테니 집에 가서 기다리고 있어.”

하면서 엘리베이터를 잡아 상현을 엘리베이터로 잡아 민다. 그녀를 밀쳐내고 안으로 들어가 확인해 보고 싶은 마음이다. 어쩔 수 없이 집으로 발길을 돌린다. 무덥고 뜨거운 기운이 방안 가득 느껴진다. 옷을 벗고서 샤워를 한다. 조금이나마 뜨거운 기운이 가시는 듯하다. 선풍기 앞에 앉아 선풍기 바람을 쐬어 본다. 바람이 시원하다. 잠시 후 방문이 열리고 은경이 들어온다. 다급했던지 금세 뒤따라 왔다.

“상현 씨, 오늘 일도 진짜 오해야. 동창회가 늦게 끝나는 바람에 안양에 바로 간다는 게 그렇더라고. 토요일이라 고속도로도 막히잖아. 술도 많이 마셨고. 친구 명근이가 남자 동창 중에서 나하고는 허물없이 지냈었어. 그래서 내가 집으로 오게 했던 거야.”

“아무리 그렇다고 해도 혼자 사는 여자 집에 따라오는 남자도 문제가 있는 것 아닌가? 그리고 왜 은경 씨 당신이 그런 일까지 상관을 해?”

“상현 씨, 제발 나 좀 믿어줘. 상현 씨가 나를 어떤 여자라고 생각하는지는 잘 모르겠지만 나 상현 씨가 생각하고 있는 그런 여자 아니야. 자 보라고. 나 생리 때는 어떤 남자라고 해도 함부로 관계 갖는 그런 여자 아니야.”

은경이 치마를 올린 후 팬티를 벗어 생리를 하고 있음을 보여준
다. 상현이 손으로 제지를 하며 팬티를 입힌 후 걷어 올린 치마를
내린다.

은경은 생리 할 땐 마치 자신이 금욕주의자(禁慾主義者)가 되기
라도 한 듯 철저히 관계를 거부 했었다.

지난 어린이날, 그 일이 있었던 이후로 상현은 은경에 대해 의심
스런 마음이 싹트고 있었음이라. 그러지 말아야지 하면서도 우연
의 일치라고 하기엔 너무도 생생한 일들이 벌어지고 있으니 그의
마음도 좀체 중심을 잡지 못하고 흔들리고 있다.

"됐어. 그만해."

상현이 두 눈을 지그시 감는다. 이 모든 게 꿈이었으면 하는 생
각을 해 본다.

"미안해, 자기. 지난번도 그런 일이 있었고 오늘도 또 이런 일이
있으니 나도 자기한테 죄책감 같은 것도 들어. 내가 좀 더 자기를
생각하고 신중하게 행동했어야 했는데 하여튼 정말 미안해. 두 번
다시 이런 일은 없을 거야. 맹세할 수 있어."

은경은 이 상황을 모면하기 위해 갖은 미사어구와 수식어를 동
원해 상현의 마음을 달래고 있다. 하지만 상현에 대한 미움과 분
노의 감정의 골은 더욱 깊어만 갔다.

"은경 씨, 지금 당신은 상황에 대한 본질을 잘못 파악하고 있어.
다른 남자와 육체관계를 가졌느냐, 아니냐를 따지자는 게 아니
야."

"자기야, 그래도 그건 중요한 거잖아. 내가 자기에게 불신의 빌미를 준건데. 정말 미안해."

은경은 거듭 상현에게 미안하다는 말을 되풀이 했다. 그게 진심인지 아닌지는 알 수 없지만 자기 자신의 행위에 대해 양심의 가책은 느꼈던가보다. 상현의 마음이 또다시 갈등을 한다. 언제나 그러했듯 은경을 단호히 정리를 하지 못하는 그다. 은경도 상현이 자신에 대해서는 항상 유약해 진다는 걸 알고 있었다. 여자의 연약함과 성(性)을 무기로 호소하고 매달리면 상현은 언제나 거기에 굴복을 하고 용서를 해 주었다.

"알았어. 나도 미안해. 하지만 이번이 당신을 믿는 마지막이 될 수도 있어."

역시 상현은 오늘도 마찬가지다. 다시 한 번 은경을 믿기로 한다.

"고마워."

은경이 고마움을 전한다.

"내 말 아직 안 끝났어."

"알았어. 들을게."

"다음에 또 이런 일이 반복된다면 어떤 일이 벌어질지 나도 몰라. 이건 협박도 아니고 당신이 지켜야 할 철칙을 말하는 것이야. 또 그런 일이 발생 된다면 당신은 사람도 아니야."

상현은 이번이 마지막임을 강조를 하며 은경에게 자신의 마음을 전한다.

"그렇게 할게."

은경이 맹세한다. 하지만 이런 일이 반복되면 반복될수록 둘 사이의 간극은 멀어져 간다는 걸 그들은 서서히 깨달아 가고 있었다.

"이유를 듣기 전에는 솔직히 당신이란 여자에게 배신감이 들었어. 하지만 나의 지나친 오해 때문에 이런 일들이 벌어지는 거 같아. 다시 한 번 미안해"

또다시 그녀의 포로가 되어버린다. 그녀의 울타리에서 벗어나지를 못하는 그다. 오히려 은경에게 미안한 마음을 전한다. 꼭 껴안아 등을 토닥여 준다. 하지만 왠지 가슴속 저 켠 한쪽이 횅한 느낌이 든다.

은경의 생각이 조금씩 정리되어 가고 있다. 이제 어떻게 준비를 해나가야 하는지 어느 정도 윤곽이 잡히기 시작 한다. 상현이 저 정도일 줄은 몰랐다. 물론 살아가기 위해 그를 이용한 건 사실이지만 솔직히 또다시 한 남자의 아내가 되어 살아가는 것이 두려웠다. 그럴 자신도 없다. 애초부터 결혼 같은 건 계획에도 없었는데 상현이 지나칠 정도로 사랑의 마음과 행동을 표현했고 또한 집착을 하다 보니 자신도 모르게 기회를 잃어버린 것이다. 어떻게든 살아나가는 일이 먼저라고 생각되어 딸 승혜와 살아가는 일에만 신경을 쓰다 보니 이렇게 돼버렸다. 순간 정신을 차리고 자신의 모습을 되돌아보니 이런 지경까지 되어 버린 것이다. 이제 부터라도 원래의 위치로 되돌려 놓고 싶다.

"은경아, 너 그 남자 대체 어쩌려고 그래? 더구나 총각이라면서."

혜린 엄마인 승주가 친구 은경의 모습이 마치 외줄타기라도 하는 듯 위태위태하게 보여 걱정되어 묻는다. 활활 타오르고 있는 불구덩이 속에 덩그러니 서 있는 그런 모습과도 같이 느껴진다. 그녀는 종종 청주에서 은경을 만나기 위해 전주에 내려오곤 한다. 은경이 승혜 아빠인 금호와 결혼하기 전 그러니까 막 스무 살에 접어들었던 꽃다운 어린 시절 때 연기 학원을 1년 이상을 다닌 적이 있었다. 그때 연기 학원을 함께 다닌 것을 계기로 하여 지금까지 인간관계를 유지하며 지내 온 사람이 한 승주(韓 承珠) 그녀이다. 서로 다른 영화와 드라마이긴 하지만 단역이나 조연으로 출연한 적도 여러 번 이었다.

"전주에 내려 와서 살려고 하니까 좀 막막하더라. 그 남자 만났을 무렵엔 정말 힘들었었어. 내가 힘든 내색을 하니까 그 남자가 제의를 하는 거야."

은경이 승주에게 그 남자와의 관계에 대해 고백한다.

"제의라니?"

남녀 관계에서 오고가는 제의란 어떤 것일까, 나름 상상도 해 보며 과연 그 제의란 게 무언지 궁금해진다. 신문이나 뉴스 같은 데서 보고 듣던 그런 관계를 친구인 은경이 경험 했을까 하는 궁금증도 생긴다. 승주 자신은 경험해 보지 않은 세계다.

"자기가 당분간 내 생활비 대줄 테니까 얼른 일어나 살아가라고 하더라고. 몇 달 정도는 걱정하지 말라 하더라고.”

“그건 맞는 말 아니니? 그럼 그 남잔 순수한 마음으로 너에게 다가온 거잖아.”

은경을 위해서는 타당한 얘기다. 설령 육체관계를 염두하며 금전적으로 지원을 해 주었다 할지라도 친구인 은경은 이혼을 한 여자다. 크게 문제 될 것은 없는 일 아닌가. 그리고 세상에 어느 남자가 자기가 번 돈을 함부로 쓸까. 하지만 이 남자는 자기의 이익을 기꺼이 먼저 포기를 하며 친구인 은경의 처지를 안타깝게 생각하며 도우려 한 그런 진실한 사람이 아닌가.

“아마 그랬던 거 같아. 하지만 남녀 관계라는 게 어디 무를 싹둑 자르듯 간단한 거 봤니? 그 남자도 나에게 속셈이 있어 그러겠지 하고 생각했지. 당연히 본심은 내 육체를 탐하기 위해서 일거라고 생각했어. 그리고 나도 정말 몇 달 정도만 생각을 했었거든.”

“그럼 그 남자도 속물이었니?”

이젠 오히려 승주가 더 궁금해 한다. ‘그 남자의 본심이 뭐였을까’도 궁금해진다.

“그러진 않았어. 이 남자가 사귄지 2개월이 지날 때 까지 먼저 전화하거나 집에 와서도 야한 소리 하거나 힐끔 쳐다보거나 하지는 않았던 거 같아. 여자에 대해서는 굉장히 신중하고 조심성이 있었어.”

“그럼 결국은 네가 먼저 유혹한 거네.”

“할 수 없이 내가 먼저 유혹한 거라고 봐야겠지. 근데 이 남자,

멍석을 깔아 줬더니 그때부턴 아예 나에게 떨어지질 않는 거야. 조금만 틈만 보이면 발정 난 수캐 같이 구는 거 있지. 남자들은 다 그런가 봐."

대화의 방향이 이상한 데로 흘러간다.

"남자들 원래 그래. 그게 남자들의 습성이야."

짓궂기도 하고 정열적인 남자인 듯도 하다고 승주는 생각을 한다.

"그 남잔 조금 순수한 면이 있었어. 그러니까 이혼녀인 나에게 쉽게 정을 줘버린 거겠지."

"근데 어쩌다가 이 지경까지 된 거니?"

승주는 은경이 잘 이해되지 않았다. 아무리 친구라고는 하지만 지금까지의 이야길 들어 보면 상현이란 그 남자를 이해할 수 있을 거 같았다. 정말 은경의 말대로 순수한 면이 있는, 여자에게는 열정적인 남자인 게 분명하다. 오히려 친구 은경이 속물스럽고 상현을 이용한 것이라는 생각이 든다.

"그래 맞아. 승주 네가 생각하고 있는 게 맞아. 내가 그 남잘 이용한 거야. 처음엔 일종의 거래라는 생각이 들더라. 하지만 그 남잔 일종의 집착 같은 게 많았어."

"집착이라고?"

"물론 나에게서 비롯된 것이기는 했지만 왠지 그때부터 그 남자에게 오만 정이 떨어지는 거 있지."

"그건 은경이 네가 잘못한 거잖아. 그럼 어느 남자가 그런 일을 당하고도 가만히 있겠니?"

승주가 상현을 옹호한다. 그녀는 은경에게서 지난번 상현과의 몇 번의 일들을 들어서 자세히 알고 있었다. 그런 일이 있으면 여자들이 더 죽기 살기로 집착하다 못해 난리지 않는가. 남자도 그런 일을 겪으면 마찬가지가 된다. 남자를 탓 할 수만은 없다고 생각을 한다. 대부분의 총각들의 심리는 나의 여자가 이혼을 한 상태이고 아이까지 데리고 어렵게 살아가고 있다는 걸 알았을 때 외면하지를 못한다. 보호 본능이 있어 그 여자를 보호해 주고 싶고 또 그 사랑을 아무런 이상이 없는 온전한 사랑으로 받아들인다는 것이다. 물론 여자의 이혼했다는 말을 그냥 순순히 받아들이고 이해를 한다는 것이다. 모두 그런 것은 아니지만 상당수의 총각들의 심리가 그러하다는 것이다. 상현도 그런 마음이었을 거라며 승주는 상현이 이해가 간다.

"하여튼 이젠 그 남자가 무서워. 그래서 결심한 거야. 안되면 만들어서라도 그 남자를 정리해야겠어."

은경의 결심이 확고해 보인다. 애처롭기도 하고 불안해 보이기도 하다.

"아무리 나에게서 원인이 있다손 치더라도 한 번 싫어지면 싫은 거 아니니? 난 그렇더라. 더구나 나와 세무사 아저씨와의 관계, 친구 명근이와의 관계 같은 걸 이상한 정욕 관계 뭐 그런 관계로 나를 인식하고 있다는 게 문제야. 물론 일부는 사실은 아니지만 이미 그 남자의 뇌리엔 항상 그런 상상으로 채워져 있다는 거야. 언젠가는 반드시 불거 터질 수밖에 없는 화약고인 거지. 그래서 우리는 이루어 질 수 없는 사이인 거야."

은경의 말은 조리가 있었고 이유는 타당해 보인다. 은경의 입장에서라면 당연히 그럴 만하다. 은경의 얘기까지도 모두 들어보니 승주는 두 사람 모두의 입장이 이해가 간다. 참으로 어렵고도 알수 없는 것이 남녀 간의 사랑이 아니던가. 그저 잘 마무리가 되어가기만을 바랄 뿐이다.

은경은 상현과의 관계 정리를 지금 바로 실천에 옮기고 싶지는 않았다. 아직은 혼자 살아 나갈 여력이 없다. '승혜 학원비는 어떻게 하고 또 먹고 살아갈 생활비는…….' '엄마와 언니, 오빠는 정말로 내가 이혼을 한 줄 알고 있다.' '큰 기업은 아니지만 시아버지가 회사 오너인데, 위자료는 충분히 받지 않았을까' 하고 생각하고 있을 게 분명하다. 은경도 '몇 년간 생활할 정도의 위자료를 받았으니까 걱정하지 말라'며 큰소리를 떵떵 치지 않았던가.

이렇게 마음이 힘들고 살아가기가 힘들 땐 승혜 아빠인 금호(金鎬)가 죽이고 싶을 만큼 미워진다. 별거를 하고 있는 것도 남편 때문이다. 남편 금호는 천성적으로 여자를 좋아 하는 바람둥이였다. 은경과의 첫 만남도 호텔의 나이트클럽에서 부킹을 통해서였다. 그리고 그날 함께 하룻밤을 보냈고 몇 개월이 지나 임신 사실을 안 뒤 금호를 다시 그곳에서 우연히 만났고 그 후 어쩔 수 없이 동거에 들어가게 되었다. 금호는 불만이 많았다. 꼼짝없이 한 여자에게 얽매이는 상황이 죽는 것 보다 더 싫었다. 그런 건 여자가 알아서 챙기고 지켜야 할 일이라는 생각을 가지고 있었다. 근근이 5년의 세월은 버텨 냈지만 그나마 그 정도도 금호에게는 자신이 견뎌낼 수 있는 인내심의 최대의 한계치까지 온 거였다. 둘은 당분간 별거하기로 했지만 그 후 5년 동안 금호에게선 어떠한 안부 인사조차도 없었다. 어디서 어느 여자와 딴 살림을 차리고 사는지 은경으로서는 알고 싶지도 않았고 관심도 갖질 않았다. 금호에 대해 미련을 가지면 가질수록 자신이 초라해지는 것 같고 비참해지는 것 같았다. 그래서 그 후론 자신의 인생은 자신이 책임져야 한다는 신념으로 열심히 살아온 그녀였다. 아는 언니를 믿은 게 화근이었다. 며칠만 융통해 주면 될 거라고 했다. 열심히 땀 흘려 번 5억이란 돈이 하루아침에 휴지 조각이 되어 버린 것이다. 그리고 현재의 상황까지 오게 된 것이다.

"자기야, 오늘 일요일이라서 수업 없지?"

이른 시간에 은경에게서 걸려온 전화다. 근 열흘만이다. 요즘 서로 먼저 전화해서 물어 보거나 하는 일이 없었다. 마음이 썩 내키지가 않았다. 지난번 일들 때문에 미안한 감정도 들고 그리고 서먹한 느낌마저 들어 전화기를 든다는 자체가 두렵기까지 했다. 그건 은경도 마찬 가지였다. 상현을 만날 때면 자존심이 상한다. 금전적 지원만 받지 않는다면 상현에게 손을 벌릴 이유가 없다. 하지만 지금은 어쩔 수 없다.

"응, 없어. 오늘은 예배 마치면 좀 쉬려고 하는데."

"그럼 잘 됐다. 예배 끝나고 아파트 앞 주차장으로 와. 갈 곳이 있어."

예배가 끝나자마자 아파트로 향한다. 은경과 승혜, 그리고 그녀의 모친이 나란히 주차장에 나와 기다리고 있다.

"선생님, 여기 타세요."

모친이 함께 있어 은경이 조심스레 말을 건넨다. 모두를 태우고 도착한 곳은 전주역 인근에 화려하게 꾸며진 아파트 모델 하우스였다.

"엄마, 아파트 청약하려고요. 좀 더 넓은 평수로 옮겨서 엄마랑 함께 살고 싶어요."

"그러냐. 잘했구나."

그녀의 모친이 딸이 대견하다며 칭찬을 한다.

"선생님, 구조가 같은 평수에 비해 넓고 예쁘게 빠진 거 같죠."

하며 상현에게도 말을 건넨다.

그리고 그날 은경은 계약을 했다. 서신동의 신시가지에 세워질 궁전 아파트 315동 604호. 그들이 함께 꾸미고 살아갈 그들만의 공간이었다.

상현 혼자만의 착각은 아니었으면 했었다.

오는 길에 모친을 금암동 오빠의 집에 모셔 드린 후 함께 집으로 들어온다.

"자기야, 아까 본 아파트 마음에 들어?"

승혜가 방에 들어가 옷을 갈아입는 동안 은경이 커피 2잔을 타서 가져 오며 말한다.

"마음에야 들지. 근데 나에겐 그림의 떡 아냐? 상관도 없는 일이잖아."

그의 솔직한 심정이다. 지난 몇 번의 사건으로 인해 은경과의 관계는 서먹서먹하고 그녀와의 미래는 불완전하기만 하다. 언제 깨질지 모르는 유리잔과 같다.

"그림의 떡인지 아닌지는 두고 봐야지. 모두 자기하기에 달려 있어."

"그럼……."

그 의미를 알기에 말이 이어지지 않는다.

"그래, 맞아. 다 당신 하기 달렸다고. 내가 어디서 돈 벌어 올 데나 있어? 알았지?"

은경이 은근히 상현에게 가장으로서의 책임감을 강조 한다. 영원히 함께 하는 사랑을 꿈꾼다. 상현만의 환상이 아니기를, 상현만의 착각이 아니기를 소망 하면서.

자꾸 이상한 꿈들을 꾸곤 한다. 그의 의지와 상관없이 꿈은 언제나 그의 의식 속을 맴돌았고 마치 현실인양 그를 괴롭히기도 했다. 밤하늘의 별빛들이 갑자기 까맣게 되어 칠흑이 되기도 했고, 환한 대낮에 갑자기 붉은 태양이 사라지기도 했다. 그중에서도 그의 마음을 아프게 한건 은경의 아파트 문 전체가 회색의 콘크리트로 막혀져 있어 들어 갈 수 없는 일이었다. 그리움에 못 이겨 은경에게 찾아가 문을 두드릴라 치면 현관문은 어디론가 사라져 버렸고 그곳엔 콘크리트의 장벽으로 막혀져 있었다. 집안으로 부턴 언제나 여자의 깔깔거리는 음성과 남자의 음성이 메아리쳐 들릴 뿐이었다. 그리고 이리 저리 헤매다가 지쳐 쓰러져 있는 곳은 언제나 텅 빈 그의 보금자리뿐이었다.

은경이 아파트를 청약한 뒤로 상현은 일에 더 열심히 매달려야만 했다. 가장(家長)의 임무가 무언지, 도리가 무언지 알기에 무책임하거나 방관할 수가 없는 것이다. 또한 은경을 믿어야만 한다. 그동안 온갖 수많은 갖은 일들을 겪었고 그 일로 다툼도 있었으며 또한 이별의 문턱에까지 빈번했었지만 모두 이해해 주고 가슴 깊은 곳에 묻어 두어야 함이 서로를 위한 도리이고 상대에 대한 사랑의 행위인 것이다. 더욱이 그녀는 둘의 관계를 이젠 인정한 것이다. 내년에는 결혼식도 해야 한다. 은경도 아파트를 본 이후로는 보름 정도는 거의 매일매일 전화를 하여 인테리어는 어떻게 할 것이며 침대는 어떤 걸로 할 것인지, 소파와 가구 그리고 가전제품과 주방은 어떻게 할 것인지 의논을 하곤 했다.

상현도 비로소 그녀가 자신과 평생을 함께 할 반려자라고 확신을 한다. 하지만 아파트를 본 이후 보름 정도가 지난 어느 날부터인가 은경의 전화하는 빈도가 줄어드는 느낌이 있었는데 보름 전부턴 전화를 해도 받지를 않는다. 더욱이 추석이 지난지도 며칠이 됐는데 아직껏 연락조차도 없다. 사실 지난번 있었던 그 일 때문에라도 그가 먼저 전화 걸기가 좀 그랬다. 괜히 미안하기도 했고 또한 너무 은경에게 집착 하거나 오해하지 않았나 싶어 상현 자신이 전화하는 것을 자제해 왔었다. 또한 은경이 상현을 그렇게 인식할 수도 있는 일이기 때문이었다. 그래서 보름 전 몇 번 전화를 했던 이후론 아예 걸지를 않은 그였다. 그러다보니 이틀이 3일이 되고 3일이 일주일이 되었고, 결국은 2주 이상 동안을 한 번도 전화 통화를 못한 상황까지 되어버린 것이다. 예전의 은경이라면 하루가 멀다 하고 전화를 해서 사랑을 확인하고 사랑을 받고 싶어 했었다. 그게 비록 가식적이라 할지라도 말이다. 은경에게서 무슨 일이 일어났음이 분명하다. 분명히 결코 지나칠 수 없는 어떤 중대한 상황이 일어났음이 확실하다. 빨리 은경에게 가봐야 할 것 같다. 만나보고 확인해봐야만 안심이 될 거 같다.

월말결산(月末決算) 때문에 아침 일찍부터 은행을 가야만 했다. 결산일인 매달 말일엔 회사에 입금(入金)을 하여 모든 거래에 대해 정산을 해야 하는데 학부모들로부터 미수금(未收金)이 조금 남아 있어 언제나 통장의 돈을 헐지 않으면 안 되었다. 은행엔 이른 시간인데도 사람들로 가득 차 있었다. 각종 공과금(公課金)과 세금을 납부하느라 다들 서두른 모양이다. 2대밖에 없는 현금 지급기 앞은 말할 것도 없고 창구에도 발 디딜 틈이 없다. 번호표를 보니 아직 차례가 많이 남아 있다. 거의 5, 60 명 정도가 앞에 있다. 기다리기가 지루해 문방구에 들러 오늘 아이들에게 줄 선물들을 사기로 생각하고 은행 문을 나섰다. 150m쯤 근처에 문방구가 있어서 걸어 갈 생각이다. 걸어가다 말고 다시 발길을 돌렸다. 생각해 보니 아직 돈을 찾지 않았다는 걸 깜빡했다. 지갑에 돈이 없다. 20분 정도를 기다린 후에야 겨우 돈을 찾을 수가 있었다. 주차장에서 차를 뺀 후 아까 사지 못했던 선물을 사러 천천히 차를 몬다. 저기 남녀 한 쌍이 팔짱을 끼고서 다정하게 걸어온다. 인적이 많은 곳은 아닌지라 금방 눈에 뜨인다. 부부(夫婦)인 듯 여자가 남자의 입주위에 묻어 있는 무언가를 화장지를 꺼내 닦아 준다. 여자가 닦는 걸 끝내자 남자가 여자에게 키스를 하려는지 입술을 대려 얼굴을 삐죽 내민다. 여자는 '길가에서 무슨 주책이냐'는 투로 남자를 살짝 꼬집는다. 남자는 아프다며 여자를 향해 엄살을 한다. 다정하고 행복한 한 쌍의 부부이거나 연인처럼 보인다. 그런데, 어디서 본 듯한 여자다. 낯이 익은 얼굴이다. 자세히 다시 한 번 쳐다본다. 맞다, 틀림없다. 둘이 함께 걸어오고 있는 여자는……? 그 여자는 바로 채은경, 바로 그녀였다. 갑자기 상현의 머리가 쭈뼛해진다. 심장이 뛰고 맥박도 요동을 친다. 바람난 아내와 정부(情夫)와의 정사(情事) 행위를 발견했을 때의 그런 더러운 느낌이다. 차를 길가에 대려 했지만 댈 곳이 없다. 잠깐 주차할 곳을 찾느라 두리번거리는 동안 은경과 그 남자의 모습이 사라져 버렸다. 20여 분 정도를 한쪽에 정차(停車)를 한 후 은경의 모습이 나타나기를 기다렸다. 하지만 은경의 모습은 더 이상 볼 수 없었다. 할 수 없이 찾는 걸 포기하고 출근을 해야만 했다. 온종일 일이 손에 잡히지 않는다. 바로 그 남자가 있어 은경이 나를 망각해 버린 게 확실하다. 오늘은 만나서 모든 걸 얘기해야 한다. 더 이상 못난 남자가 되고 싶지 않겠다고 다짐을 한다. 더 이상 여자에게 끌려 다니는 인생은 살지 않겠노라고.

"은경 씨, 오늘은 꼭 만나보고 싶은데."

모처럼 만의 통화다. 9시까지 눈코 뜰 새 없이 바빠 이제야 전화를 해본다.

"오늘은 너무 늦었고 내일은 약속이 있는데. 어떡하지?"

은경이 핑계를 대며 거절하려 한다.

"그럼 볼일 다 보고 나서 만나지. 늦게라도 기다리고 있을게."

오늘도 그녀는 뭐라고 대답을 할까 궁금해진다. 지난번 세무사라는 사람과의 일, 그녀의 친구라는 명근과의 일, 그리고 아직도 아니라고 믿고 싶은 평화동의 교회 최영인(崔瑩仁) 목사와의 일, 강원도 동해시의 경찰이었던 유 경장의 초청으로 그곳을 다녀왔다는 일 등이 결코 우연히 아닌 은경의 삶의 방식들이었다고 생각하니 온몸에 소름이 돋는다. 특히 교회 목사인 최영인 목사의 은경의 집 출입도 상현이 두 번이나 본 적이 있지만 한 번은 상현이 찾아 갔을 때 최 목사라는 사람이 다녀갔노라고 은경 스스로 말한 적이 있었다. 그런데 그때도 상현은 이상한 점이 느껴졌었다. 아무리 서로 간의 격이 없는 아는 사이라 하더라도 10시가 넘은 시간에 혼자 사는 여자의 집을 출입한다는 건 상식에 좀 어긋나는 행동이다. 더구나 그는 이제 마흔 살이 갓 넘은 젊은 목사이고 미혼이다. 물론 상현은 아무런 관계도 아닐 거라고 믿고 싶었다. 하지만 상현은 불행히도 은경의 이러한 모습들이 본래의 모습들이라고 생각되어진다. 특히 은경의 씀씀이를 생각해 보면 더욱더 확신이 든다. 그가 생활비조로 건네는 돈은 매달 적게는 150만 원에서 많게는 300만 원 정도였다. 그에 비해 그녀의 소비력은 거의 2배 이상 이었다. 승혜의 학원비만 해도 매달 70만 원이 넘고 각종 공과금과 자동차 유지비만도 50만 원이 넘는다. 150만 원은 그녀가 아무것도 먹지 않았다고 가정할 때에나 가능한 거였다. 더욱이 상현의 앞날은 아직은 불투명한 상태다. 그녀가 그에게 그의 어떤 것을 믿고서 자신의 인생을 맡기려 하겠는가 라는 생각까지 하니 머리가 하얘지고 철저히 은경에게 이용 되어 살아 왔다고 느껴진다. 더욱더 자신이 한심해진다.

　밤 10시가 넘었다. 그저께 늦은 시간이란 이유와 다음날의 선약을 핑계 대며 전화를 끊은 이후론 통화가 되지 않았다. 이틀을 꾹 참아 가며 은경과의 만남을 기다렸다. 아파트 단지에 들어와 차를 주차한 후 담배 한 개비를 꺼내 피워 문다. 잘 피우지도 않는 담배를 피우려니 담배만의 역함이 더욱 느껴진다. 담뱃불을 비벼 끈 후 밤하늘을 한 번 쳐다본다. 가을바람이 제법 쌀쌀하게 느껴진다. 은경의 아파트 쪽을 바라보니 때마침 은경이 거실의 커튼을 드리우고 있는 것이 보인다.

　엘리베이터에 오른 후 9층의 버튼을 누른다. 엘리베이터에서 내려 심호흡을 해본다. 마치 전장에 나가는 비장한 장수처럼 마음가짐도 다잡아 본다.

　"내가 전화하려고 했는데 연락도 없이 오면 어떡해."

　짜증스런 말투로 쏘아 붙인다.

　"연락하면 또 핑계만 댈 거 아냐."

　분명히 은경은 그러고도 남는 여자라는 생각이 든다.

"자기야, 나 거짓말하는 거 아니야. 그저껜 청주 혜린이네 집에 갔다가 늦게 도착해서 피곤해서 자길 안 만난 거고 어제는 선약이 있어서 못 만났어. 오늘은 또 하루 종일 장수에 있는 교회 기도원에 교인들과 갔다가 저녁에 겨우 도착 했어. 오자마자 들어오는데 전화벨이 울리더라고. 자기 나 요즘 감시해?"

이건 또 무슨 황당한 소린가. 적반하장이란 이런 경우를 두고 하는 말인가 보다.

"그저께 청주에 갔었다고?"

재차 확인을 해본다.

"그렇다니까. 자기 진짜 왜 그래? 자기 꼭 반쯤 실성한 사람 같아. 왜 말을 못 믿어?"

은경이 도리어 화를 낸다고 생각된다. 완벽한 알리바이라고 생각을 하는가 보다.

"은경 씨, 쌍둥이야?"

"그건 또 무슨 소리야? 자기 진짜 이해 못할 소리만 하네."

어이가 없다는 표정을 지으며 말한다.

"청주에 갔었다고? 그럼 그저께 오전에 제일 아파트 쪽을 걸어가던 그 여자는 누굴까? 분명히 은경 씨 당신이야. 내가 당신이란 위선적인 여자한테 속아 그동안 병신같이 마음을 뺏겼다고 눈까지도 봉사인 줄 알아?"

단호한 어조로 따지며 말한다.

"그저껜 청주에 갔다고 했잖아. 몇 번을 말해야 알아듣겠어?"

계속 시치미를 뗀다.

"참으로 어이가 없다. 지금이라도 인정할 수는 없어?"

도무지 자기 자신을 인정하려 들지를 않는다.

"그래. 난 떳떳해."

필사적으로 자신의 주장을 굽히지 않는다.

"그저께 웬 남자와 함께 걸어가지 않았다고? 그 남자의 입까지도 닦아 주는 걸 내가 똑똑히 보았어. 참 그 곳이 아파트 출구 쪽이라 사고 때문에 CCTV를 설치해 놨더군. 그리고 가게들도 요즘엔 CCTV를 설치하는 곳이 많아. 당신이 결백하다면 CCTV까지도 부정하지는 않겠지. 당신의 말이 맞으면 당신 하라는 대로 하지. 하지만 나의 말이 사실이라면 당신은 그 책임을 져야 해. 우리 관계에 있어서의 모든 책임을."

상현은 끝장을 보고 싶은 심정이었다.

"자기야 그건……."

얼굴빛이 확 달라진다. 거의 사색이 된 듯 하얗고 상황의 심각함에 목소리의 톤은 체념한 듯 낮게 깔린다. 자신의 비밀들을 상현이 속속들이 알아버린 게 분명하다.

"자기? 자기라는 말 이제 함부로 하지 마. 역겨워. 변명 같은 거 듣고 싶지도 않아."

상현의 분노는 극에 달했고 극도로 흥분했다. 이성이 마비되어 가고 있었다.

"그래. 나 원래 그런 여자야. 세상이란 그래. 너 같이 순진한 남자 등 쳐먹기 딱 좋은 세상이지."

조금 전의 모습에서 완전히 돌변하여 상현과의 관계는 전부다 포기한 듯 거친 말들을 내뱉는다. 관계의 지속은 서로에게 상처만을 주는 것이다. 이제 결단의 시간이 되었다고 느낀 듯하다.

"말이면 다인 줄 알아?"

"그래. 그동안 당신이란 남자가 본 거 전부 다 제대로 본거야. 살기 힘들고 삶이 고달파서 당신을 이용했어."

사실을 사실대로 말하는 것인지 아니면 홍분과 분노함에 기인한 감정의 극한 상태에서 말하는 것인지 은경은 모든 것을 포기한 듯 말하고 있다. 참으로 허무하고 괴롭기만 하다. 이루지 못할 사랑의 말로(末路)라는 것이 이런 것이란 말인가. 상현의 두 주먹이 파르르 떨린다.

"참으로 대단하고 무서운 여자였군. 오늘로써 당신과 나의 관계는 끝났어. 당신에 대한 모든 미련과 관심은 완전히 접도록 하지."

상현은 냉정한 마음으로 결단을 한다. 하지만 아프고 괴롭고 허무한 이별의 순간이었다.

그녀와 그렇게 헤어진지도 한 달이 다 되어 가는데 2년 동안의 미운 정 고운 정 때문인지 쉽게 지난날들이 지워 지지가 않는다. 더구나 헤어진 과정이 너무 가슴 아프다. 하지만 그녀에게서 느낀 배신감은 어떤 말로도 표현되지 않는 참담함 바로 그것이다.

진실로 상현은 그녀와의 달콤한 사랑을 꿈꾸었었다. 그녀의 딸 승혜를 남의 자식이라고 생각한 적이 단 한 번도 없었다. 그들의 소중한 딸이었고 그들의 영원한 분신(分身)이었다. 은경의 이혼도 역시 그는 문제 되지 않았다. 그는 결혼이라는 관습적인 면에선 철저한 진보주의자(進步主義者)며 개방주의자(開放主義者)였다. 이혼이란 건 인간의 결혼생활 동안 누구에게나 일어날 수 있는 삶의 일부분일 뿐이며 그렇다고 그게 손가락질을 받거나 천벌을 받을 만한 잘못은 아니라고 그는 생각하고 있었다.

코스모스의 한들거림이 계절이 가을임을 말해 주고 있다. 가을 하늘의 청랑(晴朗)함과 시야(視野)에 비춰지는 풍광(風光)이 시원스럽다. 들판엔 황금물결의 풍요로움이 충만해 있고 벼 익는 소리까지도 귓가에 선명히 들려온다. 달리는 차창 밖으로 보이는 잘 익은 해바라기가 노란 모자를 푹 뒤집어 쓴 채로 고개를 숙이고 있다. 추수한 벼를 말리느라 한적한 시골길 도로위엔 온통 비닐과 천막이 펼쳐져 있다. 나이 지긋한 노부부 한 쌍이 벼를 이리저리 뒤섞고 하며 분주히 움직이고 있다.

차를 몰아 김제의 심포(心包)항으로 달려 본다(지금은 새만금 간척 사업으로 인해 육지가 되었다). 정확히 작년 이맘때 함께 온 적이 있던 곳이다. 개펄에 들어가 작은 조개들을 함께 캐던 일, 그리고 해변을 거닐며 소라껍질이며 조개껍질을 줍던 일, 그리고 밀물 시간이 되어 망해사(望海寺)에 올라가 상큼한 바다 내음을 맡으며 푸른 바다를 바라보곤 했던 일, 마치 모든 일들이 방금 전의 일인 양 주마등처럼 스치며 지나간다. 감상에 젖어 한참을 그렇게 머무르고 있다 깜빡 잠이 들어 한기(寒氣)에 놀라 깨기도 했었다. 그때 그들은 행복해 했고 세상 모든 걸 가진 듯이 즐거워했다. 돌아오는 길에 백합 조개를 사가지고 집에 돌아와 시원한 백합국을 끓여 쪽파를 송송 썰어 넣고 저녁을 먹곤 했다.

하지만 지금 이 순간 이곳의 풍경은 쓸쓸함 자체다. 혼자만의 외로움이란 게 바로 이런 것인가 보다.

상현이 새로운 사업을 시작한지도 몇 달이 지났다. 그동안의 경험도 있고 노하우도 생겨 성공할 자신이 있었다. 하지만 사업 이란 게 녹록치가 않는 것이다. 왠지 마음도 조급해지고 모든 게 내 맘 같지가 않다. 경제적 상황을 고려하지 않을 수가 없어 직장을 아직 그만두지는 않았다. 매일 출근하는 직장이 아니라서 회사는 회사대로 다니고 사업은 사업대로 하는 형태를 취했다. 거기서 버는 수익으로 그런대로 유지비는 충당하고 있었다. 당분간은 사업과 직장의 출근을 병행하지 않으면 안 될 거 같았다. 낮에는 정말 숨 쉴 여유도 없었다. 오전엔 오전대로 시간이 훌쩍 지나 버리고 오후엔 학생들 학습 관리와 회원 유치 홍보 활동에 하루 길이가 일주일만큼이나 길었으면 바라기도 했었다. 하지만 하루가 지나고 홀로 밤을 지새울 때면 그는 쓸쓸함에 우울해 했고, 배신감에 부르르 떨기도 했다.

차를 몰아 은경이 살고 있을 그곳을 향해 달려 본다. 그리고 무작정 엘리베이터에 오른다. 엘리베이터에서 내려 은경의 아파트의 초인종을 누르려다 깜짝 놀란다. '내가 지금 왜 여기에 있는 거지?' '내가 지금 무슨 짓을 하고 있는 거지?' 이내 손을 거두고 다시 엘리베이터의 버튼을 누른다. 엘리베이터가 도착하자 엘리베이터에 몸을 실은 후 황급히 그곳을 빠져 나간다. 그리고 그 다음날도 또 그 다음날도 역시. 몇 번은 초인종을 누른 후 자신의 모습에 깜짝 놀라 얼른 계단을 통해 내려 온 적도 있었다. 그럴 때면 은경은 베란다 창문을 통해 상현임을 알 수 있었고, 그녀의 감정 역시 흥분하고 있었을 것이다.

은경은 그즈음 상현과의 몸서리쳐지는 이별을 뒤로 한 채 마음가짐을 새로이 하고 있었다. 다행이 세무사 기섭이 생활비를 더 주겠다고 했다. 상현과의 관계를 유지하면서 기섭에게 생활비를 달라고 할 때도 기섭은 오로지 은경만을 생각했었고 부족하지 않게 생활비를 주었지만 은경이 엄살을 부렸더니 금세 그러하겠다고 한다.

"자기야, 이번 달에는 내려와. 내 생일 때 맞춰서."

은경은 아무 일도 없었다는 듯 기섭을 대한다. 타고난 끼가 있는 여자다. 남자를 요리하는 것에는 일가견이 있는 여자다.

기섭과의 관계도 벌써 7년째이다. 남편 금호와 별거에 들어 간 후 먹고 살기 위해서 시작한 장사가 음식 장사였다. 대치동 학원가가 밀집되어 있는 곳에 자그마한 식당을 차렸고 맛깔난 음식 솜씨 때문에 장사가 생각보다 훨씬 괜찮았다.

기섭은 그곳 학원들의 장부 기장 대리 업무와 각종 세무 상담을 했고 강남의 교육 열풍에 그의 세무사 사업도 잘 되었다. 은경도 장사를 하며 세무사의 도움이 필요했었고 그때부터 어언 7년의 세월을 그의 첩(妾)이 되어 살아 왔다. 기섭에게는 은경이 젊고 예쁜 애첩(愛妾)이었던 것이다. 은경도 '세상은 한 번 살다 가면 그뿐인데 즐길 것은 즐겨야 되는 거 아닌가' 하는 극단적인 개방적 사고를 가지고 있는 여자였다. 애초부터 상현하고는 어울릴 수 없는 천성적으로 애첩의 기질이 있는 그런 여자였던 것이다.

기섭과의 나이차가 스무 살이 넘었지만 은경에게는 전혀 문제될 게 없었다.

상현만의 상상이 아니고 상현만의 착각이 아니기를 그는 간절히 소망해 본다.

갑자기 웬 남자 한 명과 여자 한 명이 찾아 왔다. 상현은 그들이 누군지, 무엇 때문에 왔는지 전혀 알 수가 없었다.

"누구신지? 무슨 일 때문에 저를 뵙자고 하신 거죠?"

상현이 예의를 갖춰 그들을 맞는다.

"승혜 외삼촌입니다. 이 사람은 승혜 외숙모구요."

키가 조금 작고 적당히 통통한 체격의 말쑥한 인상의 남자가 자신들을 소개한다.

"외삼촌이시라면 채은경 씨 오빠 되신다는 건가요?"

"네, 맞아요."

"그런데 무슨 일로 오신 거죠?"

전혀 예측이 되지 않는다. 은경과 그렇게 헤어진 마당에 만날 이유도 지금으로선 없는데.

"아니 선생님, 우리가 왜 찾아 왔는지 진짜 모르겠다는 거요?"

도리어 반문을 한다.

"네, 전혀요. 그리고 우린 헤어진 지 벌써 몇 달이 되었습니다."

"선생님, 동생 그만 좀 괴롭히세요. 동생 지금 별거 중인데, 승혜 아빠 쪽에서 선생님과의 관계를 어떻게 알았나 봐요. 지금 굉장히 힘들어 합니다."

타이르듯이 말을 한다. 그런데 별거라니?

"별거라니요. 처음 만날 땐 별거라고 말했지만 나중에 '사실은 이혼한 지 4년이 넘었다'고 했었습니다. 그래서 그 이후로 그 여자를 본격적으로 만나게 된 거구요. 그럼 저를 속인 거네요."

상현은 은경이 이혼이 아닌 별거를 하고 있었다는 말에 깜짝 놀랐다. 기가 막혀 말도 잘 나오지 않는다. '그럼 은경과의 관계는 말하기도 듣기도 거북하고 소름이 돋는 내연(內宴)의 관계가 되어 버린다는 건가?' '졸지에 내가 그녀의 내연남(內宴男)이 되는 거라고?' 헛웃음만 나올 뿐이다.

"요즘 선생님이 자꾸 승혜 엄마 주위를 맴돈다고 하더라고요. 선생님이 무섭데요."

가만히 앉아 있던 은경의 올케가 한 마디 거든다.

이제 생각해 보니 헤어진 후 한 달 정도는 자신도 모르게 은경을 찾아가 무심코 초인종을 눌렀던 적도 있었다. 그를 두고 하는 말인 듯하다.

"알겠습니다. 처음엔 사실 나도 모르게 뭔가 허전하고 우울하기도 하고 또한 분노와 배신감 때문에 승혜 엄마 주변을 서성인 적이 있었습니다. 하지만 지금은 맹세코 아닙니다. 앞으로 그런 일 없을 겁니다. 죄송합니다."

사실을 말하고 용서를 구했다.

"알겠습니다. 직접 뵈니까 그러실 분은 아니라는 생각이 듭니다. 하여튼 부탁드립니다."

예의를 갖추시며 떠나는 그들을 보니 지난 몇 번의 자신의 행동이 죄스럽기도 했다. 하지만 처음 보름 정도는 자신의 감정을 통제하지 못해 은경의 주변을 서성거린 적은 있었지만 그 후로는 정말 그런 일이 없었다. 어떠한 오해의 빌미도 주지 말자고 스스로에게 다짐을 한다.

아침 조회를 하는데 전화가 울린다. 은경의 언니 은성 씨였다.

"상현 씨, 저 누군지 알겠죠? 승혜 이모예요."

"무슨 일로 전화를 하신 건지."

"상현 씨, 정말 이러시기예요? 방금 전에는 또 무슨 일로 승혜네 집 다녀간 거예요?"

이건 또 무슨 일이란 말인가. 지금 직원들과 아침 조회를 하고 있고 얼마 전 그녀의 오빠 내외가 다녀간 이후엔 은경의 주변을 얼씬도 한 적이 없다.

그리고 또 며칠 후에도 몇 번 은성 씨로부터의 전화가 걸려 왔다.

뭔가 잘못되어 가고 있다는 생각이 든다. 한밤중의 난데없는 전화들, 은경의 주변에 얼씬도 말라는 자주 걸려오는 전화상의 남자들의 협박. 요즘 상현의 주변에서 일어나는 일들이었다. 분명 오해와 함께 은경의 어떤 불안정한 심리 때문에 이런 상황들이 일어나고 있다고 생각되었다. 아니면 은경이 어떤 자기 방어적 차원에서 상현을 이용하고 있거나. 아니면 은경이 계획적으로 이런 상황으로 몰아가는 것이라고 밖에는 생각되지 않는다. 즉 일종의 '나는 지금 이런데 저 사람이 괜히 혼자 이러저러하다'는 식의 핑계거리를 연출하고 있다고 상현은 생각할 수밖에 없다.

은경과의 관계를 말끔히 지워 버리기 위해선 은경을 통해서만이 가능하다. 은경을 만나 해결하는 방법이 최선의 길이라고 판단된다. 일과를 마치고 가는 길에 은경의 차가 교회 주차장에 주차되어 있는 것이 보인다. 차에서 내려 메모지를 꺼내 몇 자 적어 차창 문에 끼워 놓는다.

서로 간에 미움과 오해가 남아 있는 것 같다. 만나서 대화를 하는 게 가장 현명한 방법인 듯하다. 기회를 만들면 한다. 답변 기다리겠다.
TEL ○○○-○○○○

from. 박상현

몇 번을 다시 메모를 해서 전해 본다. 하지만 오히려 상현에게 날아오는 화살은 더욱 날카롭고 거세어진다.

"내가 어떻게 하느냐에 따라 널 매장시킬 수도 있고 널 죄인으로 만들 수도 있어. 요즘은 여자 세상이야. 내가 어쩔 수 없이 너에게 육체를 유린당했다고 하면 네 인생은 그것으로 끝이야. 네가 나에게 줬다는 생활비, 그거 증거 있어? 없잖아!"

은경이 발악을 한다.

"말이면 다인 줄 아는데 은경 씨, 당신 그러면 안 돼."

훈계를 하듯, 타이르듯 말한다.

"되는지 안 되는지는 두고 보면 알겠지. 당장 내일부터 법적 절

차를 밟을 거야. 고소할 거라고. 내가 너에게 어쩔 수 없는 상황에서 수차례나 추행을 당하고 강간(强姦)당했다고 해 봐. 일단은 넌 구속이야. 그게 여자들이 살기 좋은 이 나라의 법이지. 그 다음은 당신의 몫이고."

은경이 말도 되지 않는 소리들을 지껄이고 있다. 이런 상황에서도 빠른 적응력을 보이고 있다는 생각이 든다.

은경은 여러 모로 생각을 해 본다. 자기 자신의 생활 방식들이 그릇됨을 인식하고 있는 그녀였지만 어차피 세상살이는 냉정하고 냉혹한 것이다. 그리고 상현에게는 일종의 빚(Debt)이 있다. 그가 자기에게 '다시 일어나 살아가라'며 '조건 없이 도와주는 것'이라며 지원해 준 생활비는 빚인 동시에 둘의 관계에 대한 일종의 거래이다. 양면성이 있는 지원이었다. 그런데 상현이 분명 이에 대해서 언급할 것임은 자명한 일이다. 먼저 선수를 치지 않으면 돈의 굴레에서 빠져 나올 수가 없다. 그리고 수천만 원이 되는 돈은 또 어디서 구하고.

"이렇게 잔인한 여자였었나? 어이가 없군."

상현이 쓴웃음을 지으며 말한다.

"그래. 난 당신에게 농락당한 거야. 어차피 증거도 없어서 모두 내 말을 믿게 될 거구."

은경은 추악하고도 철저한 방법으로 상현을 저주하고 있고 또 행동에 옮기고 있다.

상현은 극도로 흥분했다. 분노심이 극에 달했다. 자신이 꿈꾸던

사랑은 그런 사랑이 아니었는데 자신이 행했던 사랑은 불륜의 사
랑으로 변해버렸고 치정으로 얽혀버린 더럽고 역겨운 그런 사랑이
었다니 정말 어이가 없고 한심하기 그지없다. 그런데 한 술 더 떠
은경은 상현 그의 사랑을 강간이니 협박이니 하는 말로 그를 구
렁텅이로 몰아가고 있다. 철저히 그녀가 써놓은 각본대로 하고 있
는 여자다. 이런 여자는 응징만이 답이다. 세상 모든 사람들의 답
이 응징은 아니지만 상현의 생각은 달랐다. 그의 육신을 불살라
서라도 그런 더러운 여자의 삶의 행태는 세상에 알려야한다. 또한
두 번 다시 그런 농락하는 일이 없도록 그녀의 육체에도 철칙을
가해야 한다. 더 이상 농락당하는 사람이 없는 아름다운 사랑으
로 가꾸어지는 그런 사랑만이 가득해야 한다. 상현의 생각은 확고
했다. 그리고 서서히 준비해 나갔다. 아무도 상상하지 못했던 방
법을 상현은 세상에 외치고 싶었고 은경에게 철저하게 복수를 하
고 싶었다.

사랑의 단죄(斷罪)를 받다

그의 이성은 극도로 마비되었고 그의 영혼은 피폐해져 가고 있었다. 파멸의 늪으로 빠져 들어가고 있었다. 그는 이미 미쳐 있었다. 아니 인생을 포기하고 있다는 표현이 맞을 것이다.

'저 따위의 여자를 나의 모든 것인 양 위했고 모든 걸 바쳤건만 돌아오는 건 비참함과 추악하고 무서운 복수의 칼 날.'

인근의 철물점에 들러 신나 한 통을 사서 품속에 넣는다. 그리고 은경에게 전화를 한다.

"다시 한 번 묻지. 지금도 조금 전 네가 내뱉은 말에 책임을 질 수 있다는 말이지?"

다시 한 번 은경의 본심을 확인한다.

"그래. 널 가만히 두고 볼 거 같아?"

은경의 기세도 전혀 밀리지가 않는다. 상현이 나직한 목소리로 은경에게 말한다.

"그동안 난 너의 모든 말을 믿었고 너의 딸도 남의 딸이라고 생각한 적이 단 한 번도 없었지. 물론 너를 사랑했기 때문에 나에게 당신의 조건이나 주위의 여건들은 상관이 없었지. 조건 없이 너에게 모든 걸 주었어. 나의 그동안의 행동들을 돌이켜 생각해 보면 나의 진심을 미루어 짐작할 수 있을 거야. 마지막으로 다시 묻겠다. 나의 너에 대한 사랑은 진실했었다. 그럼 당신의 나에 대한 사랑은 도대체 뭐였지?"

"몇 번을 말해야 알아듣겠어?"

은경은 끝까지 지지 않는다.

"그래. 알았어. 너에 대한 사랑이 진정 진실했었고, 거짓이 아닌 순수한 사랑임을 보여 주지."

전화를 끊고서 차를 몰아 그녀의 아파트로 향한다. 길을 걷는 사람들 모두가 비틀거린다. 세상이 비틀거리고 영혼이 비틀거린다. 사랑이 절규를 한다. 엘리베이터에서 내려 계단의 창문을 통해 바깥을 내려다본다. 그리고 깊은 심호흡을 토해 낸다. 정신을 가다듬고서 은경의 아파트의 문을 거칠게 두드린다. 한참을 아무런 대꾸가 없다. 하지만 그녀도 상현의 계속된 행동에 어쩔 수가 없는지 문을 열어 얼른 그의 팔을 잡아 안으로 이끈다. 이웃들의 눈이 두려워서일까? 상현이 안으로 들어와 소파에 앉는다.

"마지막 기회다. 지금도 역시 생각에는 변함이 없는 건가?"

상현이 피를 토해내는 심정으로 묻는다.

"그래. 똑같아. 됐어?"

은경도 여전히 평행선을 달린다.

"참으로 뻔뻔스러운 여자군. 더러운 여자의 말로(末路)는 응징의 대가를 받는 것 밖에는 없지."

상현은 미친 맹수처럼 그 무엇을 찾아 헤맨다. 은경이 상현을 온 힘을 다해 저지를 하려 한다. 하지만 그의 기운을 당해 낼 수가 없다. 상현은 완전히 이성을 잃은 채로 주방 곳곳을 샅샅이 뒤진다. 그러나 아무것도 보이지가 않는다. 아파트 문을 박차고 밖으로 뛰쳐나온다. 무작정 거리를 배회를 한다. 너무도 허무하고 그동안의 은경에 대한 자기 자신의 행동들이 허무하게 느껴진다. 생각하면 할수록 비참해진다. 은경에게서 호출기 벨이 울린다. 아무 말도 하기 싫다. 또 다시 계속 되는 은경으로부터의 전화다. 공중전화 박스에 가서 전화를 건다.

"너 내가 그래서 너를 가만히 두지 않겠다는 거야. 내가 그렇게 사는 게 너하고 솔직히 무슨 상관이니? 우린 아무 사이 아니야. 착각하지 마. 넌 네가 내 서방이라도 되는 줄 아는데 내가 언제 너더러 함께 살자, 결혼하자, 그런 말 한적 있니? 너 혼자 말하고 너 혼자 판단했어. 넌 법의 심판이 어떤 것인지 한 번 당해봐야 해. 네가 아무리 발버둥 쳐 봐도 법은 내 편일 수밖에 없어."

은경의 항변은 매섭고 막힘이 없었다.

'은경의 본심이 이거였구나. 법보다 무서운 게 무언지 보여 주자.' '천벌을 받아야 하는 여자.' 무서운 속도로 차를 몰아 그녀의 아파트에 도착을 한다. 아파트의 문을 거세게 두드린다. 역시 무대응이다. 발로 문을 격렬하게 걸어찬다. 할 수 없이 문을 연다. 현관에 들어선 상현이 들어가지 않고 그 자리에 서 있다.

"왜 그냥 서 있는 거야?"

상현의 행동이 이상하게 느껴지는가 보다.

"마지막으로 하나만 물어보지."

"알았어. 뭔데."

약간은 누그러진 말투다.

"나의 너에 대한 사랑은 도대체 뭐였지?"

상현은 알고 싶었다. 은경의 진짜 속내를.

"무슨 개지랄할 사랑이야. 착각하지 말랬지."

역시 은경은 격한 말들을 토해내며 상현과의 관계를 부정한다.

"그래, 알았어."

은경과의 모든 관계를 청산해야 한다. 그녀로 인해 그 자신의 육체에 덧씌워진 더러운 정욕의 때와 오욕의 찌꺼기들을 털어내 버리고 태워버려야 한다. 상현이 옷 속에 숨겨 가지고 온 병의 뚜껑을 열고 몸을 위 아래로 몇 번을 흔들어 온몸에 적신다. 상현의 이상한 행동에 은경이 순간 멈칫한다. 온 몸의 감각을 통해서 실체를 찾으려 한다. 찰나의 순간 은경이 코끝에 전해지는 이상한 냄새를 눈치 챈 후 낯빛이 하얗게 사색이 된다.

"상현 씨 왜 그래? 우리 다 죽어. 엄마, 이 남자 신나 가지고 있나 봐."

절규하는 목소리로 부르짖으며 온 힘을 다해 상현의 행동을 제지하려 한다. 하지만 이미 상황은 늦어 버렸다. 상현의 온 몸에는 불길이 활활 타오르고 있었고 그는 이미 미쳐 있었다. 그렇게 해서라도 그의 떳떳함과 진실함을 말하고 싶었다. 두 사람 사이의 언쟁과 다툼을 바라보고 있던 은경의 모친과 승혜 그리고 조카 민주는 어디론가 사라져 버리고 없다. 어디론가 불길을 피한 듯하다. 상현은 뜨거운 불길에 몸부림쳤고, 은경도 갑자기 일어난 상황 때문에 반 실성이 된 채로 어디론가 사라져 버린다. 상현은 자신의 생명을 불길에 맡기었고 사랑의 허무함을 부르짖고 있었다. 언제까지나 영원토록 그만의 여인일 것만 같았던 여자. 하지만 그에게 보이는 그녀는 추악하기 그지없는 더러운 시궁창 속의 구더기 같은 더러운 모습이다. 이런 여자들은 차라리 죽어야만 하는 여자다. 괴롭고 슬프다. 차라리 만나지나 말았어야 하는 여자였다.

그러나 어디선가 울부짖는 어린아이의 울음소리가 들린다. 죽고 싶지 않다며 처절하게 절규하며 울고 있는 아이들의 아우성 소리. 은경의 조카인 4살 난 민주와 은경의 딸, 승혜의 울음 소리였다. 순간 정신이 번쩍 들었다.

'아이들이 무슨 죄가 있다고?'

'아이들을 살리자.'

온몸에 불이 붙어 있는 상태로 잠갔던 현관문을 연다. 하지만 불길에 아무것도 보이지가 않는다. 이젠 아이들을 살려야겠다는 생각뿐이다. 드디어 현관문을 열었다. 울부짖는 비명 소리에 위 아래층에서 사람들이 놀라 쏟아져 나온다. 한 남자가 불타고 있는 그의 겉옷가지를 벗긴다. 상현은 미친 상태로 계단을 타고 내려온다. 지나가는 차 한 대를 무작정 세우고 '사람을 죽였노라'며 그가 다녔던 교회까지 가기를 간곡히 청한다. 영문도 몰라 깜짝 놀랐던 그들도 상현의 마음을 헤아렸는지 교회 앞까지 상현을 태워다 준다.

"목사님, 제가 사람을 죽였습니다. 아마 채은경 씨 가족 모두가 죽었을 겁니다. 경찰을 불러 주십시오."

부목사님인 문 목사님이 상현을 진정시킨다.

"집사님, 아닐 겁니다. 제가 전화해서 확인을 해볼 테니 진정하세요."

은경의 집에 전화를 한다. 누군가 전화를 받는다. 목사님이 잠깐 이야기를 나눈 후 상현에게로 다가와 앉는다.

"집사님, 채은경 집사와 가족들은 괜찮으니 이제 진정하세요. 경찰은 제가 불러 드리겠습니다."

상현은 하나님께 기도했다. '어린 생명 구해 주셔서 감사 합니다.' '그들을 보살펴 주셔서 감사합니다.' '그들을 지켜주시고 사랑해 주셔서 감사합니다.'

상현의 두 눈가에서 안도의 눈물이, 감사함의 뜨거운 눈물이 하염없이 주르르 흘러내린다.

잠시 후 경찰관이 교회에 도착했고 상현은 그들의 이끌림에 순순히 따랐다.

1998년 2월의 어느 날, 그는 영어(囹圄)의 몸이 되었다. 사랑의 죗값을 하나님께서 내리셨다. 하지만 허무함이 지독히 밀려듦은 그의 사랑이 쓰리고 가슴까지도 아려오는 못난 사랑이기 때문이리라. 전주 교도소에서의 수감 생활. 그의 양팔과 다리는 화상(火傷)의 상처로 움직이기도 불편하다. 심리적 상태 또한 불안정한 극도의 아노미(Anomy)적 상태가 지속되고 있다. 도무지 잠을 이룰 수가 없다. 새벽녘이 다 되어서야 겨우 잠들기가 일쑤였고 잠들기 직전까지도 온갖 상념으로 가득 차 있었다. 수감 생활을 시작 한 지도 어느덧 2달이 되어 가지만 재판 일정이 다가올수록 불안정의 상태는 더하기만 한다. 그의 몰골(殁骨) 또한 처량하다. 머리를 감는 일과 세수를 하는 일은 며칠에 한 번 정도나 겨우 할 수 있었고 그것도 함께 수감되어 있는 동료가 대신해 주어야만 가능한 일이었다. 목욕은 일주일에 한 번 정도만 동료들이 씻어 주다 보니 목욕하기 전의 그의 모습은 처참하기 그지없었다. 감지 않고 빗질되지 않아 지저분하게 자라 있는 더벅머리에 다듬어지지 않은 구레 나루와 턱수염은 마치 길거리에서 노숙(老宿)을 하는 노숙인의 모습과 다를 바가 없었다. 더욱이 그의 가족과의 만남은 그를 더욱 비참하게 만들었다. 위로 같은 건 바라지 않더라도 가슴이 찢어지는 비수 같은 험담은 없으면 했다. 물론 가족이 다 그런 것은 아니었다. 유독 그의 작은 형님만이 유난히 그의 가슴에 대못을 박는 폭언과도 같은 거친 말들을 쏟아 내었다. 어렸을 적부터 유난히 그의 학교생활 등을 못마땅해 했던 사람이었다. 가족이라는 울타리가 이처럼 부담스럽고 부끄럽게 느껴진 건 그 때가 처음이자 마지막이었다. 아무리 잘못을 했다 할지라도 설사 사람을 죽이는 살인(殺人)의 중죄를 저질렀다 하더라도 가족은 같은 편이 되는 것이라고, 꾸중 같은 위로라도 해 주는 것이 가족이라고 그는 생각했었다. 산다는 것이 구차하게 생각되었다. 맥이 확 풀리고 산다는 의미가 희미해진다. 유서를 써 본다. 그땐 정말 그러고 싶은 심정이었다. 그러나 행동에 옮기지도 못한 채 유서가 발견 되었고 극단적 선택의 방지를 위해 그의 손에는 수갑이 채워진다. 그리고 상담을 통해 그의 심리적 상태를 진정 시킨다. 그의 심리적 상태는 점차 안정을 찾았고 긍정적 상태가 되어 간다. 검사의 7년 구형(求刑)이 있었지만 그는 3년의 형(形)을 선고(宣告) 받는다. 재판장이었던 맹 판사까지도 은경의 추잡스럽고 비윤리적인 삶의 행태를 개탄하며 힐책하기도 했다.

그는 감사해 했다. 비록 은경에겐 씻을 수 없는 아픔을 주었지만 그의 생은 이제 부터가 새로운 전환점이라고 생각했다.

전주 교도소에서의 4개월이라는 세월은 그에겐 소중한 시간이었고 감사함의 시간이었다. 수감 후 연이은 2차례의 15일 씩의 단식으로 58kg까지 줄어 있던 몸무게도 차츰 정상으로 되돌아오고 있었다. 모든 게 원래의 위치로 되돌아가고 있었다. 그리고 항소(抗訴)를 위한 광주 교도소로의 이감(移監). 3년 형의 확정. 그곳에서의 6개월의 시간들. 하지만 가장 형편없고 치가 떨리는 감방 안의 규칙들. 형도 없고 애비도 없는, 말 그대로 인간쓰레기들의 규칙이었다. 건달이 최고이고 먼저 수감된 사람이 상전(上典)이었고 나이는 아무 필요가 없었다. 그는 그 규칙의 타파를 위해 그들과 수차례나 맞서 싸우기도 했다. 연륜이나 지식의 있고 없음은 그곳에서는 아무 필요가 없었다. 그나마 다행인 것은 같은 방에 왕년의 유명했던 조직인 ○○파의 보스가 함께 있어 조금은 불합리한 면이 고쳐졌지만 여전히 그 곳의 규칙은 지저분한 구정물과도 같은 것이었다. 아마 보스인 그 자신 스스로가 그와의 분쟁에 휘말리고 싶지는 않아 규칙의 보완을 위해 나섰을 것이다. 괜히 건달의 이미지에 먹칠을 당한다고 생각했을 것이다. 그곳에서의 생활이나 느낌은 없다. 단지 인간쓰레기들의 집단이었다는 것 말고는 아무것도 기억에 남아 있지 않는다.

1999년 1월, 그는 고향집이 가까운 군산 교도소로 마지막 이감(移監)을 한다. 다행히 고등학교 바로 1년 후배인 김 길수 교도관, 선배의 친구인 최 교도관님, 그리고 상현과 같은 계화면이 고향인 이 교도관님, 전주 교도소에서 알게 된 고위 간부급 교도관의 배려 덕에 큰 사고 없이 마음의 안정을 찾아가며 수감 생활을 할 수가 있었다. 그의 사고는 긍정의 상태로 변화되었고, 새로운 인생을 살아갈 자신감도 더욱 배가(倍加)되었다. 그녀를 위해 그의 모든 것을 아낌없이 주려 했던 사랑의 마음을 글로도 쓰고 싶었다. 그의 소중한 시간이었고 인생의 가장 중요한 전환점의 시간이었

다. 참회의 시간이었고 긍정의 시간이었다. 절망의 시간이 아닌 희
망의 시간이었다. 그리고 그는 2000년 8월 15일, 6개월의 가석방
의 혜택을 받고 출소를 했다. 결코 덧없는 헛된 시간이 아닌 그의
인생에서 가장 가치 있는 그 무엇을 깨닫게 해준 진정 소중한 세
월이었다. 하지만 연로하신 어머님을 생각하면 언제나 가슴 아프
고 눈물이 나는 죄스러움의 부끄러운 시간이었다.

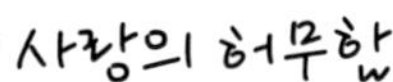

- 사랑은 가식적이지 않는 솔직하고 담백한 형이상학적(形而上學的)인 숭고한 행위
- 사랑은 인간과 인간의 관계 사이를 가장 아름답게 만드는 소중한 가치의 산물
- 사랑은 남녀 사이에서의 최고의 아름다운 행위

상현은 언제나 그렇게 믿고 있었다. 은경을 향한 그의 사랑은 티끌만큼의 불순물이 포함되지 않았던 순백(純白)의 하얀 도화지 위에 그려진 수채화 사랑이었다. 그냥 그녀의 모든 걸 믿었었고 그냥 모든 걸 주고 싶었다. 은경의 이혼이 그에게는 아무 문제가 되지 않았다. 분명히 그들의 첫 만남은 짜릿하면서도 생크림처럼 달콤한 아름다운 운명적인 만남이었다. 남자는 총각이었다. 그가 만나고 있는 여자는 처음엔 별거(別居)를 하고 있다고 했다. 얼마동안만은 그러한 여자를 연모하는 자기 자신의 행위에 대해 죄책감도 있었고 윤리적으로도 떳떳하지는 않은 거 같아 망설이기도 했었고 함부로 행동하지도 않았었다. 하지만 그녀가 그냥 좋은 것은 사실이었다. 어느 정도의 시간이 흘렀고 자연스레 둘의 관계는 떳떳하지는 않지만 연인의 사이로 진전이 되었다. 그렇게

교제를 하던 중 그녀는 남자에게 고백을 했다. 사실은 별거가 아닌 이혼을 했다고 했다. 전에 연기자 생활을 3년 정도 했었고 TV에도 여러 차례 출연을 했다고 했다. 전 남편의 아버지는 이름을 대면 알만한 유아복, 아동복 전문 업체의 오너라고 했다. 딸아이도 있는 혼자 사는 이혼한 여자인 거였다. 그래도 그냥 끌렸고, 그냥 그녀의 모든 게 좋았다. 그래서 만남을 이어갔고 사랑을 했다. 진정 진실했던 사랑이었다.

생각해 보면 그때 여자의 유혹도 있었기에 그가 그녀에게 빠져들어갔던 하나의 이유가 되었으리라고 짐작도 해본다. 야한 농담도 가끔씩 할 줄 알았던 당돌한 여자였었다. 그때 여자는 '회사에서 들었노라'며 야한 농담도 자주 하곤 했었다.

"상현 씨, 회사에서 들은 얘기인데, 조금 야해요. 들어 보실래요?"

"무슨 얘긴데요. 궁금하네요."

상현은 그냥 은경과 이야길 나누는 것이 좋았다. 목소리를 듣는 건 만으로도 유쾌하고 행복한 시간들이었다.

"암컷을 나이별로 산에 비교할 수 있대요."

오늘은 암컷과 산과의 비교란다.

"재밌는 얘긴가 봐요."

"10대는 금강산이래요. 왜 그런지 모르시겠죠?"

은경이 물었지만 그로서는 처음 듣는 이야기라 알 수가 없다.

"전혀 모르겠습니다."

"금강산은 함부로 올라갈 수 없는 그런 산이잖아요. 가장 아름다운 산이면서도 자기 맘대로 오를 수가 없는 산, 허락받고 올라가야지 아니면 인생 종치는 그런 대상의 산이잖아요. 20대는 설악산이래요. 사시사철 아무 때나 올라가더라도 멋지고 황홀하잖아요. 물도 좋고 풍치도 아름다운 산이 바로 설악산이래요."

"……."

정말 그런 거 같다고 생각된다. 은경의 이야기는 계속 이어진다.

"30대는 지리산이래요. 골짜기도 깊고 물도 많아 즐기기에 깊은 맛이 있어 딱이잖아요. 그런 거 같지 않으세요?"

아마 자신을 염두에 두고 하는 말이리라.

"40대는 북한산이래요. 이놈 저놈 아무나 다 갈 수 있고 올라가도 흔적도 안 생기잖아요. 거리낌 없이 즐길 수 있는 나이대가 40대잖아요. 암컷의 인생의 황금기겠죠."

"맞는 얘기 같네요. 수컷도 40대가 인생의 황금기라고 하잖아요."

상현도 맞장구를 친다.

"50대는 남산이래요. 가까이 있어 매일 보지만 잘 올라가지지도 않잖아요. 60대는 그냥 동네 뒷동산이래요. 올라가면 금방 내려와야 하거든요."

"……."

"70대는……, 그냥 안 할래요."

그런 이야기를 하는 은경을 상현은 전혀 야하다거나 이상하다고 생각하지 않았었다. 그저 은경과 이야기하는 것이 좋았고 은경의 맑고 싱그러운 명랑한 목소리가 듣고 싶을 뿐이었다. 이런 모습이 그녀의 매력이라고.

그녀는 당돌한 여자이기도 했었다. 음식점에서 밥을 먹거나 엘리베이터에 함께 오를 때 그녀는 상현의 남성의 상징을 툭툭 치거나 꽉 움켜쥐곤 하여 그를 당황하게 한 적도 많았다. 하지만 그런 그녀가 마냥 좋았고 사랑스러웠다. 서로 행복해하고 서로 즐거워했던 소중한 시간들이었다.

상현이 출소를 한 지 이제 갓 한 달이 되어간다. 그동안 그녀를 잊으려 무던히도 애를 썼던 그였다. 하지만 지난날과 다른 점이 있다면 애틋함이나 그리움 또는 증오심, 복수심 같은 그런 감정은 남아 있지 않은 그녀와의 관계를 말끔히 표백하기 전 그녀에 대한 진실을 알고 싶은 거였다. 혹시 송천동의 유 목사님은 아실 수도 있을 거라는 예감 같은 게 느껴졌다. 그녀와 함께 몇 번 다닌 적이 있던 교회의 담임 목사였다. 목사님에게 전화를 해 본다. 그녀에 대한 몇 가지의 의구심을 떨쳐버릴 수가 없어서였다. 그녀는 목사님과 친분이 있어서 다닌다고 했다. 하지만 그 교회를 다닌 건 불과 한 달 남짓이 전부였다. 그리고 얼마 후 그녀는 목사와 미심쩍은 관계가 의심이 되었던 인근의 문제의 그 교회로 옮겼다.

그 교회는 상현도 2년 가까이를 함께 다니기도 했다. 상현은 혹시 은경에 대해 뭐 알고 있는 것이 있는지 하는 마음에서 예의가 아니라는 걸 알지만 송천동의 목사에게 전화를 했던 것이다. 물론 은경에 대한 분노와 복수심이 조금은 내재되어 있던 심정이라 조금이라도 아는 것이 있을까 하는 마음에서 한 번쯤은 통화를 해보고 싶었다.

"목사님, 저는 3년 전 채은경 집사와의 사건으로 죄를 지은 뒤 수감생활을 하고 며칠 전에 출소한 박상현이라고 합니다. 채은경 씨와 함께 목사님을 뵈어 목사님께서도 저를 보시면 아실 수도 있을 것이라 생각합니다."

상현이 자신에 대해 솔직하게 밝혔다.

"그런데 무슨 일 때문이신지."

갑작스런 상현의 전화에 영문도 모른 채 전화를 받는 목사님이다.

"혹시 채은경 집사에 대해 뭐 알고 계시는 게 있으신지 해서 전화 드렸습니다. 솔직히 채은경 집사에 대해 분노심도 있고 원망스러움도 남아 있어 조그마한 진실이라도 알고 싶은 마음으로 실례를 무릅쓰고 전화 드립니다. 죄송합니다."

목사님께 이유를 밝히고 양해를 구하는 것이 도리라고 생각되었다. 무작정 알고 싶다며 매달릴 수는 없는 일이다.

"그러시군요. 고생 많이 하셨습니다. 만나기는 좀 그렇습니다. 솔직히 그런 일에 휩쓸리고 싶지도 않고요. 더욱이 만난다고 하더라도 쉽게 끝날 간단한 대화는 아닐 거라고 판단됩니다. 하지만 저도 채은경 집사에 대해 미심쩍어 했던 것도 있고 의심이 갔던 일도 있어 제가 아는 범위에서는 솔직하게 말씀 드리지요. 이해 바랍니다."

도리어 목사님께서 상현에게 미안해하고 이해를 구한다.

"알겠습니다. 그리고 고맙습니다."

목사님의 솔직한 말씀에 정중히 예의를 표한다.

"목사인 제가 보아도 솔직히 채은경 집사가 이상하게 보였습니다. 이런 말씀 드리기 뭐한데 채은경 집사는 항상 옷차림도 야하고 어떤 목적이 있어 저에게 접근하는 것이 아닌가 하는 의구심도 있었습니다. 저를 유혹하려고 한 적도 있어 제가 뭐라 한 적이 있었죠. 그 이후로 우리 교회 출석을 안 하고 근처 교회로 옮기더군요."

목사님의 은경에 대한 비판은 날카롭고 확실했다.

"더 아시는 것은 없나요?"

"말씀 드려도 될까 조심스럽습니다. 더욱이 목사의 신분으로써 신도에 대해서 이런 말씀을 드린다는 게 하나님께 죄스럽기도 하고 사실 확인이 안 된 그런 것이기에 부담스럽기는 하지만……"

잠시 뜸을 들인 목사님은 다시 결심하신 듯 말씀하셨다.

"말씀드리지요. 평상시의 채은경 집사의 행실로 봤을 때 아니 땐 굴뚝에 연기가 나지는 않을 거라고 생각합니다."

"죄송하고 고맙습니다."

상현이 다시 한 번 정중히 예의를 표시한다.

"두 분이 다니셨던 교회의 목사님 내외분이 이혼 소송을 하셨던 걸로 알고 있습니다. 맞습니까?"

"네, 맞기는 맞습니다."

당시 이혼 소송을 하고 있다는 건 그 교회를 얼마간 다니던 성도(聖徒)라면 대부분 알고 있었던 사실이었다.

"바로 그 목사님하고의 내용입니다."

"목사님과 관련이 있다고요?"

"네. 목사의 속옷 빨래나 아침, 저녁은 채은경 집사가 준비해 주는 걸로 소문이 나 있었습니다. 또한 이른 새벽에 사택(舍宅)을 몰래 빠져 나오는 걸 여러 번 목격했다고 하고요. 지역 사회다 보니 바로 인근의 타 교회의 이상한 소문은 금세 퍼져 돌곤 합니다. 교회 목사의 세컨드라는 소문이 파다했습니다."

목사님께서 없는 사실을 말하지는 않을 것이다. 은경과 개인적인 나쁜 감정이 있는 것도 아닐 것이고 악의적인 소문을 만들어 일부러 상현에게 말하기는 더더욱 아닐 것이다. 상현이 보고 들은 것보다 목사님께서 제3자의 입장에서 보고 들은 것이 더 분명하고 확실할 수도 있는 것이다. 상현도 전에 은경과의 불명확한 연관성과 대상의 모호성으로 기분이 언짢기도 하여 '이상한 소문이 떠돌던데 그게 누구인지 아느냐, 그런 소문이 왜 떠도는지 황당하다'며 은경에게 넌지시 말을 꺼낸 적이 있었다. 그러자 은경은 '그런 황당한 소문은 소문일 뿐이지 그걸 믿느냐'며 오히려 그에게 면박을 주어 그 뒤로는 소문으로만 치부하고 덮은 적이 있었다. 그런데 지금 생각해 보면 헛소문만은 아닌 듯하다는 확신이 든다.

　은경과 담임 목사와의 관계는 유 목사님을 통해서만 보아도 미루어 짐작을 할 수 있다. 그러나 그건 '빙산의 일각' 일 뿐이라는 생각이 불현듯 든다. 상현은 그때 그녀의 수첩에서 이상한 전화번호와 호출기번호, 휴대폰 번호를 보고 적은 적이 있었다. 그러고 보니 그때 97년도의 다이어리를 찾아보면 의문의 전화번호들을 찾을 수도 있을 거 같다. 상현이 수감 생활을 하는 동안 그의 어머니께서 박스에 책과 노트들을 담아 보관해 두고 계시다고 했었다. 박스를 꺼내 이리저리 뒤적여 본다. 검정색의 다이어리가 먼지가 수북이 쌓인 채 보관되어 있다. 뒤쪽 인명란에 '최명근, 010-○○○○-○○○○'라고 적혀 있다. 적혀 있는 휴대폰 번호에 전화를 걸어본다.

"여보세요. 최명근입니다."

은경의 친구라고 했던 그 남자가 전화를 받는다.

"최명근 씨 맞죠? 혹시 안양에 사시는 분 아닌가요?"

아무 것도 모르는 척하며 물어보는 상현이다.

"아뇨. 전 전주에 사는데요. 서신동 황금 아파트에 살고 있습니다. 근데 무슨 일 때문이죠?

그가 다행히 자기의 신상을 먼저 말해 준다.

"죄송합니다. 다름이 아니라 제 여자 친구가 암으로 시한부 선고를 받았습니다. 최명근 씨에게 많은 신세를 지셨다고 해서 제가 대신해서 고마움의 마음을 전하려고요."

그럴 듯한 사연을 만들어 그 남자에게 접근해 본다.

"아, 그래요. 참 심려가 많으시겠습니다. 근데 여자 친구 성함이 어떻게 되시는지?"

이제 그 남자도 상현의 작전에 꼼짝없이 말려 들어간다.

"채은경 씨 아시죠?"

"네? 누구라고요?"

깜짝 놀라며 큰소리로 되묻는다.

"채·은·경·이요. 저희도 바로 근처에 삽니다만."

상현이 일부러 그녀의 이름을 크고 또렷하게 부른다.

"사장님, 저 좀 만납시다."

그의 갑작스런 만남 요청이다.

"왜 그러시죠?"

그 남자의 만나자는 요청에 상현은 태연하게 되묻는다.

"친구라면 그 여자가 어떤 여잔지 아시고는 계십니까? 아무래도 어떤 냄새가 납니다. 아프다는 건 거짓말이죠? 전에도 나에게 그런 식으로 말을 한 적이 있거든요. 시한부 인생이라서 죽기 전에 즐기다가 가고 싶다고."

이제야 소기의 목적을 달성해 가는 것 같다.

"그런 것까지 제가 들어야 하나요?"

태연하게, 그러나 냉정한 어투로 그 남자에게 한 마디 한다.

"네, 아서야죠. 제가 3, 4년 전에 그 여자 때문에 6개월 동안 교도소에 간 적이 있었습니다. 전화로 하는 건 장황할 것 같네요. 일단 만나죠."

"네, 알겠습니다. 제가 나가죠."

약속 장소와 시간을 정했다. 다시 한 번 은경의 실체가 궁금해진다.

약속 장소인 호텔의 커피숍에서 전화를 걸자 바로 옆의 테이블의 남자가 전화를 받는다.

그 남자의 사연은 이랬다.

'나이트클럽에 가서 부킹을 해서 그 여자를 우연히 만났고 같이 놀고 마시고 하다가 술에 취한 채로 함께 모텔에 투숙했는데 며칠 후에 경찰이 강간 혐의로 구속을 했다'는 것이다.

변호사를 선임하고 항변을 해도 소용이 없었고 결국은 3천만 원에 합의를 하고 6개월을 살다가 집행유예를 받고 나왔다는 것이다. 결국 은경은 그런 여자였던 것이다. 바로 꽃뱀과도 같았던 것이다.

그리고 얼마 후에 상현은 남기섭이라는 남자에게도 전화를 해 본다.

"그 여자 이야기라면 하지 않겠습니다. 1년 전에 끝난 여자입니다."

하며 전화를 끊는다.

두 사람 모두 은경에게 어떤 감정 같은 게 있는 듯 목소리의 톤이 올라간다.

이제야 온전히 그녀의 베일이 벗겨지는 순간이다.

자신의 지난날의 한 여자에 대한 사랑은 사막 위의 신기루에 불과했던 것이다. 자신과 교제하며 지내 온 그 순간 까지도 그녀의 마각(馬脚)의 행위는 그치지를 않았던 것이다. 그토록 한 여자를 사랑하고 한 여자만을 위하며 살아 온 그였지만 지금의 이 순간이 허무하고 안타깝다.

상현은 전에 은경의 오빠로부터 사실은 은경이 '이혼이 아니고 남편과 별거를 하고 있는 중'이었다는 말을 듣고 정말 어이가 없어 했었다. 하지만 은경에 대해 더욱 '그렇고 그런 여자', '더러운 창녀 같은 여자'라는 사실을 알게 된 계기는 그의 재판 과정에서의 그녀의 진술을 통해서였다. 당시 그녀는 '상현에 대해 사랑의 감정 같은 건 애초부터 존재하지 않았으며 단지 살기 위해서 상현을 이용했을 뿐'이라고 했다. 국내 유명여대를 졸업했다는 그녀의 학력은 모두 거짓이었고 이혼이 아닌 별거(別居)는 사실이었다. 때문에 재판장이었던 맹(盟) 판사님께서도 이례적으로 은경에게 질책을 하기도 했었다. 대부분의 재판 과정에서는 피의자인 범죄자 당사자에 대해 질책을 하는 것이 상식이다. 하지만 맹(盟) 판사님은 달랐다. 냉정한 사고와 판단을 통해 은경을 힐책한 것이다. '당신의 그릇된 생활 방식과 사고(思考)방식으로 인해 젊은 두 남녀의 인생이 무너졌다. 당신도 도덕적으로는 처벌 받아 마땅하다. 다시는 그런 삶의 방식으로 살지 말라'며 은경을 질책하고 나무랐었다. 물론 상현도 씻을 수 없는 중죄(重罪)를 지었기에 처벌을 받아야 하는 건 마땅한 일이었고.

상현은 은경에 대해 모든 걸 단념하기로 했다. 그녀의 모든 것들을 말끔히 지워버리고 새로운 생을 살아야 한다. 은경이라는 여자의 그림자에서 벗어나야 한다. 자신의 뇌리 속 어딘가에 숨어 자리하고 있는 은경의 환영(幻影)까지도 깨끗이 지워버려야 한다. 창녀(娼女)보다도 더 더럽고 구차하게 살아가는 그녀에 대한 미련 따위는 저 흘러가는 강물 속으로 내던져 버리자고 다짐을 한다.

그녀에 대한 미움의 감정도 버리고 그녀에 대한 분노심도 모두 버리자고. 그녀에 대한 어떠한 감정까지도 말끔히 지워 버리자고. 젊은 지난날의 잠깐 동안의 가슴 아픈 추억일 뿐이지 두 번 다시는 생각하기도 싫은 악몽이었다고.

새로운 미래를 향해 파이팅을 외쳐 본다. 살아온 날보다 앞으로 살아갈 날이 더 많은 청춘과도 같은 인생이다. 어쩌다 일어난 한 번의 시행착오(試行錯誤)일 뿐이다.

힘차고 멋지게 미래를 향해 뛰자. 찬란한 미래를 위하여 최선의 삶을 살자.

박상현 파이팅!

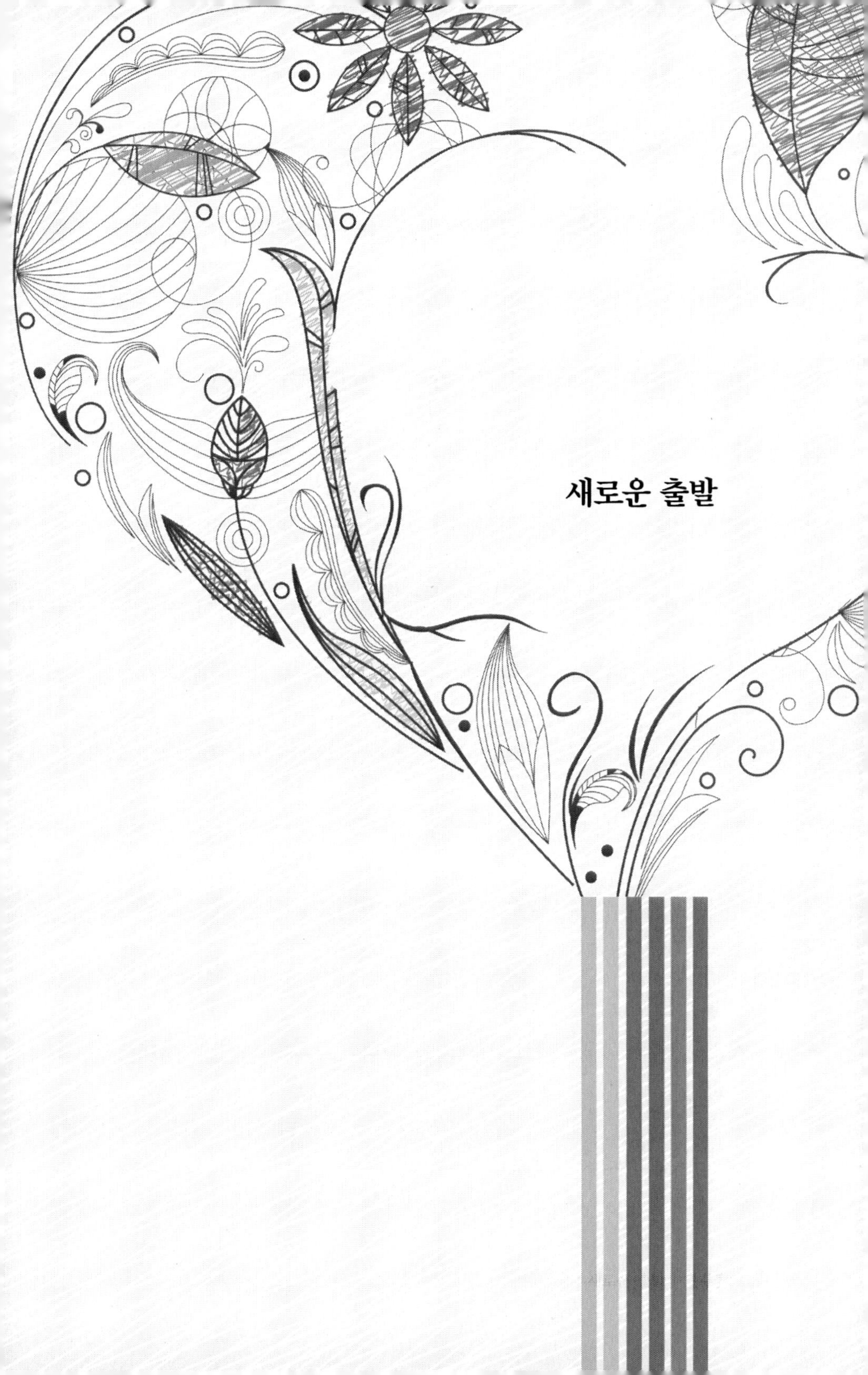
새로운 출발

●●●

　　　　그는 간절히 기도했다. 목 놓아 울부짖었다. 미움, 분노, 배신의 감정들을 씻어 버리고 사랑, 연민, 감사의 감정들로 변화시켜 달라고 밤낮으로 매달려 기도했다. 상현이 3년여의 수감 생활을 하면서 자기 자신과 다짐한 게 있었다. 첫째는 하나님의 자녀로 살자. 둘째는 절대로 인간의 죄는 짓지 말자. 마지막으로 모든 일에 최선을 다하며 살자.

　그러나 그의 의지나 생각대로 모든 게 잊혀 지거나 변화되지는 않았다. 출소를 한 지 6개월여 정도까지도 그는 어떠한 일도 손에 쉽게 잡히지 않았다. 사회에 다시 적응을 한다는 것이 생각처럼 쉽지가 않았다. 많은 사람들을 만나서 이야기를 나누고 신문을 보고 뉴스를 보며 조금씩 분위기에 젖어들려 애썼고 사회의 구성원이 되고자 노력했다. 간절히 기도를 하고 모든 걸 이해하고 사랑하려고 했다. 그에게는 일종의 사회 적응기가 필요했다. '세월이 약'이라고 하지 않던가. 시간이 흐르면 흐를수록 조금씩 그의 심리적 상태도 변화되어 갔고 안정이 되어 갔다. 하지만 그에게는 현실의 삶들이 기다리고 있었고 현실을 부정할 수가 없었다.

　그의 사회생활의 경력은 대학을 졸업한 후 교육 사업 분야에서의 8년이 전부였다. 그 분야에서의 경험을 바탕으로 재기(再起)를 위해 동종업종에 다시 발을 딛었지만 일을 하면 할수록 회의감이 밀려왔다. 그동안 환경도 많이 변해 있었다. 6개월 동안 3번씩이나 직장을 옮겼다. 모두 교육을 전문으로 하는 회사들이었다. 하지만 결국은 그만 두어야만 했다.

  머릿속이 복잡해진다. 서울이 싫고 도시 생활이 싫다. 모든 게 답답하게만 느껴진다. 어디 조용한 곳에 들어가 쉬고 싶었다. 자연에 묻혀 살며 안정을 찾고, 쓰고 있는 글도 마무리하고 싶었다. 우연하게 신문을 보고 전화를 했다. 전라남도 화순(和順)의 어느 한적한 시골이었다. 무슨 일을 하는 곳인지 월급은 얼마나 주는지 묻지도 않았다. 궁금하지도 않았다. 그저 도시를 벗어나고픈 생각밖엔 없었다. 그냥 무작정 짐을 싸서 내려갔다. 농장을 들어서자 지독한 냄새가 진동을 한다. 천 여 마리의 식용 개를 사육하는 농장이었다. 코를 찌르는 역한 냄새만 빼고는 주변의 경치는 그런 데로 괜찮았다. 하지만 일이 너무 힘이 들었다. 그의 인생에 있어서 처음 경험해 보는 막노동인 셈이었다. 처음 이곳에 내려올 때 상상했던 것과는 거리가 멀었다. 어느 정도의 힘듦과 고단함은 인내할 수 있다. 하지만 하루가 멀다 하고 갑작스런 일로 인해 밤늦게까지 계속되는 작업과 그리고 새벽 5시의 이른 기상과 동시에 시작되는 작업은 정말 힘이 들었다. 신체가 건장한 그였지만 버텨내기가 만만하지가 않았다. 그곳 사장님은 상현에게 정말 최선을 다해 주셨고 인간적으로 배려해 주셨고 위해 주셨다. 월급도 2배로 올려주고 보너스도 주시겠다고 했다. 젊고 영리한 사람이 필요하다며 설득하셨지만 도저히 오래 머물러 일할 용기가 나지 않았다. 또한 내려오게 된 본래의 목적과는 상반되는 상황으로 인해 일을 할 마음이 서지 않았다. 2주일 만에 다시 서울로 올라갈 수밖에 없었다. 아는 형님의 집에서 며칠을 머물렀다. 하지만 너무 오래 머물러 있을 수는 없었다. 일할 곳이 필요했다. 또다시 신문을 뒤지고 인터넷을 검색을 하며 일자리를 찾아 나섰다. 그리고 짐을 챙겨 내려갔다. 이번에는 제주도의 서귀포였다. 월드컵 경기를 위한 축구장을 짓는 건설현장이었다. 일의 대가는 적었지만 마음은 참 편했다. 자연적인 풍광도 너무 좋았고 일요일이이나 쉬는 날이면 동료들과 함께 바닷가에 나가 낚시도 즐겼다. 동료들과도 너무 즐겁게 지냈고 유대감도 좋았다. 숙소에서의 생활도 역시 즐겁고 재미있게 지냈다. 동료들과 함께 가볍게 고스톱도 치고 가끔은 숙소 옆 학교 운동장에 나가 축구경기도 했다. 또때로는 버스나 자동차를 타고 서귀포의 자연을 만끽하기도 했다. 그리고 가끔은 쓰고 있는 글을 정리 하거나 또 다른 글을 쓰며 시간을 보내기도 했다. 서귀포에서의 3개월은 정말 행복했고 소중한 시간들이었다. 하지만 작업 이동 중 차량 정비 불량으로 인한 갑작스러운 교통사고로 뜻하지 않게 입원을 했고 그리고 어쩔 수 없이 그곳에서의 일을 정리하고 서울로 다시 올 수밖에 없었다. 그러나 일을 한 회사의 임금 체불 문제로 인해 그는 극단적인 행동도 서슴지 않았다. 계속 '조금만 기다리라'는 답변만 돌아올 뿐이었다. 당분간 얼마만이라도 생활을 유지해나갈 돈이 없었다. 그리고 그들의 몰상식하고 파렴치한 처사에 화가 난 그는 결국은 축

구 경기장의 돔(Dome) 위에 올라가 시위를 했고 그의 소기의 목
적을 이룰 수가 있었다.

　서울에 와서는 어쩔 수 없이 일용직 일을 해야만 했다. 하지만
일은 너무 힘들었고 일을 마친 후에 받는 노동의 대가는 형편없
이 적었다. 하지만 그보다도 그가 힘들어 했던 것은 관리자나 책
임자들의 일꾼을 대하는 태도였다. 비인격적인 대우와 말투들이
습관화되어 있는 그들이었다. 역시 노가다꾼들이었다. 그래서 그
들에 대한 좋지 않은 사회적 편견이 존재하는가 보다. 또한 임금
체불은 부지기수(不知其數)였다. 인간의 존엄성은 안중(眼中)에도
없었다. 일이 우선이지 '사람이 먼저'라는 말은 듣기 좋은 구호에
불과할 뿐이었다. 밀폐된 공간에서 바닥 갈기 공사를 하면서 최소
한의 환기 시설도 없이 공사를 강행시키는 그들이었다. 해당 업체
는 공기(工期)를 이유로 막무가내고 안전 관리 요원은 보고도 모
른 척 묵인을 했다. 자기들에게 불리한 것은 철저히 통제를 하면
서 자기들에게 유리한 것에는 느슨한 그들 이었다. 또한 자기들이
피해를 입을 일에는 철저한 집단이었다. 도저히 참을 수 없어 '작
업을 중지시키지 않으면 노동부에 고발 하겠다', '언론에 제보를 하
겠다', '유튜브에 동영상을 올리겠다' 며 단호하게 맞서자 그때서
야 작업을 중지 시키는 그들이었다. 바로 이 나라에서 가장 유명
하다는 호텔 리모델링 현장에서 벌어졌던 일이었다. 수없이 그들
과 싸웠고 그리고 목적을 이루어 나갔다. 충남 당진의 제철소에서
의 일, 경기도 화성의 필터 공장의 일, 충북 제천의 아파트 현장의

일, 천안의 유명 공장의 개보수 일 등 수없이 많았다. 그들과의 대화나 타협은 소용이 없었다. '소 귀에 경(經) 읽기'였다. 물론 좋은 사람도 많았다. A 엔지니어링의 안경수 사장, ○○ EFC의 정종호 이사와 박연규 부장, 유정식 소장, 동향(同鄕) 친구인 △△ ENC의 이준만 소장 등은 상현에게 많은 도움과 격려를 아끼지 않은 고마운 분들이었다.

독자들의 많은 분들이 상현(저)의 행동에 대해 욕하시고 나무라실 분들도 있을 것이라고 생각을 한다. 그러나 자기 자신이 정작 그런 일을 겪는 다면 역시 상현과 같은 행동을 할 것이라고 확신을 한다. 이게 우리 노동 현장의 실체고 현실이다. 물리적 행동을 해야만 문제가 해결된다는 걸 십수 년의 경험을 통해 터득을 했다. 하지만 상현은 이후로 10년 남짓한 기간 동안을 살아가기 위해 어쩔 수 없이 그런 일을 해야만 했다. 대학 전공과 관련된 업무나 그가 그동안 해왔던 교육 사업을 다시 하기에는 그는 이미 너무 멀리 와 있었다.

상현에게는 예전의 일에 대한 미련이 있었다. '다시 시작 해 보자'고 스스로 다짐을 해본다. 그리고 그곳에서 그의 아내였던 민희를 만났다. 하지만 교육 사업도 그동안의 세월 속에 많은 제도의 변화와 장벽들이 도사리고 있었다. 남자 선생님이라서, 지방대

출신이라서, 나이가 많아서, 아이가 여자아이라서, 남편이 남자 선생님 오는 걸 싫어해서, 등 이유도 많았다. 할 수 없이 교육 사업이나 그 방면에서 일을 하겠다는 생각을 완전히 접어야만 했다. 그리고 이후로 십여 년의 세월을 작업복을 입고 먼지를 먹어가며 노동의 현장에서 버텨내야만 했다. 세상에 대한 두려움이 없었기에 무슨 일이든지 할 수 있다는 자신감이 그에게는 소중한 자산이었다.

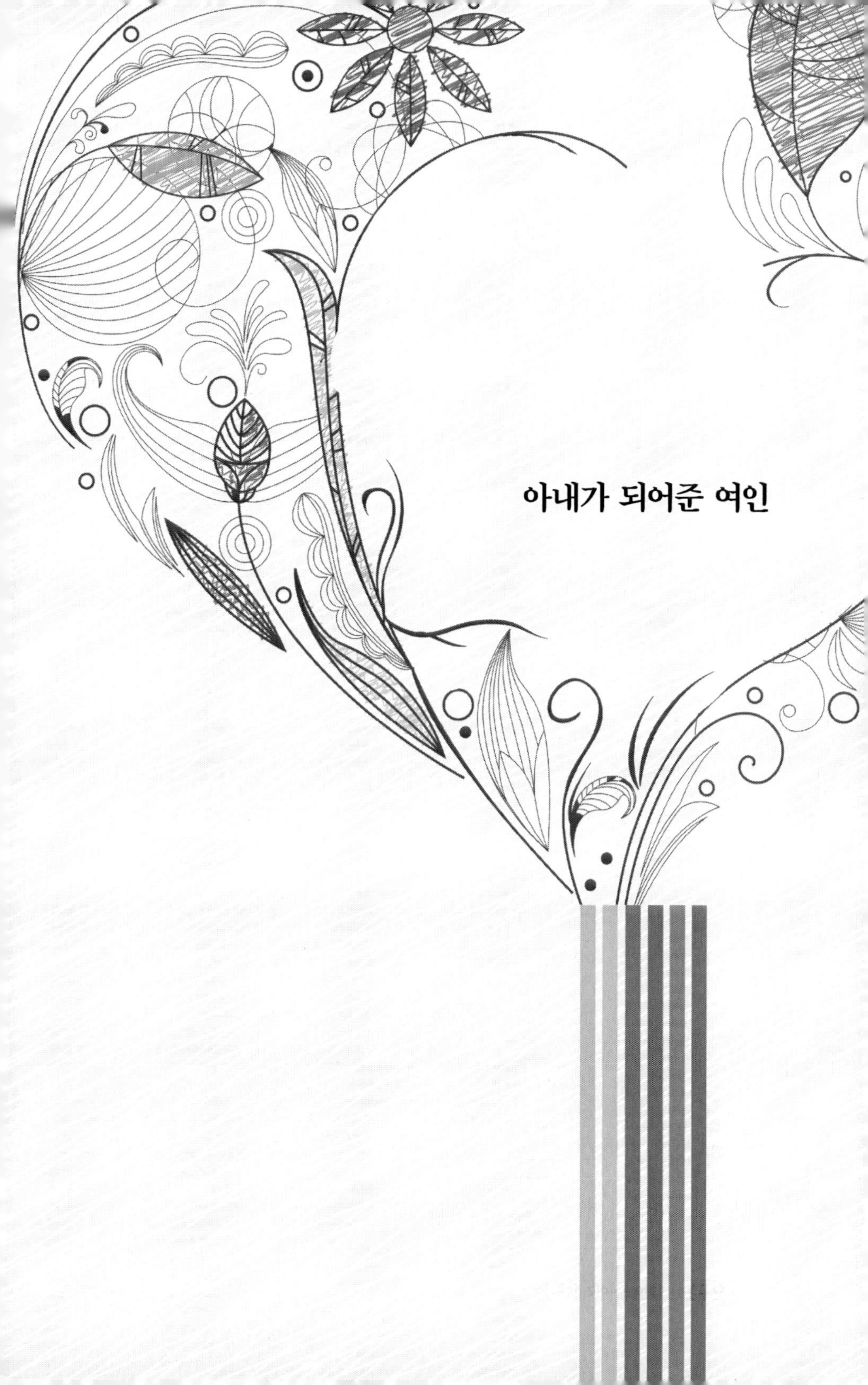

아내가 되어준 여인

　　상현이 아내였던 민희를 만난 건 그가 다시 직장 생활을 하게 된 회사에서였다. 그 회사는 상현이 전에 4년 동안 몸담았던 같은 회사의 서울에 있는 지사(支社) 중의 한 곳이었다. 하지만 그곳에서의 그의 회사 생활은 겨우 2개월 남짓의 짧은 기간이었다. 회사라는 조직에서도 텃세라는 걸 무시 할 수 없었다. 교육 사업 분야에서의 상현의 경험이 풍부하다보니 자연스레 경력이 짧은 직원들이 그에게 자문을 구하거나 물어오는 경우가 많았다. 그러다보니 그들과 자연스럽게 팀워크가 형성이 되었고 그로 인해 신입 사원들의 실적이 경력사원보다 훨씬 좋았다. 회식 자리에서 술기운을 빌려 경력이 많은 직원 중 한 명인 이 재성(李 材成)의 객기와 텃세로 약간의 언성과 다툼이 벌어지고 그 바람에 상현이 회사를 그만두게 된 것이다. 직장을 그만둔 후 그는 공허감과 외로움에 힘들어 하기도 했다. 더욱 그를 힘들게 했던 건 수감생활이라는 이력(履歷)이었다. 현재의 그의 상황에서 여느 다른 직장을 구한다는 건 하늘의 별따기나 마찬가지였다. 가지고 있는 돈도 없었고 또 누구에게 도움을 청하거나 도움을 받는 건 죽기보다도 더 싫었다. 사람은 일을 통해서 먹을 것과 입을 것, 잘 곳을 해결하지만 그가 할 수 있는 일이 마땅치가 않았다. 뜻이 있으면 길이 있다고 하지만 이상과 현실의 괴리감은 존재하는 법이다. 말은 쉽지만 그걸 행동으로 옮긴다는 건 만만치가 않은 것이다. 제주도에서 알게 된 어린 동생뻘 되는 청년에게 큰돈은 아니지만 믿고 융통을 해주었는데 그 뒤로 연락이 끊겨 버렸고 그 일로 인해 점점 수중(手中)의 돈은 바닥을 보였다. 급기야 10만 원도 안 되는 적은 돈만이 남아 있을 뿐이었다. 참담한 현실이 그의 눈앞에 펼쳐지고 있었다. 더구나 계절은 겨울이었다. 비참하고 궁핍한 모습으로 겨울을 겪어 보는 건 그의 인생에 있어 처음이었다. 참담함과 배고픔이 엄습해 오기 시작했다. 그렇게 보름 가까이를 보내며 살아갈 방법을 찾아보았다. 하지만 뚜렷한 비책(秘策)이 있는 건 아니었다. 세상이라는 것이 참으로 어렵고도 만만한 곳이 아님을 뼈저리게 깨달았다. 다시 인력(人力)회사라는 곳에 나가봤으나 일거리가 없었다. 죽을 생각을 하기도 했다. 하지만 분명 '하늘이 무너져도 솟아날 구멍이 있다'는 생각을 했고 각종 생활 정보지를 뒤져가며 생계수단을 찾았다. 생선장사, 옷 장사, 약장사, 다단계 판매 등 일할 거리는 많았다. 조금만 자존심을 버리면 살아갈 수는 있을 것 같았다. 하지만 선뜻 나설 용기가 없었다. 그러던 중 상현의 눈에 확 뜨이는 문구가 보였다. '찹쌀떡-메밀묵 장사 하실 분, 하루 10~30만 원 가능.' 왠지 할 수 있을 거 같은 생각이 들었다. 그리고 용기를 내어 전화를 했다. 사장은 장사할 생각이 있다면 사무실로 찾아오고 아니라면 아예 오지 말라며 냉정하게 전화를 받았다. 그날 상현은 용기를 내어 사무실을 찾아갔다. 사장이 냉정하게 전화를 받았던 이유를 말해 주었다. 대부분의 사람들이 해낼 수 있을 거라는 착각에 빠져 몇 번 다녀보다가 쉽게 포기를 한다는 것이다. 또는 아예 시작도 해 보지 않거나. 절실한 사람은 한 일주일 정도 지나도 남아 있고 그런 사람이 자기의 사업에 필요하다는 것이다. 상현은 그곳에서 희망을 보았고, 그리고 8년의 겨울 기간을 그의 생활의 한 수단이 되어 주었다. 그때 만난 'ㅁㅁ'의 유승경 사장은 그의 인생의 은인인 셈이었다. 많은 배려를 해 주었고, 적극적으로 도와주었다. 그에게 힘이 되어 주었다. 상현이 다시 일어설 수 있는 기반을 만들어 준 가장 큰 은인이었다. 세상에는 참으로 좋은 사람들도 있다는 걸 실감할 수 있었다.

　　민희 씨로부터의 전화다. 상현이 성남(城南) 시내의 한 곳에서 장사를 한창 하고 있을 때였다.
　　"박 선생님, 요즘 무슨 일 하시고 계세요?"
　　그녀와 상현이 동향(同鄉)이어서 종종 안부는 물으며 지내오고 있었다.
　　"저 요즈음 장사 하고 있습니다."
　　"무슨 장사 하세요?"
　　상현의 느닷없는 장사라는 말에 궁금해서 묻는다.

상현은 망설였다. 부끄럽기도 했다. 도저히 찹쌀떡 장사를 하고 있다는 말이 입 밖으로 나오지가 않았다.

"그건 좀……."

"말씀해 보세요."

그녀가 계속 짓궂게 묻는다.

"저어……."

망설이기만 하는 상현이다. 장사를 한다는 말은 했지만 막상 물으니 대답하기가 참으로 어렵고 난처하다.

"말씀하시기 곤란하시면 안하서도 돼요."

상현이 대답하기를 주저하자 민희는 '대답하기 어려우면 안 해도 괜찮다'며 이해를 해준다.

"저 사실은 찹쌀떡이랑 메밀묵 장사를 하고 있습니다."

상현이 용기를 내어 대답을 한다. 하지만 목소리의 톤은 기어들어 가는 듯하다.

"하하하, 진짜요?"

그녀가 깔깔대며 웃는다.

상현은 민희의 웃음소리에 쥐구멍이라도 들어가고 싶을 정도로 창피하기도 하고 부끄럽기도 했다.

"정말이에요."

"지금 장난 하시는 거죠?"

민희는 상현의 말을 믿지를 않으려 했다.

"정말로 장사 하는 게 맞아요. 들어보시면 믿겠어요?"

상현이 핸드폰을 가까이 대고 반복기라는 기계에서 흘러나오는 ‘찹쌀~떠억~ 메밀~무욱!’ 하는 소리를 들려주었다.

“지금 어디서 장사 하고 계시는 거예요?”

“그건 왜요? 매일매일 달라요. 오늘은 경기도 성남 이예요.”

“무슨 동(洞)이세요?”

민희가 계속해서 묻는다.

“지금은 상대원동이라는 데에요.”

“그래요? 지금 갈게요.”

민희가 전화를 끊는다.

갑작스런 민희의 태도에 황당하기도 하고 어이도 없어 전화를 했으나 받지 않는다. 당황스럽기도 하다. 한 시간 정도가 지났을 무렵 민희에게서 전화가 걸려 왔다. 그녀가 정말 내려온 것이다.

“저 지금 상대원동의 한양은행(漢陽銀行) 앞이에요. 어디로 가면 되죠?”

상현도 은행이 어디에 있는지 알고 있다. 장사를 하기 위해 다니다 보면 자연스레 지형이 숙지되는 경우가 많다.

“진짜 오셨어요?”

“그럼요. 저 거짓말 못해요.”

맹랑한 어조로 대답을 하는 여자다.

“알았어요. 그쪽으로 내려갈 테니 위쪽으로 쭉 올라오시면 돼요.”

할 수 없이 그녀가 있다는 쪽으로 걸어갔다. 가던 길 중간쯤에서 걸어오는 그녀를 만났다.

"박 선생님 장사 어떻게 하는지 궁금해요. 함께 다녀요."

상현은 어이가 없었으나 민희의 당돌한 태도에 마지못해 2시간 정도를 함께 다녔다. 민희는 신기해하면서도 즐거워했다. 반복기(反復機)라는 기계에서 흘러나오는 소리를 듣고 찹쌀떡을 사러 오는 것을 여간 신기해하지 않았다. 복잡하기도 하고 때로는 조금은 가파른 오르막 골목길을 그녀는 하나도 힘든 내색 하지 않고 따라 다녔다. 그리고 장사를 마친 후 서울에 함께 올라온 후 그들은 연인이 되었다. 3일 동안을 그들은 함께 했고 그리고 동거를 시작했고, 그해 10월 결혼식을 올렸다.

그때 그들은 외로워했었고, 누군가의 위로가 필요했었다. 상현이 출소한 지 1년 6개월쯤이 지날 무렵이었다. 그는 어둡고 긴 인생의 암흑기의 터널을 빠져나오기 위해 몸부림치고 있었다. 대학 졸업장은 아무 소용이 없었고 가진 것도 하나도 없었다. 그가 오직 할 수 있는 건 젊은 육체와 정상적이고 건전한 사고를 토대로 묵묵히 일하는 것 외에는 다른 방법이 없었다. 그렇게 힘들고 외로울 때 여인이란 존재는 그에게 단비 같은 존재일 수가 있다.

민희 역시 그녀의 인생의 여정 중에서 가장 힘든 시기를 지내오고 있을 때였다. 동료들과의 여행 중 갑작스런 교통사고와 10여 시간의 대수술, 일행 중 그녀만이 목숨을 건진 큰 사고였다. 엎친 데 덮친 격으로 1년 후 난소에 종양이 생겨 종양 제거 수술도 했다. 그뿐만이 아니었다. 수술을 하고 잠시 쉬고 있을 즈음 이번엔 그녀의 모친의 별세에 그녀는 하늘이 무너지는 아픔을 겪기도 했다. 상현과 결혼하기 불과 2년여 전까지 그 많은 아픔과 고통을 경험한 것이다. 마음을 다시 추스르고 일을 시작했지만 가슴 속 깊은 곳까지의 외로움은 어찌할 수 없었다. 그녀 역시 누군가에게 의지하고 싶었고 누군가의 위로가 필요했다. 그녀의 나이도 어연 마흔을 훌쩍 넘기고 있었다. 그때 상현을 만났고, 그가 믿음직스러웠고 듬직하게 보였다. 보통의 여느 남자들이라면 상현과 같은 일을 경험한 후론 대부분 인생을 포기하고 방탕한 생활로 하루하루를 보내기가 일쑤인데 상현은 타인의 비웃음이나 일의 힘듦을 마다하지 않고 그의 인생을 다시 준비해 나가고 있었다. 그들은 그날 이후로 하나가 될 수 있었다. 동병상련(同病相憐)의 심정을 누구보다도 잘 헤아릴 수 있었던 외로운 연인들이었다. 사랑과 감사의 마음으로 열심히 살아 나가리라 다짐 했다. 그들만의 아름답고 소중한 미래를 꿈꾸며 행복하게 살자고 굳게굳게 약속 했었다. 후에 민희는 상현의 부지런하고 책임감 있는 모습에 이끌려 결혼을 생각하게 되었노라고 고백을 하기도 했다.

결혼 생활

　　2002년 월드컵이 있었던 그해 가을 10월의 어느 날, 그들은 많은 사람들의 축복을 받으며 결혼식을 올렸다. 미래의 무지갯빛 인생을 꿈꾸며 새 출발을 했다. 그러나 그들의 결혼생활은 시작부터 평탄하지가 않았다. 정확히 말하자면 알콩 달콩한 그런 신혼 생활은 아니었던 것이다. 서로를 의지하며 열심히 살아나갈 자신이 있어 서로 함께 하기로 했었던 그들이었다. 동거(同居) 기간 동안 몇 차례의 위기는 있었으나 그리 심각하지는 않아 파혼(破婚)을 하거나 하는 단계까지는 가지 않았었다. 같이 한 공간에서 살다보니 현실과 이상과의 괴리감은 실로 컸었다. 심지어 결혼식 전날에도 다투기도 했다. 물론 원인은 그의 아내 민희의 이해심 부족이 가장 컸다. 그녀는 시누이인 상현의 누이와 다투었고 그 일로 10년 이상을 시댁에 대해서는 최소한의 예의도 갖추지 않았다. 물론 그 때는 그의 누이의 잘못이 더 많다는 걸 상현도 알고는 있었다. 하지만 그렇다고 시댁을 거들떠보지도 않는 행위가 정당화 될 수는 없다. 백 번을 그의 아내인 민희가 잘한 일이 있다 치더라도 그 한 번의 그녀의 행위는 상현의 가슴 속에 영원한 응어리로 남을 수밖에 없기 때문이다. 그녀는 너무도 예민한 성격이었고 그런 연유 등으로 인해 상현을 배려하는 데는 인색한 그런 여자였다. 상현은 결혼생활을 너무 힘들어 했다. 대개의 경우는 남편 때문에 아내가 힘들다고 하지만 그들의 경우는 정반대였다. 물론 서로의 생활방식과 성격이 다른 남녀가 함께 살다보면 서로 부딪치는 일도 많고 의견 충돌이 있는 것은 당연한 일이다. 하지만 그들의 경우엔 모든 주도권을 민희가 가지려 했고 심지어는 일하는 일에 까지도 상관하거나 간섭을 했다. 아마 어릴 때부터의 어떤 심리적 충격 같은 게 있어 불안정한 성격이 형성돼 그럴 것이라 상현은 생각해 본다.

민희는 분명 결혼에 대한 환상이 매우 크지 않았나 생각된다. 결혼 후 3년 정도를 세탁기 한 번 돌려 본 적이 없었다. 먹을 물을 끓이는 것도 상현의 몫이 되어 버렸고, 일을 하고 퇴근하여 돌아오면 이리저리 내팽개쳐져 있는 갖가지 옷들과 속옷들을 정리하느라 바빴다. 아기자기 하거나 자잘한 일은 하지 못하는 그런 여자였다. 그에 반해 상현의 성격은 매사가 꼼꼼하고 계획적이며 현실적인 타입이었다.

그러다보니 매사에 부딪히기가 일쑤였고, 번번히 부부싸움의 시발점이 되기도 했다.

언젠가는 이런 일로 싸우는 일도 있었다.

"여보, 쌀밥만 먹으면 몸에 좋지는 않잖아. 잡곡을 섞어 먹으면 어때?"

상현은 잡곡밥을 먹는 습관이 몸에 배여 있었고 영양학적으로도 잡곡이 몸에 좋은 건 사실이다. 때문에 아내 민희에게 의사를 물어 본다.

"섞어 먹으려면 당신이나 먹어. 난 까칠해서 못 먹어."

퉁명스럽게 말을 하는 그녀다. 역시 말도 못 꺼내게 한다.

"여보, 그래도 지금부터라도 서서히 시도해 보면 어떨까."

"싫다고 했잖아."

민희가 버럭 화를 낸다. 화낼 이유가 전혀 없고 또 의사만 묻는 건데 너무 예민하게 생각하는 것 같아 상현이 내심 미안한 마음이 든다.

"알았어. 미안해. 당신 먹기 싫은데 어쩔 수 없지. 천천히 바꾸면 되지 뭐."

"싫다고 했는데 무슨 이유가 많아?"

아내 민희의 예민한 반응에 상현이 당황하고 미안하여 어쩔 줄 몰라 한다. 매사가 항상 이랬다.

또 이런 일도 있었다. 추석이나 설날이면 상현은 항상 친구들과 모임을 갖곤 했다. 거의 10여 년째 계속되고 있는 모임이었다.

"여보, 당신 진짜 친구 모임 때문에 시골 내려갈 거야? 지난번 결혼식 피로연 때 당신 친구들 보니까 다 그렇고 그렇던데. 하는 행동들이 형편없더라고."

민희가 화를 내며 극구 말린다.

"안 가면 어떡해. 내가 주도해서 만든 모임이나 마찬가진데."

상현도 지난번 결혼식 때를 생각하면 솔직히 서운하지만 친구는 친구인 것이다.

"자기들 쪽 친구들 결혼식 할 때는 간(肝)까지 빼줄 정도로 한다면서. 그런데 우리 결혼식 할 땐 그게 뭐야? 꽃값 없다고 못 주겠다고? 솔직히 우리 결혼식 아니었으면 확 뒤 집어 엎었을 거야. 당신 그 친구들한테 뭐 밉보이기라도 한 거 있어? 아무리 그래도 친구들이 그러면 안 되지. 안 그래? 하여튼 가지마. 가면 당신과 끝이야."

민희는 지난번 일들이 생각이 나는지 몹시 화가 난 채 상현의 귀향길을 말리었다.

자신의 결혼식 때 상현은 내심 친구들에게 서운한 감정이 있었다. 차별을 받는다는 걸 느낄 수가 있었다.

"여보, 친구들인데 그냥 넘어가면 안 될까? 내가 천천히 기회 되면 서운했노라고 말하면 되잖아."

상현은 친구 관계를 중요하게 생각했다. 지난번 수감 생활 때문에 고등학교 동창회나 대학교 동창회 등 다른 여타의 모임들은 참석하기가 좀 그랬다. 그나마 초등학교 모임은 같은 어린 시절의 추억이 있는 그런 관계인지라 계속 유지될 수가 있었다. 친구는 돈으로도 살 수 없다고 생각했다. 하지만 아내의 말을 듣고 보니 일리가 전혀 없는 얘기도 아니다. 사실 상현도 친구들에게 무척 서운한 감정이 있었던 건 사실이었다. 친구들의 관계는 지금까지도 토착민(土着民)과 이주민(移住民)의 구분이 있다. 상현과 가까운 친구들은 대부분 타지(他地)에서 이주 또는 이사 온 친구들이었고,

지금은 대부분 그 모임에서 탈퇴를 했거나 모임 초기 때 부터 가입하지 않은 경우가 대부분이었다. 반면에 현재 그 모임에 참석하고 있는 친구들은 조상 때부터 그곳에서 터전을 일구며 살아온 토착민이었다. 하여튼 왠지는 모르겠지만 암묵적으로 구분되어진 것은 사실이다. 모임은 항상 그들이 주도를 했고 토착민인 친구가 결혼식을 하거나 하면 정말 성대하다 못해 물심양면 정성을 다했다. 지갑 사정이 빠듯한데도 강제로 갹출(醵出)을 해서라도 성의를 다한다. 반면에 타지(他地)에서 이주해 온 친구들의 결혼식 등의 행사가 있으면 그들은 갖은 이유로 참석을 하지 않았고 설령 참석을 한다 하더라도 대충 소홀히 넘어가려고 해서 행사가 끝나면 당사자가 된 친구는 항상 상현에게 친구들의 서운한 모습들을 토로했던 게 대다수였다. 상현이 수감 생활을 할 때도 그들은 면회 한번 오지 않았다. 그런데, 신성한 결혼식에서의 그들의 모습에 상현 또한 화가 났었고 서운한 건 사실이었다. 물론 친구들 모두가 그렇지는 않지만 하여튼 그들이 느끼고 있는 감정들은 하나같이 모두 비슷하거나 거의 같았다. 그러나 친구는 친구다. 친구가 남이 될 수 없고 남이 갑자기 친구가 될 수는 없다.

결국 상현은 아내 민희의 완고한 반대로 귀향길을 접어야만 했다.

상현의 가족들과의 관계는 그녀가 어떠한 이유와 핑계를 갖다 붙인다 하더라도 정당화 될 수 없었다. 남편인 상현과의 부부 싸움의 화풀이를 그녀는 그녀의 시어머니와 시누이, 시숙에게 대신했다.

"어머니, 저 막내며느리 입니다. 어머니 저한테 전화 안한다고 뭐라고만 하지 마시고 어머니가 먼저 하시면 안 되는 겁니까? 당신 잘난 아들이 저한테 그러던데요. 제가 전화 안 드려서 어머니가 화내신다고. 왜 이렇게 오래 사셔서 이런 꼴 보시는 거예요?"

상현과 싸운 뒤 술에 만취(滿醉)가 된 상태로 그것도 새벽 3시가 넘은 시간에 시어머니인 상현의 모친께 전화를 하는 여자였다. 그녀는 그 다음날에도 상현과의 화해가 이루어지지 않자 다시 만취가 되었고, 그녀의 작은 시누이, 즉 상현의 막내 누나에게 전화를 하여 갖은 욕설과 험담을 했다.

"형님, 저 진짜 형님께 서운합니다. 당신 잘난 남편이 경찰이라면서 당신 동생 교도소 갈 때 도대체 뭐한 겁니까?"

민희는 이성을 잃어가고 있었다.

"올케, 자네 지금 너무 취했어. 내일 얘기하자."

상현의 누이는 민희의 행동에 어이가 없으면서도 술에 취해 제정신이 아닐 거라 생각하며 달랬다. 하지만 민희는 막무가내의 기세로 욕설과 행패를 부렸다.

"야, 이년아, 나 안 취했어. 그리고 내가 틀린 말 했니?"

"이년이라니. 자네 지금 막 나가자는 거야? 이 사람이 술을 먹으려면 곱게 먹어야지. 웬 행패야? 그리고 자네, 동생보다 몇 살 연상이라면서 그럼 나잇값은 해야 되는 거 아니야? 아주 형편 없구만. 그리고 나는 자네 남편의 손위 누나야."

상현 누이도 화가 났지만 민희처럼 욕설 따윈 하지 않았다.

"손위 사람이면 손위 사람처럼 똑바르게 행동하셔야죠."

민희는 상현 누이를 훈계하듯이 빈정거리며 말한다.

"배웠다는 사람이 이거 길거리의 개보다도 못하는 행동 하고 있는 거, 자네 알아? 동생 때문에 참으려고 했더니, 뭐 이거 쓰레기보다도 못하는 행동을 하고 있잖아. 끊어."

상현의 누이도 지지 않고 올케인 민희에게 거세게 퍼부었다.

그날 이후 민희는 시댁에 대한 이야기가 나오거나 언급만 되어도 얼굴빛이 변했고 관계조차 갖지 않으려 했다. 그의 누이는 상당히 사려가 깊은 사람이다. 민희와 그런 일이 있은 후 곧바로 상현에게 민희의 행동에 대해 어이없고 황당하다며 조심하게 할 것을 당부하기도 했다.

민희는 이성적인 여자였다. 적어도 교회에서나 아니면 그녀를 아는 그녀 주변의 사람들 앞에선. 하지만 상현과 상현의 가족에

게만은 냉정하고 이기적이었다. 그녀가 다니던 교회의 대부분의 성도들은 상현의 아내 민희를 천사이고 언행일치가 분명하고 똑 부러지는 그런 여자로 알고 있었다. 하지만 상현이 결혼 초에 민희와 크게 다툰 후 가정사의 이야기를 성도와 목사의 사모에게 꺼낸 그 일로 인해 상현은 양치기 소년이 되어버렸고 민희는 억척스럽고 강인한 하나님께 충심으로 임해 살아가는 그런 여자가 되어 있었다. 도무지 상현의 말은 믿지를 않았다. 그 당시 상현은 너무 순수 했었고 너무 교인들을 믿었었다. 그 정도의 고충이나 어려움은 다 함께 나누고 토로(吐露)해도 되는 걸로 알고 있었다. 하지만 그건 그만의 엄청난 오판이었고 커다란 착각이었다. 결혼 초기의 그런 일이 있었던 이후로 몇몇 성도들에겐 상현은 다혈질에 사고 뭉치고 믿음이 부족한 그런 교인으로 낙인이 찍혀 버렸다.

　물론 상현의 행동도 분명 한 몫 한 것만은 부인할 수는 없다. 진실을 외면하는 그런 모습을 볼 때 그는 화가 나서 가끔은 극단적인 행동을 취할 때도 있긴 했었다. 목사님의 사모님에게 그들 부부간의 있었던 사실 그대로를 말하고 조언을 구하려는 순수하고 순진한 발상이었다. 하지만 그럴 때마다 민희를 더 신뢰했던 교인들은 상현을 통해 들은 모든 이야기를 그녀에게 다시 전달해 주었다. 그런 이유로 상현이 신뢰를 잃은 부분은 분명히 있었다. 하지만 진실은 하나님만이 아실 것이다.

그녀는 또다시 술에 취해 있었다. 자신의 기호식품이며 유일한 낙이라는 술과 담배는 언제나 그녀의 벗이었다. 상현은 민희의 이런 모습이 정말 싫었다. 동거할 때만 해도 그녀는 기분이 좋거나 울적할 때 가끔씩 한다며 이해해 달라고 했다.

하지만 결혼한 이후에도 그녀의 음주와 흡연은 계속되었다.

아마 자기 자신에 대한 과대망상증 같은 게 있는 여자인 듯하다. 또한 자기 자신에 대한 어떤 회의감이나 실망감 같은 그런 심정이 내면에 깔려 있던지. 지극히 평범한 남자인 상현과 결혼을 하여 살다보니 자신의 미래가 보이지 않는 낙망함 때문에, 또는 핑크빛 꿈을 안고 시작한 결혼생활이었지만 현실 생활의 녹록치 않은 허탈감 때문에. 그런 심정들이 복합적으로 어우러져 우울증으로 발전되어 그녀의 그런 행동으로 나타나는 것일 게다.

"여보 당신 결혼하면 술, 담배 안하기로 했잖아. 몸에 좋을 것도 없는데."

상현이 아내 민희의 계속 되는 행동에 언짢아서 한 마디 한다.

"나도 모르겠어. 안 하면 자꾸만 불안해져서 그래. 안할게. 아니 천천히 줄일게."

하지만 민희는 그때뿐이지 음주와 흡연을 절제하지 못했다. 물론 드러내놓고 하는 일은 예전에 비해서 많이 줄어들었다. 전에는 조금 흥분되거나 언짢은 일이 있으면 몰래 나간 뒤 술에 취해 들어 왔고 담배는 하루에 1갑이 모자랄 정도로 손에 쥐고 살았던 그런 여자였었다. 그러나 점점 자제하려는 모습을 보이려고 노력은 하지만 쉽게 되지는 않았다. 남편인 상현 몰래 즐기는 그녀였다. 상현이 종종 집안 이곳저곳을 청소를 할 때면 곳곳에 담배가 숨겨져 있었고 술병 역시 냉장고의 제일 안쪽이나 싱크대나 찬장의 구석에서 발견되어지곤 했다.

"여보, 당신 이젠 안한다고 약속했잖아. 술은 나하고 한 번씩 마시는 건 용납하겠지만 담배는 안 돼."

"알았어, 진짜 줄일게."

그리고 드디어 그녀는 자신의 행동이 지나침을 깨달았는지 차츰 줄여가기 시작했다. 특히, 대출금 문제로 집이 경매에 넘어 갈 때부턴 확실히 눈에 띌 정도로 줄어들었다. 신혼집을 장만할 때 대출금 정도는 충분히 벌 수 있을 거 같았고 쉽게 그럴 것이라 생각했었다. 하지만 사는 게 마음대로 되는 것은 아니었고 결국은 만기 때 까지 대출금을 갚을 수가 없었다. 그 이후론 그녀는 정말 많이 변화 했다. 특히 많이 변화한 부분은 상현의 식사에 대해서는 직접 차려 상현의 출근에 지장이 없도록 하는 것이었다. 얼마 전까지만 해도 그녀는 아침에 일찍 일어나는 일이 세상에서 제일 귀찮다며 상현이 알아서 먹고 가도록 내버려 두곤 했었다..

하지만 거기까지가 전부였다. 그녀의 씀씀이는 두서가 없었고, 계획 또한 세워져 있지 않았었다. 그렇다고 그녀가 낭비벽이 심하다거나 무절제한 것은 아니지만 항상 카드결제일이 되면 마이너

스 상태가 되어 또다시 대출을 받는 악순환을 거듭 했다. 자기가 알아서 하겠다고 하여 그녀에게 경제권을 넘겼지만 그녀는 결제 금액의 부족을 이유로 상현에게 온갖 트집과 이유를 대가며 싸움을 걸어왔다. 그녀 나름의 이유는 있었겠지만 어느 정도는 참고 인내해 주었어야 했다. 그게 부부간의 도리이고 부부간의 예의이며 결혼 생활의 근본이기 때문인 것이다.

도저히 생활을 이어나갈 상황이 되지 못했다. 하는 수 없이 상현이 결단을 내렸다. 돈 관리는 아내 민희에게 맡겼지만 가계부는 상현 자신이 쓸 테니 돈의 사용처만 말해 달라는 것이었다. 지금부터라도 다시 시작하는 마음으로 의논을 하고 대화를 나누자고 서로 굳게 약속을 했다. 다툼의 대부분이 서로 잘 하려고 했던 것임을 알기에 조금만 이해하고 양보하면 좋은 배우자가 될 수 있으리라 확신을 했던 것이다. 지출의 관리를 인터넷의 가계부를 활용했다. 효과는 대성공이었다. 상황에 따라 돈의 지출을 조절할 수 있었다. 그건 민희 역시 인정하는 부분이었다.

돈의 흐름이 파악되니 조금이나마 생활의 여유가 생겼다. 2008년부터 그가 가계부를 쓰게 되면서 약간의 저축과 함께 만약을 위해 충분한 보험도 들었다. 그 무렵 처남댁의 유방암 수술, 상현 모친의 암수술과 그의 큰 형님의 건강상의 갑작스런 별세로 건강에 대한 긴장을 하지 않을 수가 없었다. 상현의 결단력 있는 행동하나로 결국은 민희의 목숨을 구하는 천우신조(天佑神助)의 상황이 되었던 것이다.

　상현의 아내 민희는 여전히 시댁에 대해서는 그녀의 자존심을 굽히지 않았다. 상현은 항상 이런 상황이 가슴 아팠고 어머님께 죄스러웠다. 신혼초의 싸움도 민희의 술주정으로 비롯되었었다. 그때 그의 아내 민희는 상현과 싸운 후 집을 나가 버렸다. 상현은 애가 탔고 그녀가 오빠의 집에 있다는 것을 알게 되었다. 하지만 민희는 상현에게 격렬하게 맞섰고 다시 그의 누이들과 그의 형님에게 인간 이하의 행동을 서슴없이 행했다. 상현은 도저히 함께 살수 없다는 판단을 하고 처남들에게 민희의 행동을 지적하며 이혼 하겠노라 했다. 그런데 그날이 하필이면 그녀의 모친의 기일(忌日)이었다. 후에 그의 아내 민희는 자신의 행동은 생각해 보지도 않고 그때의 상현의 행동을 싸울 때의 좋은 이유거리로 사용하곤 했다. 그럴 때마다 상현도 민희의 가족들에 대한 자신의 공(功)을 거론하며 지지 않으려 했다. 사실 상현은 민희의 가족들에게 정말 최선을 다해 임했다. 그런데 그들은 마치 '당연한 거 아니냐'며 상현을 무시하곤 했다. 그의 동서인 윤 교수님은 남미에서 강의를 하고 계시는 분이었다. 그들이 2년에 한 번씩 방문해서 한국에 한두 달 가까이 체류할 때면 그들은 항상 상현의 집에 머물다 가곤 했다. 그리고 그들이 출국할 때면 갖은 준비를 하여 건네곤 했다.

　2달 정도를 머물면 많지도 않은 상현의 2달 치의 월급을 고스란히 그들에게 쓰는 꼴이었다. 그뿐만이 아니었다. 그러나 그들은 상현의 노고에 대해서는 어떠한 표현도 하지 않았다. '당연히 해야 할 일 아니냐'는 그런 행태를 취했다.

상현은 모든 관계를 온전히 회복하여 행복하게 살고 싶었다. 두 사람 모두 엉클어진 매듭을 풀고 서로에게 최선을 다하며 살고픈 게 상현의 소박한 꿈이었다. 용서하고 이해하며 사는 것이 부부라고 생각했다. 하지만…….

　　세상은 자기 주관대로 되어가는 곳은 아니다. 인생살이가 더더욱 그러하다. 그래서일까? 그녀는 남편 상현의 간곡한 요청에도 여러 차례나 건강 검진을 미루었다. 2008년 그해 민희는 여러 개의 암보험을 가입했다. 전 해의 올케의 유방암 발병과 시어머님인 상현의 모친의 대장암 수술로 보험의 필요성을 절실히 깨닫고 있는 때였다. 2010년에도 다시 몇 개의 암보험을 가입 했다. 그해에 남편 상현의 건강 검진에서 대장의 용종 발견이 이유였다. 물론 상현도 함께 여러 개의 보험에 가입을 했고 현재도 유지를 하고 있다. 그의 아내 민희는 매년 몸이 이상한 거 같다 하면서도 보험금이 얼마냐며 미루기만 했다. 아마 자신의 생활을 궁핍하다고 느낀 민희의 돈 욕심이 그런 상황을 정당화하게 하는 근원이 되었으리라. 상현은 그의 아내 민희에게 '이젠 절대로 남편에게 핑계대지 말라'며 최후통첩과도 같은 당부를 했다. 민희는 '이젠 정말로 검진을 받아보겠다'며 상현의 간곡한 당부를 받아 들여 다음해 1월에 건강 검진을 받았다. 그리고 그녀는 유방암 진단을 받았고 양쪽 유방 전부를 절제하는 수술을 받았다. 상현은 정말로 아내를 사랑하고 있었고 그녀를 위해서라면 기꺼이 그의 목숨을 바치는 일도 아깝지 않을 것만 같았다. 그녀도 전에 비해 분명 많이 변화했기에 아내를 위하고 가정을 지키는 일이 세상에서 가장 행복하고 소중한 일이었다. 이제부터라도 아프고 나약한 아내를 위해 살아가고 싶었다. '살아 있다는 그 자체가 중요하고 위대한 것이지 가슴이 없어도 난 당신이 예쁘고 사랑스럽다. 몸에 난 생체기 쯤으로 생각하자'고 위로를 했다. 그래도 그녀는 처음엔 많은 금액의 보험금을 받아서인지 우울해 하거나 슬퍼하지 않고 오히려 씩씩하고 담대했다. 하나님이 자신을 지켜 주실 거라고 확신을 했다. 하지만 시간이 흐르면서 항암의 고통과 죽음이라는 공포에 사로잡힐 땐 그녀는 차츰 날카로워졌고 신경질적이 되어 갔다. 그녀의 우울증은 단순한 우울증의 정도를 넘어선 아주 폭력적이고 반복적이었다. 또한 각종 의심의 정도 또한 상상을 초월하는 것이었다.

상현의 아내 민희는 전에 종종 상현에게 '여보 당신 나 때문에 너무 고생하는 게 미안해. 당신 힘들다고 할 땐 안쓰럽기도 해. 아마 하나님이 계신다면 내가 죽지 않을 만큼 날 쓰실 거 같아. 혹 암이라도 걸려 보험금이라도 나오면 치료비할 정도는 빼놓고 당신 하고 싶은 거 해'라며 말하곤 했었다. 그럴 때마다 상현은 '무슨 소리 하는 거야? 치료부터가 먼저지. 그 다음은 나중에 생각해'라며 '다시는 그런 소리 말라'며 나무라곤 했었다. 그런데 그녀에게 막상 암이 발병되고 보험금을 받게 되자 '당신 이 돈 쓸 생각하지 마'라며 마치 상현이 보험금을 어떻게 하려 들 것이라는 생각에 빠져 들곤 했다. 그를 아는 사람들에게 '아내의 보험금을 받아 치료는 안하고 그 돈을 다 쓰려고 한다'며 그를 왜곡하여 험담을 하기 시작했다. 물론 우울증 때문이란 걸 모르는 건 아니지만 그의 기분이 개운치 않은 건 사실인 것이다. 민희로부터 그런 이야기를 전해들은 사람들은 상현이 진짜 그런 사람이라고 인식을 했고 그를 인간쓰레기처럼 바라볼 것이다. 상현은 너무 어이가 없고 황당했다. '그런 생각은 정말 추호도 없고 그런 상상은 꿈에서도 하지 마라'며 아내를 나무랐다. 상현은 너무 화가 났지만 환자의 병간호와 치료가 먼저라는 생각으로 꾹꾹 참으며 그녀의 간호에 정성을 다했다. 그런데, 결국 그녀의 우울증이 원인이 되어 일이 터지고 말았다.

3월 중순부터 그녀의 유방암 수술과 항암치료, 이사, 보험금 청구 업무 등으로 쉴 겨를이 별로 없었고, 또한 민희와의 대화를 통해 앞으로 미래를 준비한다는 목적으로 그녀의 항암 기간 중에 아내 민희의 간병과 함께 컴퓨터 학원 수강을 하기로 했었다. 그런데 민희는 처음의 말과는 달리 도리어 상현에게 '일하기가 싫어서 간병을 한다'느니 '보험금이 탐나서 옆에 있다'느니 하며 입에 담기도 힘든 말들을 서슴없이 뱉곤 했다. 그녀의 그런 행태가 분명 이해가 안 되는 건 아니었다. 하지만 더욱 이해하기 힘든 것은 그녀의 주변 사람들의 태도였다. 그들은 앞뒤 확인도 하지 않은 채 민희의 가공되어지고 알맹이가 쏙 빠진 말만 들은 채 상현을 공격하고 민희보다 더한 언어적 공격과 인신공격을 했다. 상현은 참으로 어이가 없고 기가 막혔다. 헌신과 수고의 대가를 이토록 왜곡하고 짓밟아도 되는지 화도 나고 이해가 되지 않았다. 상현은 아니라고 항변했지만 그들은 이혼을 부추기고 지금 이혼을 하지 않을 거라면 별거라도 하기를 부추겼다. 환자의 치료가 우선이라는 논리였다. 상현은 그런 소리를 듣는 자체가 황당하고 또한 자기 자신의 떳떳함 같은 뭐 그런 거라도 보여 주고 싶어 그들의 요구대로 잠깐만이라도 별거에 응하기로 했다. 말이 별거지 상현이 거처할 수 있는 곳이라곤 고시원 같은 그런 곳뿐이었다. 한 달을 그곳에서 지내며 직장에 다니다 보니 생활은 영 말이 아니었다. 특히 한밤중의 느닷없는 고성방가나 만취한 사람들의 싸움 등 조용히 지나가는 일이 거의 없었다. 그러다보니 편안한 수면을 취한다는 건 상상할 수도 없는 일이었다. 그즈음 그녀 언니의 민희에 대한 간병은 제대로 이루어지지 못했다. 언니의 간병은 고작 일주일에 한 번 정도 있었으나 그것도 반찬을 만들어 가져다주는 정도의 역할밖에 하지 못했다. 간병인을 불러 간병도 맡겨 봤지만 그녀의 성격상 오히려 짜증과 불만만 쌓이는 상황만 되었다. 또한 24시간 병원이 아닌 집에서의 간병은 아무나 할 수 있는 일이 아니었다. 할 수 없이 남편 상현을 불러야 되겠다는 생각이 들어 집으로 들어오기를 청한다. 하지만 다시 서로를 이해하고 사랑해 보려는 의도는 애초부터 그녀에겐 없었다. 자신의 병수발을 위한 목적뿐이었다. 하지만 상현은 최선을 다했다. 그녀의 병환이 자신 때문에 발병한 거라는 자책감이 들었다. 직장 번듯하고 재산 좀 갖고 있는 그런 남자 만났다면 암(癌)이라는 그런 무서운 병은 걸리지 않았을 거라는 생각까지 들었다. 항상 돈의 노예로 살아야만 했던 불안한 생활이 그녀의 암 발병의 원인이라고 추측 아닌 추측을 해본다.

지난날의 그의 인생의 오점이 그의 인생을 송두리째 간섭하며 뒤흔들고 있다. 허망하고 한심하다. 하지만 다시 한 번 마음을 다잡아 본다. 가끔씩 지난날의 죄행이 후회가 들곤 하지만 그렇다고 그의 인생 전부를 좌지우지 하는 것은 아니다. 부부가 함께 일심동체(一心同體)가 되어 다시 인생을 설계한다면 후회되지 않는 미래가 되리라고 확신을 해 본다.

그동안 상현은 아내를 위해 남편으로써 최선을 다했다. 결혼생활 중 게으른 생활을 한 번도 해 보지 않았다. 그게 남편으로써 할 수 있는 최선의 생활 태도라고 그는 생각했다.

이혼

　　2011년 10월 19일 그들은 이혼이라는 극단적인 선택을 했다. 채 10년도 되지 않는 결혼생활이었다. 그녀의 항암 치료 또한 아직 끝나지도 않은 상태였다. 하지만 아직 항암 치료가 끝나지가 않았기 때문에 집에 들어와 간병을 해 주어야 한다는 요구를 덧붙였다. 적어도 1~2년은 지나야 항암의 독성이 어느 정도 사라져 부작용이 줄어들게 되고 외과적 수술로 인한 상처 부위 또한 아물고 사회생활이 가능 할 수 있어 그때까지는 이혼은 했지만 생활비를 책임지고 간병을 해 주어야 한다고 그녀는 끝까지 고집을 부렸다. 상현은 그러하겠노라고 했다. 더 이상 싸우고 싶지도 않았고 환자와 실랑이한다는 편견도 있을 것 같았다. 그렇지 않아도 그녀가 상현을 공격하고 있는 주요한 내용 중의 하나가 보험금 문제이다. 분명 사실이 왜곡되어진 허무맹랑한 거짓의 소문에 불과하지만 왈가왈부 하고 싶지 않았다. 진실은 알려지고 밝혀지는 법이다. 이혼을 하고 둘이 완전히 갈라 설 때면 모두가 알 수 있는 일이다. 그때가 되면 상현이 보험금에 눈 먼 사람이 아니란 게 밝혀 질 것이고 정말로 진실하게 아내를 위했음을 이해하게 될 것이다. 또한 그 와중에 아내가 변화되어 질 수도 있다. 그는 정성을 다해 아내의 병간호를 했다. 가정생활의 유지를 위해 직장 생활도 다시 했고 열심히 일했다. 이혼을 한 남남인 관계였지만 완전히 갈라서 살 때 까지는 남편의 임무를 다하고 인간의 임무를 다하리라 다짐 했다. 상현의 성격상 나쁜 오해까지 받으며 재산 분할이니 하는 건 정말 싫었다. 1~2년 정도를 간병까지 하고 생활비도 충당하리라고 한 것도 그의 그런 성격 때문이었다. 솔직히 말해 이혼을 할 때 재산 분할을 해서 자기 것을 챙기는 사람이 거의 대부분인 것이 일반적이다. 헤어지면 남인데 상대방을 배려해 줄 이유가 하나도 없다는 것이 요즘 세태이다. 하지만 상현은 죽기보다도 더 싫어하는 것이 '비굴하다'느니 '간신배(姦臣拜)'라느니 '추악하다'느니 하는 말을 듣는 것이었다. 은경과의 관계가 그렇게 파국으로 끝나게 된 연유도 바로 그래서였다. 상현 자신은 은경과의 관계 속에서 한 번도 그의 양심을 속이거나 그녀를 그의 욕구를 위한 대상으로 생각하지 않았다. 그런데 그녀는 진실되지 못했고 문란한 생활을 해나갔다. 너무도 빈번히 문란하고 진실 되지 못한 생활 방식들이 그의 눈에 띄게 되었던 것이다. 차라리 완벽하고 냉정하게 상현을 속였더라면 상현이 그런 극단적인 방법을 사용하진 않았을 것이다. 자기의 연인이 문란하고 방탕한 생활을 해나가는 사람이라면 세상의 어느 사람이 제정신으로 살 수 있을까? 차라리 창녀(娼女)는 자신의 현재의 상황을 누구나 인식할 수 있기에 비양심적이거나 파렴치하지는 않다. 남자를 일부러 농락하거나 유혹하지는 않는다. 현 사회적 구조의 틀 안에서는 그녀들은 당당한 노동의 대가를 취하는 것이다. 차라리 계약 동거나 스폰서(sponsor) 같은 그런 생활이 낫지 않을까. 그녀들은 한 남자의 영혼이나 삶을 망가뜨리거나 앗아가지는 않는다. 진실되고 순수하게 살아온 게 뭐가 잘못된 건가.

'속아 넘어가 자기 인생 자기가 조진 놈이 무슨 이유가 그리 많냐'고? 남자가 연인에게서 가장 분노할 때가 바로 배신당했을 때이고 그때 남자는 가장 극단적인 방법을 통해 연인에게 복수를 한다. 이성이 마비되어 버린다. 자기 인생이 어찌될 거라는 걱정 따윈 그 당시의 남자에게는 중요하지가 않다. 오로지 복수의 열망만이 존재할 뿐이다.

하지만 그런 범죄자를 옹호하고 싶은 마음은 추호도 없다. 그런 행위를 정당화하고 싶은 마음은 더더욱 없다. 그건 인간성 본질의 문제이기 때문이다. 진실은 영원해야 하고 세상은 아름다워야 하는 것이다.

1년 정도의 병간호 기간 동안에도 민희의 독설과 과격한 행동은 멈춰지지 않았다. 보험금으로 받은 금액 중 많은 금액을 자기의 욕구충족을 위해 썼다. 10년이란 결혼생활 동안 살면서 한 번도 마음대로 옷 한 번 사 입지 못했다며 지금부터라도 풍요로움을 느껴보고 싶다는 것이 이유였다. 핸드백이며 구두는 기본이고 예전의 손때 묻은 물건들은 모두 버리고 가구와 집안의 물건들 모두를 새로 바꿔버렸다. 상현은 안중에도 없는 그녀만의 일방적이고 독단적인 행동들이었다.

"다시 한 번 분명히 말할게. 어디까지나 1년만 하는 시한부 간병인 거야. 간병하는 거 끝나면 미련 같은 거 갖지 말고 전에 말했던 데로 전에 살던 집의 전세 보증금 가지고 떠나도 돼. 그리고 당신 내가 이러는 거 절대 상관하지 마."

그녀는 상현이 자신에게 호의를 베풀거나 다정한 행동을 나타내려 하는 기색이 보이기라도 할라치면 미리 방어막을 치듯이 언급하곤 했다. 상현은 미련 따윈 애초부터 없었다. 헌데 자꾸 언급을 하는 걸 두고 보자니 기분도 상하고 언짢기만 했다. 아마 세상 사람들은 이해해줄 거라고 상현은 스스로 위안을 삼았다. 은경과의 관계에서도 그렇듯 왜 여자들은 헤어질 땐 이렇게 추잡하고 이기적이 되어 가는지 도무지 이해가 되지 않는다. 상현이 잘못한 건 그녀들을 맹목적이고 조건 없이 사랑했다는 것뿐이다. 그것도 오로지 한 여자를 진실한 마음을 가지고 열정적으로 사랑했었다는 것. 은경은 그녀 스스로가 문란하고 더러운 남의 애첩 생활을 해서 벌을 받은 것이다. 뜨거운 신의 불벼락을.

민희와의 결혼생활 역시 상현은 한순간도 남편으로서의 책임과 의무를 게을리 한 적이 없었다. 민희는 상현과의 결혼생활을 일종의 피해 의식의 틀에서 인식하고 있는 듯 했다. 번듯하고 재력 있는 그런 남자를 상상 했었던 그녀였던 것 같다. 하지만 결혼을 하고 보니 현실을 실감했다. 번듯한 직장 생활이 아닌 일용직과 같은 상현의 수입으로는 하루하루 살아 나가기가 힘들었을 것이다. 함께 헤쳐 나갈 수 있으리라 생각하고 결혼을 했지만 그건 말 그대로 꿈일 뿐이었다. 물론 상현에게 속아서 결혼한 건 아니었다. 매사에 긍정적이고 부지런한 모습에 끌리어 결혼을 결심했던 그녀였지만 결혼생활이라는 것이 항상 마음먹은 대로 되는 건 아닌 것이다. 복병(伏兵)이 곳곳에 도사리고 있고 그러다보니 풍요로운 결혼생활을 기대한다는 건 애초부터 무지갯빛 환상일 뿐 이었다. 항상 수입보다 지출이 많을 수밖에 없었다. 그렇다고 민희 자신이 생활비를 위해 직장 생활을 한다는 것이 구차하게만 느껴졌다. 이러려고 결혼을 한 것인지 자꾸만 후회가 되었고 그런 마음을 가지면 가질수록 남편 상현이 죽이고 싶을 만큼 밉기만 했다. 그의 가족들 까지도 보고 싶지 않았고 그의 누이와의 말싸움이 있었던 뒤론 서먹하기도 하여 아예 그의 가족의 일에 대해선 관심을 멀리하게 되었다. 그러다보니 상현과도 종종 마찰을 빚게 되고 잊을 만하면 또 다시 그의 가족들의 애경사가 있게 되어 마찰이 반복되곤 했다. 그리고 결국은 민희 자신이 암이라는 병치레를 하게 되니 참으로 기구(祈求)한 팔자 같이 느껴져 한심하기도 하고 원통하게도 느껴졌을 것이다. 그리고 결국엔 남편 상현과의 관계를 극단적으로 몰고 가는 결과를 초래하게 되었으리라. 그렇다고 상현이 일을 서투르게 처리하거나 확대하거나 하지는 않았다. 아예 언급조차도 하지 못하도록 미리 사전 차단막을 치는 쪽은 언제나 그의 아내 민희였다.

"여보, 큰누나한테 전화가 왔는데, 다음달 23일 토요일 날에 큰조카 만철(萬哲)이 결혼식이 있다는데."

"왜? 가려고?"

퉁명스럽게 받아친다.

"그럼 가야지. 큰조카인데."

"난 안 가. 가고 싶으면 당신이나 가."

"당신이 안 가면 어떡해. 명색이 작은 아빠, 작은 엄만데."

"하여튼 난 안 가. 난 외국 갔다고 그래."

항상 언제나 이런 식이었다. 무조건 자신은 가지 않겠다며 먼저 배수진을 치고 나왔고 상현이 설득이라도 할라치면 다툼이 일어나기 일쑤였다. 결국은 네 명의 조카들의 결혼식에 모두 불참을 했고 상현까지도 가족들과의 관계가 멀어졌다. 심지어는 상현의 숙부의 장례식까지도 다툼이 원인이 되어 참석하지 못해 결국은 사촌들과의 관계는 회복 불능의 남남의 상황으로 변해 버렸다.

그에 반해 그녀의 친지들의 애경사(哀慶事) 등의 행사에는 그녀는 피를 튀기는 듯한 싸움을 해서라도 참석했고 상현의 동석(同席)을 요구했다.

민희의 이런 모습은 거의 병적(病的) 수준이었다. 심각한 정신적 질환과도 같은 그녀의 모습은 상현마저도 지치게 만들었고 때로는 미치게도 했다. 양쪽 집안을 대하는 그녀의 태도는 어느 누가 봐도 중심을 잃은 일방적인 모습이었다. 하지만 상현은 결국은 그의 아내 민희의 결정을 따르는 것이 대부분이었다. 자신이 좀 더

민희에게 가깝게 다가갈 수 있는 길이라 생각했다. 그리고 언젠가
는 민희도 자기 자신만의 고집을 관철하려하는 그런 행동은 지양
(止揚)하리라 생각했다. 지금의 고비를 이겨 낸다면 분명 행복한
결혼생활을 이룰 수 있으리라 확신했다. 하지만 결국은 그 만의
바램 일 뿐이었고 착각이었다. 환상은 무참하게 산산이 깨져 버렸
고 지금의 그들은 세상에서 가장 잔인하고 냉정한 남남의 관계가
되어버렸다. 이젠 여자를 만나 살아간다는 것이 두렵기만 하다.
세상의 여자들이 모두 그러하지는 않으리라는 희망을 가져 본다.

허상(虛想)

은경과의 2년여의 세월은 욕망과 열정의 세월이었다. 젊은 날의 한때의 뜨거운 사랑이었고 한편으론 객기어린 순진한 사랑이기도 했다. 철없고 미숙(未熟)한 한남자의 한 여자에 대한 맹목적 사랑이었다. 그 사랑은 순수하고 진실했던 무조건적인 사랑이었다.

은경과의 사랑을 후회하지는 않는다. 세상의 모든 사람들이 어리석은 사랑이었고 못난 사랑이라고 손가락질하고 비웃는다 해도 상관없다. 나의 마음과 행동 방식까지도 어리석거나 못나지는 않았기 때문이다. 단지 은경과의 관계가 그렇게 마무리된 게 가슴 아프고 후회될 뿐이다.

앞에서 글을 쓰면서 은경과의 관계에 대해 부정적으로 기술한 면이 없지는 않다. 사실 글을 쓰면서는 그런 감정이 있었던 것도 사실이다. 지금도 미세하나마 조금은 남아 있다. 세상의 어느 남자가 여자에게 그것도 무조건적으로 순수하게 사랑했던 여자에게 배신을 당했다면 가만히 있을 남자가 과연 어디 있을까. 더욱이 그 여인의 더럽고 추잡한 애첩과도 같은 실상들을 알아 버렸을 때의 그 참담함은 말이나 글로는 도저히 표현할 수 없는 것이다. 극도의 아노미(Anomy)적 상태이며 홍분의 상태이기에 이성적 상황을 바란다는 것도 조금은 무리한 요구일 것이다.

이제 그 여인에 대해 나의 현재의 솔직한 마음을 말한 뒤 그 여인에 대해서는 웬만하면 언급을 자제하고 싶다. 부디 좋은 남자 만나 행복하고 건강하게 잘 살기 바라고 진실 되고 아름답게 남은 인생을 살아가기를 바라는 마음이다.

두 번째의 여인인 나의 아내였던 민희와의 관계에 대해 말하고 싶다. 민희와의 결혼생활은 만약 시간을 되돌리고 싶다면 솔직히 그러고 싶은 마음이다. 그녀와 완전하고도 새로운 흠 없는 결혼 생활을 유지해 나가고 싶은 마음이다. 가장 도전적으로 인생을 살아갈 수 있는 시기가 30대 중반쯤부터 40대 중반까지이지 않나 하는 개인적인 생각이다. 특히 수감 생활을 한 나로서는 민희와 결혼을 한 시기가 인생의 중요한 시기였다고 생각된다. 세상에 대해 겁이 없었고 무엇이든 할 수 있다는 자신감이 충만해 있는 그런 때였다. 민희와의 결혼을 결심하게 된 것도 임신 전까지 아내가 조금만 도와주기만 해도 충분히 일어날 수 있다는 확신이 있어서였다. 하지만 매사에 계획적이고 꼼꼼한 성격의 나와는 반대로 민희는 항상 어수선하고 즉흥적이며 철저하지를 못했다. 씀씀이가 크고 기분에 많이 휘둘리는 성격이었다. 아기를 갖는 문제에 대해서도 그녀는 '우리 형편이 나아지면 갚겠다'며 미루기만 했다. 그녀가 나를 도와준 거라곤 지방을 다니면서 장사를 할 때 2년간의 겨울 약 8개월을 따라 다닌 게 전부였다. 결혼한 그해 4개월가량과 그리고 그 이듬해 4개월 남짓이었다. 결론부터 말하자면 차라리 혼자 다니는 게 백 번, 천 번 나았다. 항상 싸움을 하는 일이 다반사였고 장사를 망치기가 일쑤였다. 숙박비, 식사비와 재료비 및 차량 유지비를 생각하면 아무런 도움이 되지 못하고 오히려 불편만 끼치는 꼴이었다. 2004년 겨울부터 혼자 장사를 다녔다. 숙박은 찜질방에서 해결을 했고 식사는 그때그때 상황에 따라 챙겨 먹었다. 그렇다고 해서 굶는다거나 아무거나 먹지는 않았다. 혼자 돌아다니다 보니 차량 유지비와 숙박비, 식사비를 절반 이상으로 줄일 수가 있었다. 어찌 보면 궁핍할 정도로 아껴가며 독종(毒種)처럼 장사를 했다. 또한 3~4개월 동안 매달 덤으로 들어오는 △▽수당 100여 만 원의 수입 또한 무시할 수 없었다. 모든 일을 계획적으로 하다 보니 수입은 예전에 둘이 함께 다닐 때보다 많았다. 함께 다닐 때보다 매상(賣上)은 적었지만 순수익(純收益)은 엇비슷했다. 덤으로 들어오는 △▽수당까지 합하면 둘이 다닐 때보다 오히려 많았다. 그때를 전후로 하여 직장 생활도 계획적이고 안정적으로 하다 보니 생활은 점차 안정이 되어 갔다. 하지만 집을 장만할 때의 대출금(貸出金) 미상환(未償還)으로 집을 경매 처분하게 되었다. 이후로 아내는 현실적으로 변해 갔다. 그 무렵 처남댁의 유방암 수술과 나의 모친의 대장암 수술 그리고 큰 형님의 병환으로 인한 사망으로 인해 건강에 대해 뒤돌아보는 계기가 되었다. 그때부터 매년 꾸준히 보험을 가입하게 되었다. 정말 우리의 건강을 위한 순수한 목적의 가입이었다. 단 2010년 가을의 아내의 보험 가입은 조금은 순수성에서 벗어났다는 걸 부인하지는 않는다. 하지만 악덕 보험 회사가 주장하는 보험 사기니 하는 것과는 거리가 멀다. 건강 진단을 받기 전에 예비 차원에서 가입을 했기에 그들의 주장과는 전혀 상관이 없는 것이다. 우리가 신이 아닌 이상 느낌상으론 의심을 했다 할지라도 그게 의학적으로나 법률적으로 저촉이 되거나 불법적 행위는 아니기에 우리는 떳떳하고 당당한 것이다. 결국 아내는 보험 가입 덕분에 충분한 보장을 받았고 치료 또한 경제적 어려움 없이 할 수가 있었다.

하지만 결국은 그게 원인이 되어 남남의 사이가 되어 버렸다. 비록 보험금으로 받은 돈이었지만 적지 않은 돈 앞에서는, 더욱이 자기 자신이 암이라는 진단을 받게 되다 보니 심리적 충격 또한 적지 않았고 지난날의 결혼생활이 후회가 되었을 것이다. 때문에 자신이 혹 죽기라도 한다면 그 돈이 모두 남편인 나에게로 간다고 생각하니 분하기도 하고 기분이 썩 좋지는 않았는가 보다. 그래서 죽기 살기로 돈에 애착을 보인 것이리라. 또한 암이라는 질병이 언제 어떻게 될지, 악화 될지 아니면 재발을 할지 모르는 무서운 병이라는 걸 알기에 죽기 전에라도 궁핍한 생활을 청산하고픈 열망이 강했으리라. 솔직히 난 돈에 미련은 없지만 뒷맛이 개운치만은 않은 게 사실이다. 부부간의 살아온 정을 생각해서라도 아내 민희가 그래서는 안 되는 일이었다. 난 그녀에게 남편으로서의 임무 및 역할뿐만 아니라 한 인간으로서도 전혀 부끄럽지가 않다. 그녀를 존중하려고 노력했고 항상 그녀를 우선시했다. 그녀의 인격을 존중했고 그녀의 삶을 조금이라도 풍요롭게 해 주기 위해 최선을 다했다. 내가 그녀에게 잘못한 건 부부싸움을 했을 때 처음에 그녀가 어머니와 형님, 누이에게 무례하게 했던 것이 기억이 나 몇 번 그녀의 주위의 몇 사람에게 '저 사람과 도저히 못 살겠다'고 하소연 정도 한 게 전부이다. 그녀처럼 반인륜적인 행동은 취하지 않았다. 그런데 그녀는 '무슨 일이 있더라도 남자로서 꾹 참았어야 한다'는 것이 주된 반박의 내용이었다.

어찌 됐건 그녀와의 10여년의 결혼생활은 나에겐 다시는 되돌릴 수 없는 안타까운 세월이었다. 다시 그때로 되돌아 갈수만 있다면 멋지게 인생을 살아보고 싶다. 하지만 안타까운 것은 이혼을 하면서 나 역시 수중에 가진 돈도 거의 없거니와 나의 명의로 되어 있는 게 단 하나도 없는 무일푼의 존재라는 것이다. 또한 벌써 오십을 바라보는 나이가 되었다는 것이다. 요즘의 세상에서는 성공이나 목표의 달성이 사실상 불가능 하다는 것이다. 특히 경제적인 재도약은 한 마디로 커다란 장벽에 막혀 있다. 90년대 이전만 해도 본인의 의지와 노력에 따라 어느 정도의 재도약이 가능했었다. 만약 설사 가능하다고 하더라도 오십이 다 된 마당에 부귀영화를 누린들 얼마나 누리겠는가. 그렇다고 자포자기를 한다거나 포기한다는 의미는 결코 아니다. 난 죽어도 비굴하게 남에게 손을 벌리거나 머리를 조아리고 싶지는 않다. 나의 힘이 남아있는 한 인간으로서의 노력을 다하며 살아가고 싶다. 인간으로서의 도리를 행하며 살아가고 싶다. 그게 창조주가 우리 인간을 만들어 낸 근본 이유가 아닐까.

올바른 인생관을 가지고 최선을 다해 열심히 살아가는 삶이 진정 멋지고 보람된 삶이리라. 가치 있는 삶을 누리는 건 가치 있는 인간만이 누리는 세상의 특권이리라.

세 번째는 수진에 대한 이야기이다. 그녀는 정말로 아름답고 멋지고 사랑스러운 천상(天上)의 여인이었다. 항상 남편을 배려했고 이해해 주었다. 나의 지난날의 전력(前歷)도 모두 이해했고 이혼의 아픔도 따스하게 안아주고 보듬아 주었다. 어떤 이는 이렇게 폄훼할 수도 있을 것이다.

'아무리 그래도 어떻게 아는 언니의 남편을 자기의 남편으로 받아들일 수 있을까? 법적으로야 아무 문제 되지 않겠지만 윤리적으론 좀······.'

하지만 난 이에 절대적으로 동의하지 않는다. 수진의 판단은 윤리적으로도 전혀 부끄러운 행위가 아니다. 오히려 용기 있고 사려 깊은 판단이다. 더구나 민희가 자신이 싫어서 한 이혼이 아니던가. 내가 부도덕하고 비윤리적이란 이유로 이혼을 했다면 맞는 말일 수도 있다. 하지만 난 어떠한 부정(不淨)도 하지 않았고 부도덕하지도 않았다. 오히려 그녀의 예민하고 고집스럽고 남편을 남편으로 인정하지 않았던 안하무인(眼下無人)적인 사고와 행위에 기인하리라. 그에 비해 수진은 자신의 생을 마칠 때 까지도 남편을 가슴속에 품었고 남편을 이해했고 그리고 진실로 사랑했다. 나 역시도 그녀가 영원토록 가슴속에 고이 간직되어 있다. 너무도 보고 싶고 그리운 나의 여인이었다.

　사랑은 순결한 것이어야 하고 사랑은 고귀한 것이어야 하고 사랑은 아름다운 것이어야 한다. 애초부터 계획되어지고 계산 되어진 사랑은 사랑이 아니다. 그건 단지 거래 일 뿐이지 그 이상도 그 이하도 아니다. 사랑은 무조건적이어야 한다. 진실로 아내를 사랑하고 남편을 사랑하고 부모를, 자녀를, 이웃을 사랑하는 소중하고 가치 있는 아름다운 사랑을 하자.

　난 사랑의 동경주의자인 것 같다. 정말로 많은 여인들과 교류를 했고 교제를 했다. 하지만 나의 사랑의 기술이 너무도 부족하여 매번 문턱에서 좌절을 맛보곤 했다. 그렇다고 그녀들을 범하거나 한 적은 맹세코 단 한 번도 없었다. 항상 여인들을 만날 때마다 아름답고 행복한 사랑을 꿈꾸었고 동경했다. 혹시 나에게 그러한 기회가 뜻하지 않게 우연히 찾아온다면 정말로 뜨겁고 열정적인 진실한 사랑을 하고 싶다. 완전하고 순결한 하얀 사랑을.

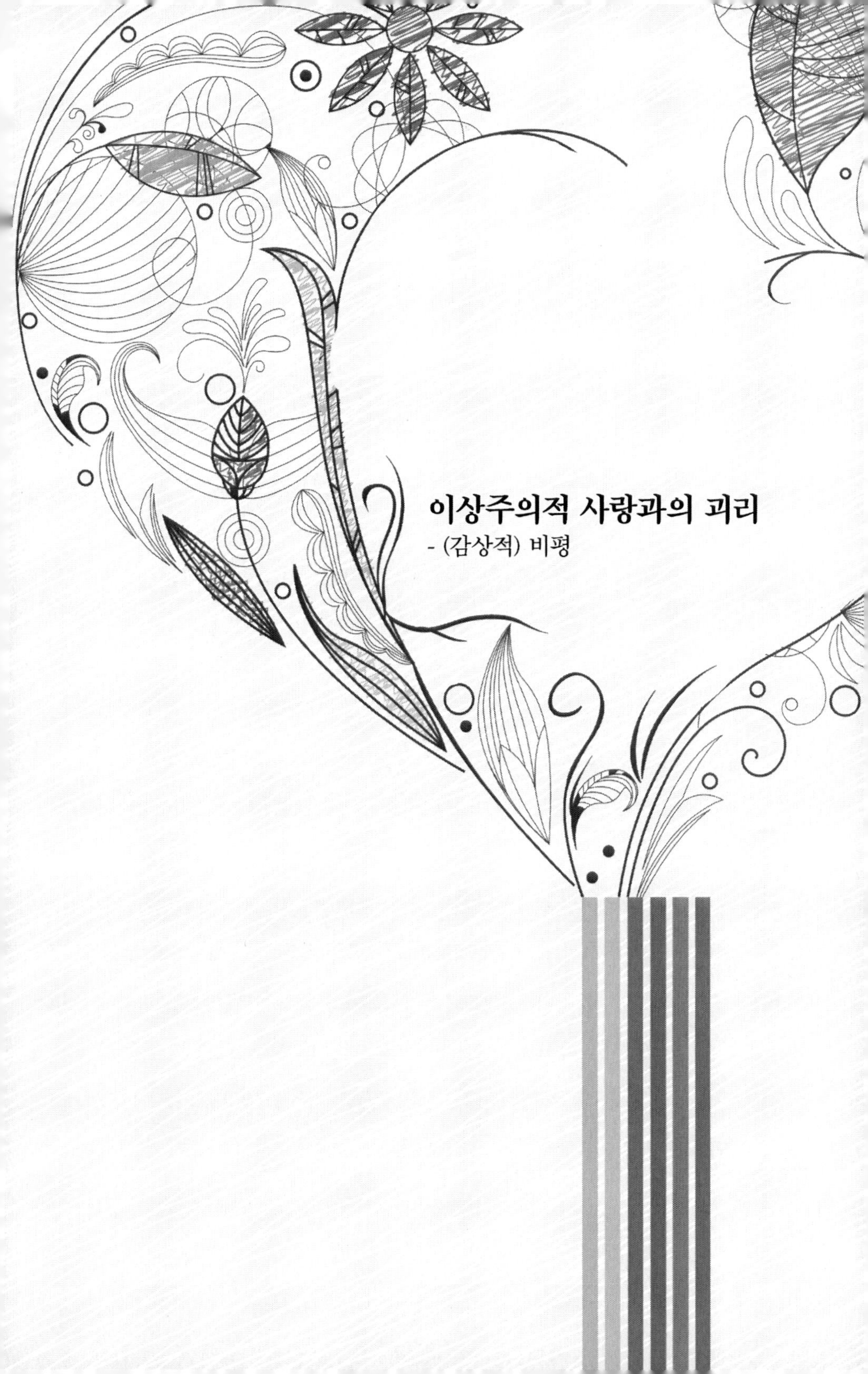

이상주의적 사랑과의 괴리
- (감상적) 비평

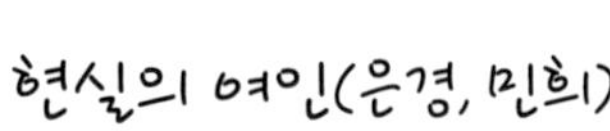

사람은 누구나 꿈을 꾸고 꿈을 먹고 사는 동물이다. 어린아이는 어린 아이대로의 꿈이 있고 어른은 그들 나름의 꿈이 있다. 특히 결혼을 한 남자와 여자라면 그 꿈은 소박하고도 아름다운 것일 것이다. 상현 역시 소박한 꿈을 가졌고 달콤한 결혼생활을 꿈꾸었으리라. 하지만 그 꿈은 사막 위의 신기루가 되어 사라지곤 했고 그곳엔 언제나 짙은 아쉬움만이 자리하고 있었다.

우연한 만남이었고 운명일 수밖에 없었던 여인, 은경.

난 그녀의 모든 것을 사랑했고 그녀의 영혼까지도 사랑했었다. 이혼이라는 과거속의 아픔까지도 사랑해 주고 살포시 보듬어 주고 싶었다. 그녀의 딸까지도 아껴주고 위해 주고 싶었다. 정말 조건 없는 순수한 사랑이라고 자신 있게 말할 수 있다. 그녀와의 관계를 정욕과 욕망이 뒤섞인 그런 관계로 치부하는 이들이 있는 것도 사실이다. 나 또한 지금 이 순간도 순정(純情)과 정욕(情慾) 사이에서 0.01%쯤은 혼동하고 있는 것도 사실이다. 나에 대해 아는 사람들 중엔 젊은 이혼녀였던 그녀와 젊은 총각이었던 나와의 만남을 육적인 관계 그 이상도 이하도 아니라고 폄훼(貶毀)하는 이들도 존재한다. 우리는 만남을 지속하면서 뜨거운 사랑을 나누었었고 밀애를 즐기곤 했었다. 하지만 당시의 난 그런 형이하학적(形而下學的) 생각을 해본 적이 단 한 번도 없었다. 우리의 사랑이 더럽다거나 추잡스런 애욕(愛慾)의 행위라고 느꼈다면 난 애초부터 시도조차도 하지 않았을 것이며 그녀에게 미련조차도 갖지 않았을 것이다. 나의 양심이 분명 그렇다. 내가 스스로 부끄러움이 없고 당당하다고 느낀다면 나의 지난날의 그녀와의 사랑 또한 그러한 것이다. 사랑에는 국경이나 조건이 필요 없다. 만약 처음부터 학력을 따지고 과거를 따지고 재력(財力)을 따지고 환경을 따진 후 관계를 이루어 간다면 그건 「사랑의 거래」라는 상업적 행위일 뿐이다. 그들은 사랑의 감정은 그때뿐이지 뭐니 뭐니 해도 물질적 풍요로움이 최고라며 말하곤 한다. 사실 틀린 말은 아니다. 현재를 살아가면서 금전적 여유로움은 그들의 인생을 여유롭고 행복하게 만들기도 한다. 돈이 없으면 아무것도 할 수도 없고 또 때로는 사람의 목숨까지도 좌우할 수도 있다. 내가 수감 생활을 할 때 나의 친구 중에 김 길호라는 친구가 있었다. 군산 교도소에 있을 때 친구로 지내기로 했던 그런 친구였다. 교도소 이송(移送) 중 탈주를 한 뒤 붙잡혀 7년을 더 추가해서 형을 받았던 친구다. 리더였던 지 강헌의 '유전무죄, 무전유죄'는 지금까지도 많은 사람들 입에 회자(回刺)되는 유명한 명언이 되고 있다. 그들은 아마 많이 느꼈을 것이다. 나 역시도 그런 상황, 즉 돈의 막강한 힘을 수없이 느껴 왔다. 그만큼 돈의 위력은 실로 대단하고 인간의 일생을 좌우하기도 한다. 물질적 조건 등을 부정하자는 건 절대 아니다. 하지만 젊은 남녀들의 사랑에 까지 갖가지 조건들이 관여 한다는 자체가 너무 가슴 아프고 비통할 뿐이다. 남녀의 사랑은 무조건적인 순수한 그런 사랑이기를 바란다. 나는 아직도 그런 사랑을 꿈꾼다. 죽는 그 순간 까지도 그런 여인이 있다면 난 그 여인을 사랑하고 싶고 함께 생을 마감하고 싶다. 그런 여인이 나의 곁에 머물러 있다면 난 행복할 것이다.

하지만 결국은 나의 이상과는 반대로 은경 그녀는 현실적이고 속물적인 여자일 뿐이었다. 속된 말로 남자를 등쳐먹고 사는 화장실의 구더기와 같은 삶을 살아가는 그런 창녀에 지나지 않았다. 앞에서도 말했듯 그래도 진짜 창녀는 사회의 모순된 구조의 틀 속에서 그들 나름대로 정당한 노동의 공급을 통해서 대가(代價)를 받는다. 적어도 파렴치 하거나 비양심적이지는 않다는 것이다. 그들이 죽을죄를 짓거나 한 것은 아닌 것이다. 그들은 사회적 약자이고 보호 받을 사람들이지 처벌을 받거나 손가락질을 받을 대상은 아니라고 생각한다. 그들에게 누가 돌을 던질 수 있을까.

나는 여자에게만 이런 잣대를 대고 규정짓는 것은 아니다. 남자 역시 파렴치 하거나 비양심적으로 살아가는 그런 부류들은 세상의 악이고 존재의 가치가 없는 쓰레기 일뿐이다. 한 남자가, 한 여자가 한 사람만을 위하고 사랑하는 건 위대하고 아름다운 행위이다. 하지만 한 남자가, 한 여자가 여러 사람의 정부(情夫, 情婦)가 되어 살아가는 더러운 생활은 너무도 역겹고 추악하기만 하다. 여러 여자를 마치 자기의 소유물이거나 자신만의 여인인 양, 또는 자기의 정욕을 주체 못해 살아감을 떠벌리기라도 하듯, 또 때로는 자기의 오욕적이고 타락된 생활상을 말하기라도 하듯 많은 남자들이 추악하게 살아가고 있다. 내 돈 가지고 내 마음대로 즐기고 살다 죽겠다는데 무슨 말이 많으냐고 주접을 떤다. 그래 그렇게 살다가 뒈져버려라. 그게 너희 추악한 군상(群像)들의 말로(末路)이니까. 가랑이를 벌려서라도 살아가려 했던 그 여인이 참으로 가소롭다. 나의 여인이 되어 주기를 소망했었던 나 자신이 한심하고 안타깝다.

　민희는 그런 성적(性的)인 측면에 있어서는 수도승과도 같은, 은경과는 정반대의 여인이었다. 방탕하거나 색기(色氣)가 있는 그런 여인은 절대 아니었다. 하지만 나와는 여러 면에서 맞지 않는 그런 여자였다. 자기의 주관이 너무 뚜렷한 나머지 배우자에 대한 이해나 아량은 애초부터 그녀에겐 기대할 수 없는 차원의 것이었다. 가정의 살림살이는 시대와 직업, 나이를 불문하고 아내들의 몫이었다. 여기서도 물론 여성의 인격을 비하하거나 폄훼(貶毀)하려는 건 아니다. 요즈음의 시대는 남성과 여성의 일의 구분이 불

분명해지고 있고 또한 대부분의 직종에선 그 벽이 허물어지고 있다. 상황에 따라선 아내가 남편의 일을, 남편이 아내의 일을 대신하는 경향이 많아지고 있다. 하지만 가정 내에서의 부부생활의 경우엔 최소한의 주어진 역할은 변화 될 수가 없다. 그런데 우리의 경우는 곳곳에 너무도 많은 부부간의 갈등 요소들이 도사리고 있었다.

내가 민희를 배우자로 생각하고 결혼을 하게 된 건 그녀의 똑부러지고 야무진 모습 때문이었다. 현실 속에서도 그러할 것이라고 생각을 했었다. 하지만 생각은 생각일 뿐이고 이상은 이상일 뿐이었다. 우리는 아내의 당돌한 행동이 계기가 되어 연인이 되고 부부가 되었다. 내가 성남 시내에서 장사를 하고 있을 때 그녀가 무작정 나를 만나러 왔고 그날 우리는 그렇게 만나게 되었고 그리고 사랑에 빠져들어 버렸다. 둘 다 인생에서 가장 힘든 시기의 외로움이 최고조일 때의 만남이었고 그래서 우리는 아주 빠르게 서로에게 몰입했고, 정신적 교감까지도 나누었다는 착각에 빠져 서로를 탐닉하게 되었으리라. 서로의 좋은 점만이 보일 뿐이었고 둘이 함께라면 능히 모든 어려움도 이겨내고 멋지게 살 수 있으리라는 환상에 빠졌던 것이리라. 하지만 그건 그냥 환상이었지 이상은 아니었던 것이다.

이상적인 여성상

사람은 일생을 살아가면서 성인이 된 이후론 배우자나 연인을 필요로 하게 된다. 결혼이라는 제도적인 틀 안에서의 관계일 수도 있고 아니면 외로움을 견뎌내기 위해서, 아니면 그들의 욕구 충족을 위해서일 수도 있다. 가장 모범적이고 도덕적인 방법은 한 사람을 만나 그 사람과 평생을 이해하고 위로하며 사랑을 하며 사는 것이다. 인간을 창조한 조물주에 대한 예의이며 배우자에 대한 도리이기도 하다.

나는 선천적으로 여자라는 존재를 좋아하는 편이다. 여자가 없는 세상은 감히 상상이 되지 않는다. 하지만 난 섹스에 미친 남자는 아니다. 동물적인 배설만을 위해 여자를 취해본 적이 단언 컨데 단 한 번도 없다. 군 생활 중의 한때를 제외하곤 난 그런 행위 자체만을 위해 여자에게 탐닉하지는 않았다. 그건 나를 알았던 많은 여성 동료나 지인(知人)들이 알 것이다. 지금 이 순간도 난 여자를 단지 배설을 위한 쾌락의 도구로 대하지 않았고 생각도 하지 않는다. 난 여자를 그런 식으로 대하는 남자들을 경멸한다. 요정(料亭)에 들어가 그녀들의 치마폭에 파묻혀 허우적대는 그런 놈들은 X대가리를 몽땅 잘라버려야 한다. 인간쓰레기 같은 존재일 뿐이다. 내가 장사를 할 때 그 쓰레기 같은 인간들은 몇 백만 원의 술값은 아무렇지도 않게 시궁창 속에 버리면서도 3천 원, 5천 원밖에 되지 않는 물건 값은 비싸다느니 하며 갖은 인격모독과 욕설 등을 해가며 시비를 걸곤 했다. 그런 쓰레기의 남자들은 자기의 마누라한테는 생활비를 가지곤 왈가왈부(曰可曰否) 하면서도 술집 여자에게 주는 몇 백, 몇 천만 원의 팁은 아무렇지도 않게 던져줄 것이다.

배우자는 평생을 함께 동고동락(同苦同樂) 하는 반려자(伴侶者)이다. 때문에 외모나 가문보다도 심성과 같은 내적인 요소가 더 중요하다. 서로 이해하고 의지하며 서로를 북돋워 주며 평생을 함께 하는 배우자보다 더 멋진 상대는 없을 것이고 그들의 생은 후회 없는 아름답고 가치 있는 삶이 되어질 것이다. 말로만이 아닌 진심으로 서로를 위해 주고 아껴주는, 배우자의 슬픔이나 아픔까지도 함께 하고 사랑하는 그런 삶이야말로 고귀하고 숭고한 인간의 행위이리라. 돈은 모자라지 않을 정도만 있으면 된다. 쓰고 남는 돈을 노후와 미래를 위해 조금씩 저축해 나갈 수 있으면 된다. 너무나 궁핍한 생활은 화목한 가정까지도 때로는 파괴하기도 한다. 궁핍함을 벗어날 정도의 노력을 해야 함은 인간이 행하여 나갈 당연한 의무이기도 하다. 게으른 사람에게는 떡 한 조각 주는 것도 아깝다고 했다. 가정생활에 있어서 부지런함과 검소함은 부부 사이의 당연한 덕목인 것이다.

나는 배우자의 외모나 직업 따윈 중요하게 생각하진 않는다. 자기가 하는 일에 최선을 다해 부지런히 일하는 사람이라면 좋다. 또한 이해심이 많고 너그러운 사람이라면 더욱 좋다. 서로를 위해 주고 챙겨 주는 상대, 서로를 이해하고 사랑할 수 있는 그런 사람이라면 난 만족한다. 혹 과거의 쓰라린 아픔이 있는 사람이라 할지라도 진정으로 사랑할 줄 아는 그런 사람이면 괜찮다. 선하거나 순박하지 않더라도 사악하지만 않으면 된다. 상대방의 부모 형제 자매간에 최소한의 예의는 갖출 줄 아는 그런 사람이면 족하다. 은경과 같은 더럽고 추악하게 살지 않고 열심히 살아가는 그런 사람이면 좋겠고, 민희처럼 시댁에 대해 예의를 갖추지 않는 그런 여자가 아니였으면 좋겠고 입으로만 설쳐대는 귀차니스트만 아니면 좋다. 참 그리고 보니 지난날들의 나의 여인들과 나와의 만남은 악연이 많은 듯하다. 만나지 말았어야 했던 여인도 있었다. 물론 이 모든 건 나의 업보(業報)이고 나의 잘못된 선택에 기인했음은 말할 것도 없다. 좋은 사람 만나 멋지고 아름다운 여생을 즐기고 싶다

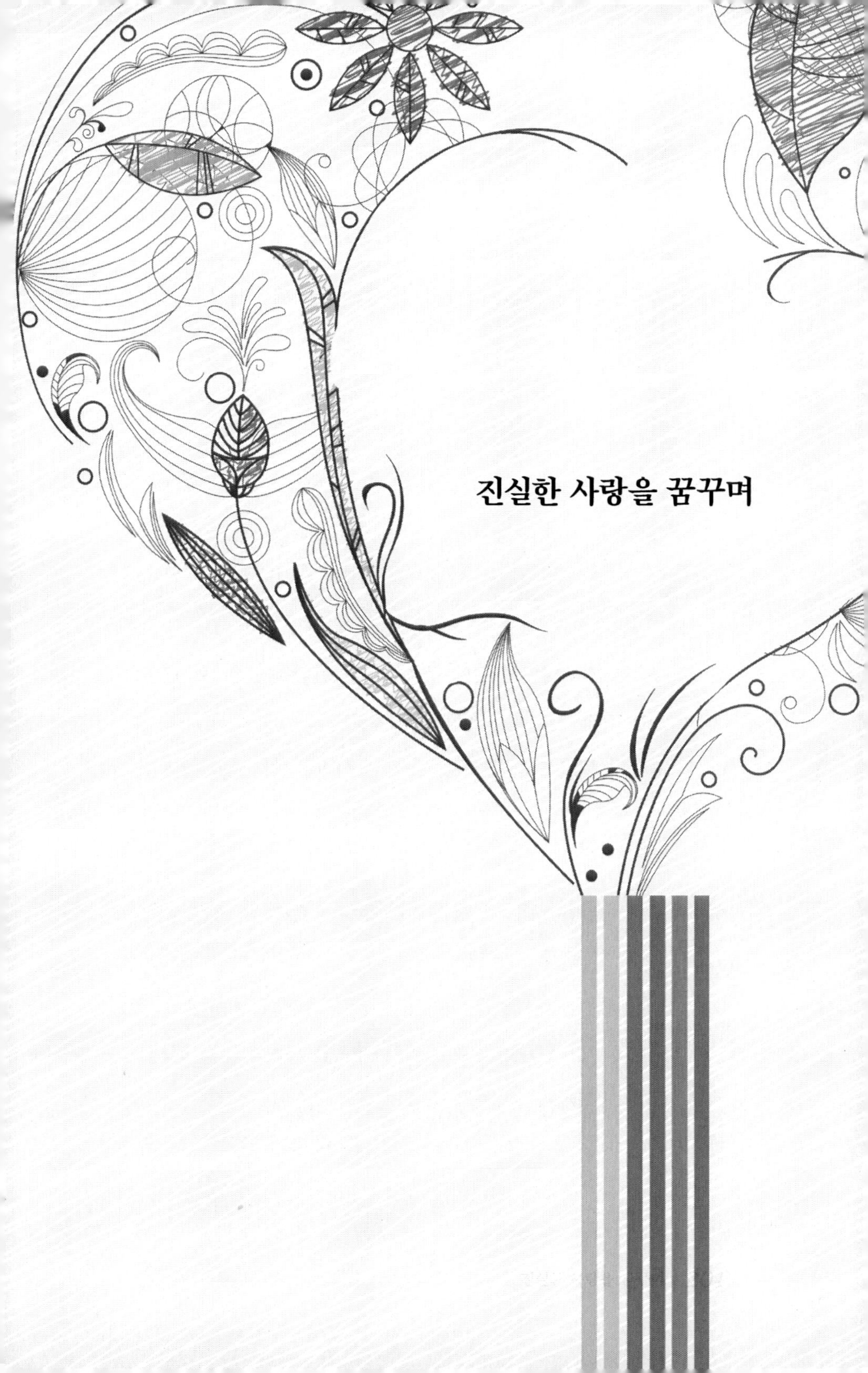
진실한 사랑을 꿈꾸며

#. 운명

정말 우연이었다. 상현은 민희와의 이혼으로 심신도 쇠약해졌고 모처럼 휴식도 취하고 싶었다. 한 달 정도의 계획을 잡고 떠나온 여행이다. 산과 들녘의 내음도 싱그럽고 코끝에 느껴지는 자연의 숨소리는 청아(淸雅)하기까지 하다. 눈과 귀가 즐겁고 가슴은 후련하기만 하다. 지독히도 인연이 될 수 없는 만나서는 안 될 인연들이었다. 왜 진작 이혼을 못했는지 너무도 후회스럽고 안타깝기만 하다. 생각해 보면 그녀와 함께 한 결혼생활은 참으로 덧없던 세월이었다. 애틋하거나 가슴 절절한 감정 같은 건 애초부터 존재하지 않았다. 대부분의 부부(夫婦)들이라면 살아가는 과정들 중에서 서로에 대한 배려나 희생적인 삶의 모습들로 인해 그동안 쌓여진 갈등을 극복하고 감동을 받고 예쁜 사랑을 꽃피워가곤 한다. 하지만 민희에게서 그런 모습을 기대한다는 건 애초부터 불가능한 일이었다. 그녀와 살면서 너무도 힘이 들었고 괴로웠었다. 그가 다니던 교회의 교인들은 상현의 말을 들으려고도 하지 않았고, 그녀가 그런 여자라는 걸 어느 누구도 인정하려 하지 않았다. 지금이라도 그들이 그녀의 가면(假面)의 진실을 올바르게 인식했으면 하는 바람을 가져 본다. 지금 이 순간도 결코 믿지 않고 있고 또한 믿으려고도 하지 않는다는 걸 알지만 정말 진실은 하나인 것이다. 지옥 불에 던져진다 해도 진정 진실이다. 거짓이라면 천벌을 받을 것이요, 돌팔매질에 맞아 죽을 각오도 되어 있다.

하여튼 이제 다시 새로운 인생이 시작된다고 생각하니 세상 모든 것이 아름답게만 보인다.

처음으로 향유(享有)해 보는 혼자만의 여행이 이토록 자유롭고 즐거운 여행이 될 수 있음이 그저 감사할 뿐이다.

남해안의 여행은 상현이 전에 장사를 할 때 몇 번 다녀 본 적은 있었지만 지금의 여행과는 사뭇 구별 되는 그런 것이었다. 항상 시간에 쫓기고 돈에 쫓기는 떠돌이의 삶과 같은 그런 여행이었다. 아니 정확히 말하면 여행이 아닌 돈을 버는 장사를 위한 행상(行商), 장돌뱅이의 삶이었다. 하지만 지금 이 순간의 여행은 진정 자연을 느끼고 맛보는 여유로움과 더불어 내적으로부터는 따스한 감성이 조화를 이루어 함께 동행하는 그런 여행, 영어로는 'travel' 바로 그것이다. 진해(鎭海)의 푸른 바다가 참으로 시원스럽다. 음지도(音旨島)의 해양공원의 등대를 배경 삼아 한참을 푸른 바다를 바라본다. 하얀 뭉게구름이 멋스럽게 보인다. 그의 감정의 상태와도 흡사한 바다의 풍경이다.

"형부? 맞구나! 한참을 긴가민가해서 망설였어요. 그런데 이런 곳에 웬일이세요?"

낯선 여행지에서의 유쾌한 인사말. 전혀 예상도 하지 못했던, 아니 상상할 수도 없는 무작정 떠나온 여행이 아니던가. 고개를 돌려 뒤를 본다. '혹시 누가 또 다른 누군가를 부르는 목소리겠지. 아니면 착각해서 잘못 알고 부르는 소리일 거야.' 분명 그럴 거라 생각하며 목소리가 들리는 쪽을 향해 그저 무의식적으로 뒤돌아본다. 어쨌든 기분이 좋은 여인의 목소리가 아닌가.

그런데……. 아니 세상에 이럴 수가. 이런걸 보고 운명이니 천상에서의 재회니 하는 로맨틱한 수식어가 붙는 걸까?

우주라는 넓은 공간 안에서 한낱 미물(微物)에 불과한 군상(群像)들이 우연히 만날 수 있는 확률이 과연 얼마나 될까? 더구나 운명의 연인이라면?

그러나 그들은 정말 천상에서나 만날 수 있는 운명이었는지도 모른다. 아니 분명 천상에서의 만남이었고 영원한 사랑의 운명체였으리라.

기분 좋은 유쾌한 감정의 상태로 돌아다보는데…….

"수진 씨? 아니 어떻게 여기에……?"

그녀는? 그녀는 다름 아닌 알고 지내는 민수진 씨가 아닌가? 민희 때문에 알고 지내는 사이인 수진 씨는 2년 전에 남편과 이혼하고 어머님이 계시던 진해로 내려간다고 한 적이 있었다. 그 뒤로

약 2년 만이다.

"이 시간이면 항상 운동 삼아 나와요. 산책 겸 해서 나와서 운동한 후 이쪽에 와서 저녁노을을 바라보면서 마무리 하거든요. 그러면 하루 동안 쌓였던 피로가 어느 정돈 풀려요. 그리고 저 여기서 장사하잖아요. 엄마 음식점 제가 물려받아 하고 있어요."

"그래도 이런 곳에서 만날 줄은 전혀……. 더구나 수진 씨를 만나리라고는."

전혀 예상치 못한 수진과의 만남이 반갑다.

"저도 그래요. 한참을 망설였거든요. 이 시간에 말쑥하게 생기신 신사 한 분이 있다는 게 좀 의아했거든요. 어디서 많이 본 듯한 인상인 것 같기도 해서 유심히 한참을 지켜봤어요. 괜찮은 남자 같으면 한 번 유혹을 해볼까 했는데. 어쨌든 여기서 형부를 만나니까 너무 반갑네요. 참, 형부 식사는 하신 거예요? 아직 식사 전이시면 저희 음식점으로 가요. 제가 모실게요."

수진이 호의를 베푼다. 기대하지 않은 우연한 만남은 가끔씩은 사람의 감정의 상태를 유쾌하게도 만들고 때로는 기분을 더럽게도 만든다. 하지만 지금 상현과 수진과의 우연한 만남은 분명 유쾌하고 즐거운 소중한 만남인 것이다.

"아뇨. 괜찮아요."

사양하는 게 미덕이다.

"형부, 그럼 저 삐질 거예요. 알았죠?"

옆에 착 달라붙어 팔짱을 끼고 상현을 이끈다. 이게 수진의 매력이다. 전에도 종종 민희와 함께 만날 때에도 상현이 사양하거나 할 때면 그의 팔을 붙잡아 이끌기도 하는 등 민희 앞에서도 거리낌 없이 상현의 팔짱을 끼면서 애교 아닌 애교를 부리며 활달하게 행동했던 여자다. 여자만의 상큼하고 달콤한 매력을 발산할 줄 아는, 그렇다고 여자의 음탕스런 그런 면이 느껴진다거나 하는 것이 전혀 없는, 순수하고 발랄한 여자만의 매력이 물씬 풍기는, 여자의 진정한 맛이 느껴지는 여자다. 어쩔 수 없이 수진이 이끄는 대로 따라 나설 수밖에 없다.

그녀의 음식점에 함께 들어선다. 생각했던 거 보다 훨씬 크고 정리정돈이 잘 된 느낌이다. 홀 서빙을 하는 종업원만 해도 얼핏 보아도 예닐곱 명이 보인다.

"음식점이 아주 크군요."

상현이 그 크기에 놀라워하며 옆의 수진에게 나지막하게 말한다.

"전부 30명 정도 돼요. 절반은 오전 9시에 출근해서 6시에 퇴근하고 나머지 절반은 오후 3시에 출근해서 자정에 퇴근해요. 오후 팀은 한 시간 더해서 월급을 주고요. 그래서 다들 힘든 거 무릅쓰고 열심히 일해 주는 거고요. 어머니가 혼자 하시기가 힘이 드신다며 마침 제 상황이 이렇게 되니 물려받아 하는 게 어떻겠냐고 하시길래 그러겠다고 한 거예요. 참 민희 언니하고는 이혼하셨다면서요. 언니한테 들었어요."

먼저 사업을 하게 된 연유를 말한 후 민희와 파국을 맞게 된 것에 대해 묻는다.

"진작 이혼을 했어야 할 사람들인데, 너무 늦은 감이 있죠."

"그래도 형부와 언니가 이혼했다니까 기분은 좀 그랬어요. 형부는 지금 괜찮으세요?"

위로인지 서운함의 표현인지 모를 그녀만의 감정을 나타낸다.

"난 솔직히 이혼을 너무 잘했다고 생각해요."

상현이 그의 본심을 솔직히 말한다.

"잘한 이혼이 어디 있어요?"

상현의 말이 귀에 거슬린 것인지 가벼운 대꾸를 한다.

"매사에 둘이 일치하는 일이 없이 항상 부딪쳤어요. 그 사람이 너무 예민하고 막무가내였어요. 며느리로서는 빵점이구요."

상현의 말은 굽힘이 없다.

"여자는 자주 그래요. 세상에서 제일 예민한 동물이 여자라잖아요."

죽이 딱딱 맞는 둘 사이의 대화다.

"유방암 진단 받고 나선 우울증이 극도로 높아져 말도 되지 않는 억지를 부리니까 나도 불면증과 우울증이 생기더라고요."

"언니는 형부가 보험금이 탐나서 온갖 억지를 부리고 해서 도저히 안 되겠다 싶어 이혼했다고 하던데요."

수진이 민희에게 들었던 그대로 말을 한다.

"그래요? 수진 씨 그럼 나에게 돈이라도 몇 푼 있어야 하는 거 아닌가요? 재산의 반의 반이라도 말이에요. 저 돈 한 푼 안 갖고 나왔어요. 아니 정확히 말해 당분간 생활은 해야 하지 않느냐며 전에 살던 곳의 반지하방의 전세금 삼천만 원이 전부였어요."

"진짜로요? 어쩜 그럴 수 있어요? 그래도 10년 이상을 살을 섞은 부부 사이였는데."

수진이 약간 흥분한 어투다.

"돈은 이미 동서였던 사람과 처형에게 옮겨 놓았는데 내가 그걸 어떻게 할 수 있겠어요? 안 그래요? 어디 그뿐인가요? 내가 만약 그렇고 그런 야비하고 추잡한 인간이었다면 그 돈 벌써 어떻게 했을 것이고 또한 문제가 크게 터지지 않았을까요? 내가 수단 방법을 가리지 않고 어떻게 했을 거예요. 저 그런 사악한 인간 아닙니다."

상현은 황당하고 어이가 없었다. 감정이 북받쳐 오는지 얼굴까지 붉게 상기되어 있다. 아직 술 한 잔도 입에 대지 않은 말짱한 상태인데 말이다.

수진은 민희의 말들을 사실로 알고 있었다. 20여 년 가까이를 알고 따르던 언니이기에 민희의 말 한 마디는 모두 사실이었고 진실 된 것이라고 그녀는 항상 그렇게 받아들이고 있었다. 한참 이야기를 나누는 동안 종업원이 식사 준비를 하여 들어선다.

"형부, 우리 음식점에서 제일 유명한 요리를 준비했으니까 이거 다 드셔야 해요."

수진의 애교 섞인 호의가 예뻐 보인다.

"너무 진수성찬이고 맛있게 보이는데요."

맛깔스런 음식들로 한 상 가득하다.

“제가 옆에서 시중 들어드릴 테니까 맛있게 천천히 드세요.”

“……”

마치 왕이 된 듯 융성한 대접과 호의에 상현은 수진에게 부담을 준거 같아 괜히 미안하기만 하다.

“형부, 저 진짜 형부 그런 사람인 줄 알고 솔직히 욕 좀 했어요. 아픈 사람한테 그것도 자기 마누라한테 그런 식으로 한다는 게 이해도 안 되고 파렴치한 인간이라고 생각됐어요. 그런데 언니가 정말 그랬다면 저 이제부턴 언니 다시 봐야겠어요.”

민희의 연극에 일종의 배신감 같은 걸 느꼈는지 현재의 속내를 살짝 드러낸다. 상현의 말이 사실이라면.

“진실은 하납니다. 나도 솔직히 그 여자의 그런 모습에 어이가 없었어요. 그런데 도리어 나를 그런 식으로 매도하는 게 참을 수 없어 이혼을 결심한 거구요.”

음식과 함께 곁들인 반주(飯酒)가 거의 비워져 간다. 수진의 얼굴도 살짝 달아올라 있다.

“우리 나가서 한 잔 더 해요. 괜찮죠?”

수진이 나가기를 청한다.

“수진 씨, 미안해요.”

왠지 미안하다는 말을 하고 싶은 마음이다.

“뭐가 미안해요? 형부 저한테 아직 뭐 책임질 만한 일도 안했잖아요.”

“그래도 왠지 내 마음이 그러네요.”

수진, 그녀에게 미안함 마음이 드는 건 왜일까. 상현의 마음이 조금은 혼란스럽다. 지금 수진과의 대화는 보통의 인간관계에서는 쉽게 이루어질 수 없는 그런 대화다.

"형부도 참 순진하세요. 저도 형부 마음 이제 알 거 같아요. 배신이라는 게 참 무서운 거예요."

수진이 상현의 마음을 알 거 같다는 말로 위로를 해준다.

"그럼요."

상현이 그녀의 말에 맞장구를 한다.

"저도 당해 봤잖아요. 처음엔 정말 죽이고 싶더라고요. 형부도 제가 왜 이혼했는지 아시죠?"

"네, 어느 정도는 그 사람을 통해서 들어서요."

전에 민희를 통해 수진의 이혼의 전말을 들었던 적이 있었다.

"믿었던 그 남자가 어느 날 갑자기 여자가 생겼다고 오히려 당당하게 이혼해 달래요. 재산 분할도 해 달라는 거예요. 황당하더군요. 그래서 그런 남자에게 미련 같은 거 갖고 싶지도 않아서 집이랑 가게 처분해 잘 먹고 잘 살라며 돈 뭉치 던져 주고 이혼 도장 찍어 줬죠."

수진의 호탕하고 솔직한 성격을 미루어 짐작할 수 있다.

이야기를 나누던 중 어느덧 카페에 다다랐다. 거기서 몇 잔을 더 마신 후 노래방엘 갔다. 큰 체격에 점잔을 빼는 상현에 비해 수진은 성격이 활달하고 적극적이었다. 민희와 수진, 이렇게 함께 어울릴 때면 상현은 가끔 '수진이 나의 여자였으면 얼마나 좋을까'

하는 상상을 자주 하곤 했었다. 블루스 음악이 나오자 수진이 상현을 스테이지(stage)로 이끈 후 그의 가슴에 꼭 기대어 춤을 춘다. 그녀의 감정의 상태가 유쾌한가 보다. 수진의 살 내음이 좋다. 상현의 가슴에 와 닿는 그녀의 봉긋한 젖가슴의 느낌이 좋다. 그녀의 긴 머릿결에선 상큼한 샴푸 내음이 풍기어 온다. 왠지 그녀에게 거리감을 느낄 필요는 없을 것 같다는 생각이 든다.

노래방에서 나와 함께 밤거리를 걸어 본다. 늦가을의 밤공기가 제법 차갑게 살갗에 와 닿는다. 외투를 벗어 그녀의 어깨 위에 걸쳐 준다. 마다하지 않고 상현이 걸쳐준 외투를 그대로 입고 걷는다.

"수진 씨 오늘 너무 고맙고 즐거웠어요. 들어가서 주무시고 내일 뵙죠."

수진의 집이 있는 음식점 인근까지 그녀를 바래다 준 후 되돌아오는 길에 포장마차에 들러 시원한 조개 국물을 안주삼아 소주 몇 잔을 더 마신 후 숙소가 있는 진해역 쪽으로 향한다.

낯선 곳에서의 여행이 민수진 그녀로 인해 즐거운 여행이 되었다. 아름답고 감미로운 선율이 조용히 울려 퍼지는 진해에서의 첫날의 하룻밤이다.

처음 형부를 봤던 게 민희 언니가 결혼식을 하기 얼마 전 이었다. 그리고 결혼식 때 그 남자를 보았다. 숨이 멎는 줄 알았다. 언니와 결혼식을 하고 있는 중인데도 언니의 남자라는 생각이 들지 않았다. 주체할 수 없는 뜨거웠던 심장소리를 지금도 느낀다. 전혀 낯선 남자 같지가 않았다. 너무도 익숙하고도 친근히 느껴지던 남자였다. 아니 '저 사람은 내 남자인 거야. 잠시 언니와 살고 있을 뿐이야'라는 생각이 더 많았다. 그리고 이따금씩 그 남자를 볼 수 있으리라는 기대감으로 갖은 핑계를 대며 언니네 집을 들락거리곤 했다. 그 남자의 얼굴이라도 보고 돌아오는 날엔 항상 활력이 넘치곤 했다. 하지만 그 남자는 나의 마음을 헤아리질 못했다. 그저 '민희 언니와 약속이 있어 왔겠지' 하는 정도로만 느끼고 있는 것 같았다.

'하지만 운명이란 게 이런 건가 보다. 나의 의지와는 상관없이 발길이 움직여졌다. 창조주이신 하나님께서 나를 불쌍하고 어여삐 여기셔서 그 남자에게로 이끄시는 게 분명하다. 조물주가 맺어주는 천상의 연인이 되라고.'

그 남자에게 전화를 해서 언니의 안부를 묻기도 했었다. 물론 언니의 안부는 궁금하지 않았다. 그 남자의 달콤하고 온유한 목소리를 듣는 게 이유였다.

"형부, 저 수진이에요."

"웬일이세요? 수진 씨."

"언니 안부가 궁금해서요. 지난번 2달 전인가 그때 통화한 뒤론 통 연락을 못해서요. 형부 한 번 시간 내서 저희 커피숍에 오세요."

다시 핑계를 대어 그와 통화를 했다.

"알았어요. 한 번 시간 내서 가 볼게요."

그리고 얼마 지나지 않아 그 남자가 정말로 가게를 찾아 왔다. 형부도 분명 나에 대한 어떠한 감정이 있기에 나의 갑작스런 요청에 짬을 내어 찾아 왔으리라. 그때 그 남자를 만나 처음으로 단둘만의 시간을 가졌다. 사람은 첫 느낌이라는 것이 있다. 그 짧은 만남으로도 알 수 있었다. 그 남자가 얼마나 진실하고 솔직한 사람인지를. 얼마나 따스하고 포근한 가슴이 달린 남자인지를.

그 남자를 만난 이후의 나는 활력이 넘치는 것 같으면서도 언제나 가슴 한쪽이 휑해 오는듯한 공허함을 느끼곤 했다. 물론 이 모든 건 남편 현우(賢友) 때문에 기인한 것이리라. 스무 살이 갓 지났던 철없던 시절부터 함께 해온 사이였다. 하지만 그는 정착을 제대로 하지를 못했다. 만났다 헤어지다를 예닐곱 차례나 반복했다. 서른이 막 지나려는 무렵 그는 거의 1년 이상을 다른 여자를 만나 동거를 했었다. 하지만 난 멍청하게도 그가 돌아오기만을 기다리고 있었다. 갑자기 혼자라고 생각하니 너무도 두렵기만 했다. 그리고 정말로 그는 아무런 일도 없었다는 듯이 나의 곁에 돌아와 있었다. 그 무렵 민희 언니가 늦은 결혼을 했었고 난 남편의 바람기가 되살아 날 때면 나도 마치 바람난 암캐가 되어 방황 아닌 방황을 하고 있었다. 나도 모르게 상현의 매력 속으로 빠져 들었고 그는 항상 나의 남자가 되어 있었다. 꿈속에서의 그는 나의 다정스런 연인이고 남편이었다.

“형부 일어나셨어요?”

휴대폰 벨소리에 얼른 휴대폰을 찾아 전화를 받는다. 수진 그녀였다.

“벨소리에 지금 일어났어요.”

잠이 덜 깬 목소리로 전화를 받는다.

“죄송해요, 형부. 더 주무세요.”

수진이 미안한 마음이 들었는지 전화를 끊으려 한다.

“아니에요. 괜찮아요. 일어날 시간이 넘었는데요.”

수화기를 든 채로 옷가지를 주워든다.

“형부, 그럼 준비 다해서 저희 음식점으로 오세요. 오늘은 형부, 제가 책임질게요.”

수진의 말투가 재밌다. 상현이 준비를 해서 수진의 음식점으로 향한다. 수진의 호의를 거절할 수 없어 그곳에서 점심을 먹은 후 그녀의 안내를 받으며 진해(鎭海)의 곳곳을 다닌다.

항구의 도시이자 애향(愛鄕)의 도시인 진해(鎭海). 특히 싱그러운 봄날의 군항제(軍港祭)때의 하얀 벚꽃은 정말 장관이다. 또한 각종 풍물(風物)패의 공연과 육·해·공군의 의장대(儀仗隊)의 행렬, 군악대(軍樂隊)의 연주 등 그곳은 가히 봄꽃 축제의 최고의 경연장인 것이다. 그즈음 이곳으로의 여행은 모든 이들의 봄날의 여행의 첫 번째에 속한다고 해도 과언이 아니다. 남해안을 따라 봄의 정취를 느끼며 이곳 진해에 다다를 즈음엔 하얀 벚꽃이 흐드러지게 피어 있다. 이상향(理想鄉)이 따로 없는 멋진 장관이 펼치어 진다. 그래서 대부분 상춘객(賞春客)들의 제1코스는 지리산의 구례(求禮), 하동(河童)을 지나 이곳 진해의 군항제를 즐기며 부산(釜山)과 동해(東海)를 따라 올라가는 코스를 즐기는 이들이 제일 많다.

"형부, 다음 여행지는 어느 쪽이세요? 동해안 쪽이세요, 서해안 쪽이세요?"

"동해안에서부터 내려 왔으니까 고성(高城)군, 사천(泗川), 남해(南海) 그리고 전라도 쪽으로 해서 올라갈 거예요."

"그럼 저도 며칠만 끼워 주세요. 행선지는 상관없어요. 저도 며칠간 쉬었다가 오려고요. 이참에 콧바람 좀 쐬어야겠어요."

"남자 혼자 여행하는 데 따라 나서기가 좀 그럴 텐데."

연인이 아닌 이상 동행한다는 건 좀 그렇다. 그리고 거기에는 의미도 부여될 수도 있다. 선뜻 동의하기가 그렇다. 오해의 소지도 많다. 설령 동의를 해서 동행을 한다 해도 막상 당사자는 '이 남자가 나에게 흑심이 있어서 동의했을 거야'라고 생각할 수도 있다. 아니면 '나를 헤픈 여자로 보고 쉽게 생각하는구나'라고 생각할 수도 있다. 아는 처제가 따라 나서고 싶다는데 그러라고 할 사람이 어디 있을까. 순수하고 풋풋한 꿈 많은 어린 소녀도 아니고 마흔이 훌쩍 넘어버린 여인네가 아닌가. 정말 난처하고 난감하다.

"형부 걱정 마세요. 형부 안 잡아먹을 거니까."

그녀의 표현이 과격하다 못해 이젠 짓궂고 귀엽기까지 하다. 상현이 난감해 하는 표정을 짓는다.

"……."

"저 진짜 며칠만이라도 떠나고 싶어서 그래요. 내려온 지 거의 2년이 되어 가는데 그동안 장사 파악하고 배우느라 쉴 틈이 없었어요. 형부 딱 삼 일 만요. 금요일부턴 또 바쁘거든요. 그냥 형부하고 여행해 보는 것도 괜찮을 거 같다는 생각이 드네요. 내가 순진한 거죠, 그렇죠?"

수진의 애교 섞인 애원이다.

"나 책임 못 져요."

상현이 마지못해 동행을 허락한다.

"알았어요. 준비할게요. 내일부터 함께 가요."

뜻하지 않은 유쾌한 동행자가 생겼다. 머릿속은 난처하고 난감해서 어찌할 줄 몰라 하지만 가슴속의 열정은 왠지 뜨겁고 출렁거린다. 묘한 그 어떤 설레임? 형용할 수 없는 미묘하고 이상야릇한 정열이 타오르는 듯한 느낌이 든다. 석양의 노을빛이 붉게 물들어 있다. 언제 봐도 노을은 참으로 아름답기만 하다. 수진과의 여행이 벌써부터 기대되고 설렌다.

"형부, 나 사실은 형부에게 관심 있었던 거 모르죠? 처음에 뵙는데 키 크고 핸섬하신 분이 계신 거예요. 결혼식하기 전에 언니랑 저희 커피숍에 오신 거 기억나시죠?"

민희가 아는 동생이라며 함께 가서 소개를 시킨 적이 있었다. 그런데, 이건 또 무슨 소린가. 언니의 남편, 형부에게 관심을 가졌다고? 발칙한 상상을 해봤다고? 그러나 믿지가 않은 처제다.

사실 상현 그도 가끔씩은 불가능은 하지만 그녀와의 멋진 로맨스를 상상하지 않았던가. 자신의 연인이 되어 동행을 하여 떠나는 처제와의 여행길. 정말 이런 게 천생연분이고 천상의 연인이라는 건가 보다.

내일부터는 유쾌한 동행이 시작된다. 멋지고 즐거운 여행이 될 것 같다.

#. 유쾌한 동행

창원(蒼遠), 마산(馬山) 쪽을 제대로 다녀 본 적은 이번 여행이 처음이다.

거가대교(巨街大橋)를 지나 거제도(巨濟島)를 일주(一走) 한 후 통영(統營)에 도착한 시간이 이제 막 12시가 조금 지났다. 민수진, 그녀의 단짝 친구 자경 씨에게 전화를 한다. 그녀와는 바쁘다는 핑계와 서로 멀리 떨어져 살고 있다는 이유로, 또한 시간이 맞지 않는다는 이유로 10년이 넘는 기간을 전화를 통해서만 안부를 묻곤 했다.

"자경아, 우리 지금 막 통영에 도착했어. 어디로 가면 되니?"

2시쯤이나 만날 수 있다는 친구 자경 씨의 대답에 수진은 통영

대교 쪽으로 차를 돌려 1021 지방도의 도남, 통영 해수욕장 방면으로 향한다. 가는 길에 잠시 차를 세워 카페에 들렀다. 해안가 언덕 위의 약간 도드라져 나와 있는 부근에 지어진 카페였다. 카페 창가를 통해 보이는 풍경이 제법 운치(韻致)가 있다. 부드럽고 달콤한 카푸치노의 따스함이 온 몸에 나른히 퍼져 온다.

"제가 카페나 커피숍을 해서 그런지 이런 곳에 와서 카페 같은 걸 보면 꼭 들어가 맛을 음미해야만 직성이 풀린다니까요. 이것도 직업병인가 봐요."

수진이 그럴 듯한 이유를 붙인다.

"그럴 것도 같겠네요. 관심 있는 분야나 자기 자신과 관계가 있으면 호기심이 자연히 생기는 법이니까요."

카페에서 30분 가까이를 이런저런 이야기를 나누다가 그곳에서 나와 다시 차에 올라 드라이브를 한다. 잠시나마 나른해지려 했던 몸이 긴장을 한다. 차창을 통해 보이는 늦가을의 산야는 조금은 스산한 기운마저 감돈다. 군데군데 황갈색으로 변해 있는 활엽수 군락(群落)들이 보인다. 얼마 전 까지만 해도 울긋불긋 형형색색(形形色色)의 빛을 발하던 단풍의 아름다움이 짙은 황갈색의 빛으로 변했고 순간 구름이라도 드리워지기라도 하면 을씨년스럽기 까지 하다. 지나가는 길가에 하얀 색의 칠을 한 집 한 채가 경치 좋은 위치에 운치 있게 자리하고 있다. 감나무 한그루에 감이 몇 개 매달려 있다. 쓸쓸함도 조금은 느껴지는 그런 풍경이다.

"형부, 너무 좋죠. 가을에 나 아닌 다른 사람과 여행을 떠나 보는 건 지금 형부가 처음이에요. 수학여행 말고는 신혼여행은 제주도로 갔었고, 음……."

지난날의 여행의 추억들을 되짚어 보고 있는 수진이다.

"친구들이나 모임에서는 자주 다녔지만 단둘이 남자랑 다녀본 건 신혼여행 말고는 처음이에요."

남자랑 다녀본 적이 없다는 수진의 말은 정말 처음인가 보다.

"그래도 수진씬 여행 종종 다녔나 봐요. 난 중학교 때 수학여행 말고는 신혼여행 다녔던 게 전분데."

"진짜로요?"

믿을 수 없다는 듯 안쓰러운 표정을 지으며 상현을 바라본다.

"가슴 속에 내재되어 있는 여행의 열정은 넘쳐 오르는데 참 묘하게도 기회라는 게 만들어지지가 않더라고요. 고등학교 때는 가정 형편이 좋지 않아 가지 못했고 대학교 때는 군대 갔다 와서 복학을 해서 다니다 보니 마음이 괜히 조급해 지더라고요. 흔한 과(科) MT 같은 것도 가지 않았으니까요."

"MT도 안가셨다고요?"

다시 한 번 놀라워하며 묻는다.

"네. 진짜에요. 나이가 들어선 며칠씩 나만의 잠깐 여행은 자주 했죠. 물론 시골집 인근의 변산(邊山), 고창(高唱), 김제(金濟) 뭐 그 정도이고, 결혼 이후론 강화도(江華島), 김포(金浦) 정도나 다닌 게 전부죠."

자기의 일종의 여행사(旅行史)를 말하는 상현이다.

"그건 여행이 아니고 그냥 드라이브 한 거잖아요."

수진이 듣고 있다가 한 마디 한다.

"듣고 보니 그러네요. 1박 한 거는 진짜 한 번도 없었어요."

은경과는 물론 몇 번 있었지만 수진에게까지 일부러 말할 필요는 없다. 또 이렇게 말하는 것이 당연한 대화의 기술이기도 하고.

여행을 떠나와서인지 이야기의 주제가 여행이 되어버렸다. 약속 시간이 된 것 같아 시계를 본다.

"수진 씨, 그러고 보니 벌써 한 시 반이에요. 친구한테 전화해보고 가야겠어요."

수진이 다시 친구 자경 씨에게 전화를 해본 후 장소를 확인한다. 차를 몰아 통영(統營)으로 간다. 다행히 늦지는 않았다. 차를 한쪽에 주차를 한 후 내린다. 그들과 거의 동시에 반대쪽에 주차를 한 후 이쪽으로 걸어오는 꽤나 우아하고 아름다운 여인이 손을 흔든다. 주위를 둘러보니 둘 말고는 아무도 없다.

"자경아, 오랜만이다. 너무 반갑다."

수진이 반가움의 인사말을 건넨다. 어느새 자경을 발견하고서 손을 흔든다.

"수진이 너도 옛날 그대로다. 우리 몇 년 만이니? 10년은 넘은 거 같은데. 참, 이분 네가 말한 그분? 남편이시구나."

오랜만의 반가움의 인사치레에 이제야 상현을 인식했는지 수진에게 묻는다.

"자기야, 내 친구 윤 자경(尹 紫鏡). 예쁘지. 학교 다닐 때 나하고 진해에서 제일 예쁘다고 소문났던 친구야."

갑자기 자경의 '남편'이라는 말도 그렇거니와 수진까지 '자기'라고 하자 상현은 순간 어떻게 해야 할지 당황해 한다. 수진에게서 이러한 상황이 있을 수도 있다는 언질조차도 없었다. 하지만 지금 당장 '아니'라고 부정을 한다면 수진을 난처하게 만드는 상황이 될 수도 있어 지금 이 순간만이라도 수진의 뜻대로 응하기로 마음을 먹는다.

"반갑습니다. 박상현이라고 합니다."

"저도 반가워요. 윤자경이라고 해요."

서로 인사를 나눈 후 함께 음식점 안으로 들어선다. 상현이 방석 세 개를 준비하여 하나는 수진의 친구 자경에게, 그리고 한 개는 수진에게 건넨다. 그리고 나머지 한 개는 자신이 앉을 자리에 놓는다. 자경이 화장실에 갔다 오겠다며 일어선다.

상현이 얼른 수진에게 묻는다.

"수진 씨, 어떻게 하려고 나를 '남편'이니 '자기'라고 소개를 해요? 뒷감당을 어떻게 하려고요. 오해할 수도 있잖아요."

"자경이 쟤 내가 누구와 결혼했는지 몰라요. 물론 이혼한 건 더더욱 모르고요. 그래서 형부를 남편이라고 소개한 거예요. 형부가 알아서 좀 해 주세요."

수진이 사정 아닌 사정을 한다.

"그래도 나중에 알기라도 하면 곤란해질 수도 있잖아요."

상현이 어떻게 대응하느냐에 따라 그런 상황이 올 수도 있다.

만약에 그런 상황이라도 일어난다면 수진에게는 어떤 안 좋은 결
과를 가져올 수도 있다.

"시골 친구 중에 내 결혼에 대해 아는 친구 아무도 없어요. 그
때 남편에게 콩깍지가 씌어서 부모님 반대하는 결혼을 몰래 하느
라고 아무에게도 안 알렸어요. 사회에서 알게 됐던 민희 언니, 순
정이 언니, 성희 언니, 그리고 친구들인 혜령이, 주희 그 정도만 참
석해서 조촐하게 식 올린 거예요. 그러니까 오늘은 무조건 내 남
편이 되는 거예요. 어떤 일이 있어도요. 알았죠? 형부."

수진이 재차 신신당부를 한다. 여자들은 이런 일로 상처를 받는
다는 걸 누구보다도 더 잘 알기에 상현은 그러겠다고 약속을 한
다. 잠시 후 자경이 들어오자 수진이 분위기를 리드해 간다.

"자기야, 이 친구 나하고는 초등학교 때부터 고등학교 때까지 남
학생들 사이에서 일명 '진해시의 여신'이었어. 그래서 서로 더 친했
던 거 같아."

"맞아요. 진해에서 우리 모르는 남학생들 아마 없을 거예요."

수진과 자경은 자신들의 미모의 우월성을 유감없이 자랑하고
싶었던지 한참을 이야기했다. 그녀들은 정말 예쁘고 아름다웠다.
수진은 170cm에 가까운 늘씬한 큰 키에 서구형의 마스크를 가지
고 있었다. 허리는 잘록한 편이었고, 조금은 풍만한 가슴을 가지
고 있었다. 그러면서도 조금은 애교 있고 귀여운 티가 느껴지는
그런 여자였다. 전형적인 글래머 스타일이었다. 자경 또한 170cm
이 넘는 큰 키에 서구형의 마스크를 가지고 있었고, 몸매 역시 수

진과 비교하기 어려울 정도로 늘씬하고 아름다웠지만 수진과 다른 점 한 가지를 굳이 구분하여 말하라고 한다면 지적인 인상에 우아함이 느껴진다는 그 정도가 다를 뿐 두 여인 모두 예쁘고 아름다웠다.

"수진아 내가 호텔은 예약해놨으니까 걱정 말고 통영에서 얼마든지 실컷 놀다가 가면 하는데. 괜찮겠니?"

자경이 호의를 베풀려 한다.

"아냐, 괜찮아. 너 괜히 부담될 텐데."

자경의 호의에 수진이 거절한다. 아무리 순수한 마음에서 우러난 호의라 할지라도 부담스러운 건 당연지사다.

"너 그럼 친구 안 해준다."

그녀가 밉지 않은 협박을 가한다.

"정말 괜찮아."

수진도 자경의 호의를 극구 사양하려 한다.

"수진아, 네가 계속 사양하니까 사실대로 말해야겠다. 이 호텔 우리 거야. 호텔은 내가 하고 복합 스포츠 센터는 남편이 운영하고 있어. 그러니까 전혀 부담감 갖지 말고 얼마든지 있다 가도 돼. 너라면 언제든 대환영이니까. 알았지."

수진이 계속 호의를 거절하자 자경이 상황을 설명해서라도 설득하려 한다.

"고맙다. 이럴 땐 친구가 제일이다. 그렇게 할게."

자경의 호의에 수진은 감사함의 마음을 표시하며 호의를 받아

들인다.

"자경 씨, 너무 무례하게 폐를 끼치는 것 같아서 죄송합니다."

상현도 정중히 예의를 표한다.

"뭘요. 친구로서 그 정도도 못해 주겠어요? 그런 생각마시고 재 밌게 놀다 가세요. 그래야 제 마음이 편해요."

자경의 호의가 너무 미안하고 고맙다. 그동안의 못다 한 회포(懷抱)를 나누기라도 하듯 거의 2시간이 넘는 시간을 이야길 나누는 두 여자다. 음식점에서 나와서 그녀의 남편이 운영하는 스포츠 센터에 들러 그곳에서 그녀의 남편과 서로 인사를 나눈다. 호남(好男)형에 서글서글한 눈매가 먼저 와 닿는다. 얼마 동안의 대화가 오간 뒤 자경에게 한통의 전화가 걸려 왔고 그녀가 인사말만 건넨 후 황급히 서둘러 나간다. 거제도로 갑자기 가 봐야 한다며 서둘러 자리를 뜬다. 그들도 어쩔 수 없이 서둘러 그녀의 남편에게 인사말을 건넨 후 그곳을 빠져 나온다. 호텔로 가서 차를 주차한 후 짐 꾸러미를 챙기다말고 상현이 수진에게 숙소에 대해 묻는다.

"수진 씨, 어떻게 하지. 방을 2개 잡아야 하는데 분명히 친구가 한 개를 잡아 놨을 텐데."

상현은 마음이 불편했다. 그들의 관계라는 걸 따져 본다면 그저 아무런 관계도 아니다. 부부도 아니고 조금도 사귀어 본 적도 없는 연인 사이도 아니다. 그냥 아는 사이 정도 밖에 되지 않는다.

"형부, 그래도 오늘은 안 돼요."

수진이 정색을 한다. 수진의 마음을 미루어 짐작할 수는 있지만 정말 난감한 상황이다. 정말 어쩔 수가 없어 일단은 함께 방안으로 들어가 대충 짐을 내려놓는다. 함께 호텔방에 들어선다는 자체가 무척 어색하고 부자연스럽다. 어색한 상황을 모면해 보려 부랴부랴 호텔을 빠져 나온다. 수진과 함께 다시 시내로 향한다.

　통영의 시내는 활력이 넘쳐흐른다. 원래 바닷가 마을이나 도시를 둘러보면 바다 사람들의 거칠고 투박한 면이 엿보이곤 한다. 대체로 그들에게 비쳐지는 겉으로 드러나는 모습들은 억센 거 같지만 생활력이 강하고 정이 많다. 통영이 그렇다. 수진과 거의 2시간 가까이를 시내를 거닐었다. 통영은 해안가를 따라 시내가 형성되어 있다. 다도해(多島海)를 끼고 있는 도시이다 보니 그 경치 또한 다른 여느 도시와는 다른 전경들이 펼쳐져 있다. 해안선을 따라 나란히 차도(車道)와 인도(人道)가 형성 되어 있다. 바다와의 거리도 1, 2m 이내로 바로 옆인 곳이 상당수다. 인도 옆이 바다라는 얘기다. 길을 따라 걸어 본다. 네온사인이며 갖가지 가로등 불빛이 환하게 켜져 있는 밤의 풍경은 낮에 보는 풍경과는 사뭇 다르게 보인다. 뱃속이 출출해 식당에 들어가 매운탕에 밥 한 공기를 뚝딱 비운다. 뱃속이 허하다고 바로 눈앞에 보이는 식당으로 들어가자는 수진이다. 우선 요기를 해결해야만 살 거 같다며 정식(正食)이니 분위기니 이런 건 지금 이순간은 무의미하다며 한사코 들어가자는 것이다. 수진을 위해서라도 그도 함께 들어가 요기를 달래 본다. 그도 배가 고팠던지 한 공기를 이내 비운다. 식사를 마치고서 다시 나와 걷는다. 여행이라는 목적을 가지고서 걸어서인지 시간 가는 줄도 모르고 걷는다. 11시가 다 되어서야 호텔로 들어왔다. 수진이 피곤함을 느꼈는지 소파에 잠시 기대어 있다가 기댔던 몸을 움직여 아예 누워 버린다.

"수진 씨, 피곤하죠? 좀 쉬었다가 따뜻한 물에 몸 좀 담갔다 나와요. 이럴 땐 따끈한 물에 푹 담그는 게 최고예요. 내가 물 받아 놓을게요."

"형부, 고마워요."

상현이 욕실에 들어가 욕조에 물을 받는다. 하지만 이제부터가 걱정이다. 소파에서 잠을 청하면 되겠지만 신경이 쓰이는 것은 사실이다. 상현이 욕실에서 나와 어느새 누워 잠들어 있는 수진을 깨우려다 멈칫한다. 곤하게 자는 모습이 안쓰럽다. 이렇게 피곤하고 나른할 때 잠깐이라도 깊게 자는 게 꿀맛 같을 수가 있다. 침실에 들어가 이불을 가지고 나와 자고 있는 수진에게 덮어 준다.

"형부, 저 얼마나 잔 거예요?"

하지만 인기척에 금세 깨어 일어나 앉는다.

"20분쯤 잤나 봐요. 물 받아 놨으니까 몸 좀 담그고 나와요. 피곤이 좀 풀릴 거예요."

"고마워요, 형부."

수진이 준비를 하여 욕실에 들어간다. 상현이 소파에 앉아 TV를 켠 후 잠시 보다가 창문을 열고 밖을 바라본다. 아래로 펼치어져 있는 야경(夜景)이 멋스럽다. 도시의 풍경과는 사뭇 다른 모습이다. 바다에 투영(投映)되어 비춰지는 또 다른 도시의 풍경. 흡사

수중(水中) 도시의 불빛들이 물 위를 뚫고 나와 우리의 눈에 보이는 형태다. 상현이 통영 시내의 멋스러운 야경에 취해 한참을 물끄러미 바라보고 있다.

"형부도 씻으세요."

잠시 후 수진이 커다란 수건을 걸친 채 욕실에서 나오며 상현에 말한다.

"네, 알았어요."

이번엔 상현이 준비를 하여 욕실로 들어간다. 수진은 화장대 앞에 앉아 머리를 말린 후 가볍게 화장을 한다. 그리고 아까 시내를 다니던 중 잠시 화장실에 가겠다며 상현과 떨어져 있을 때 로비에 주문을 부탁했던 와인과 안주 등을 건네받아서 그걸 테이블에 분위기 있게 차려 놓는다. 상현이 욕실에서 목욕을 마치고 나오자 테이블에 무언가가 차려져 있다.

"형부, 이리 오세요."

수진이 테이블로 상현을 이끈다.

"이게 뭐예요? 언제 준비한 거예요?"

상현이 자리에 앉으며 묻는다.

"내가 깜짝 파티하려고 형부 몰래 준비했죠."

당돌한 여자다. 갑자기 형부와 처제의 묘한 술자리가 되어버렸다. 물론 엄밀히 말하면 아무런 인척 관계도 없는 사이라 도덕적으로 문제 될 거는 없다. 하지만 아는 언니의 남편이었고 아내의 아는 동생이었던 여자다. 아는 형부와 아는 처제 사이다. 혹 민희가 둘만의 동행의 사실을 알기라도 한다면? 이혼한 사이이기는 하지만 생각만 해도 그녀가 어떻게 나올지 짐작이 간다.

"수진 씨 날 따라와서 괜한 고생하는 거 아니에요?"

"형부, 그런 말 마세요. 제가 좋아서 온 거라 저는 너무 좋은데요 뭐. 오랜만의 여행이라 기분도 너무 좋고요 지금 너무 행복해요. 참, 형부 먼저 한 잔 받으세요."

수진이 상현에게 잔을 권한다.

"수진 씨도 한 잔 받아요."

마치 서로 연인이라도 된 듯 서로 몇 잔씩을 주고받는다. 취기가 슬며시 밀려온다.

"형부하고 술 한 잔 하고 싶었는데 그게 오늘이네요. 가끔씩 형부를 빌려서라도 데이트도 하고 이야기도 하고 그러고 싶었거든요. 형부, 지금 우리 이러는 거 불편하시거나 하는 건 아니죠?"

"전 아무렇지도 않으니까 수진 씨 여행이 즐거웠으면 좋겠네요."

서로 좋은 여행의 동행자가 되길 바라며 주거니 받거니 한다. 밤이 깊어가 듯 그들의 술자리도 무르익어 간다. 곧 다가올 찬란한 미래를 꿈꾸며 잠이 든다.

"형부, 일어나세요. 자경이가 내려오라네요. 어제는 너무 미안했다고 오늘 자기가 한 턱 내겠대요. 지금 호텔에 와서 기다리고 있나 봐요."

수진의 잠 깨우는 소리에 일어나 앉는다. 시계를 보니 10시가 넘었다. 상현이 서둘러 세수를 한 후 스킨과 로션을 얼굴에 바른다. 수진의 존재감 때문에 옷을 욕실로 가지고 가서 갈아입는다. 하지만 이율배반적으로 그는 침대 위에 팬티만 걸친 채로 자고 있었다. 어떻게 해서 자신이 침대 위에서 자고 있었는지는 기억나지 않는다. 수진이 어디에서 잤었는지는 그로서는 알 수가 없다. 어쨌든 수진은 벌써 옷을 말끔히 입은 후였고 머리 손질도 다 한 상태였다. 수진과 함께 프런트로 내려간다.

"잘 주무셨어요? 어젠 너무 미안했어요. 거제도에 사는 여동생한테 무슨 일이 있어서 갑자기 가게 됐어요. 그래서 오늘은 사과 드리는 의미로 제가 모시려고요. 괜찮죠?"

탁월한 미모와 가지고 있는 재력만큼이나 그녀는 매너가 있었고 최상의 호의를 베풀고 있다.

"자경이 너 때문에 우리가 호강한다. 고마워. 언제 진해 오면 내가 빚 톡톡히 갚을게. 이제 가깝게 사니까 자주 만나자."

"그러자. 이제부터라도 진짜 자주 만나자."

그녀들은 마치 소녀라도 되는 듯 손가락까지 걸며 약속을 한다.

사람들은 누구나 어릴 적 친구를 만나면 그 시절로 돌아가 아련한 추억 속에 빠져들곤 한다. 수진과 자경 역시 그녀들이 함께 공유하고 누렸던 과거 속 희미한 추억 여행을 해 본다.

　호텔에서의 그녀들의 기나긴 수다가 끝나자 자경이 그녀의 자가용에 태우고 어디론가 향한다. 밖을 보니 어제 수진과 함께 차로 달리던 그 길 이었다. 어제 상현과 수진은 약속 시간 때문에 가던 도중에 되돌아 와야만 했었다. 어제 그 카페를 지나고 다시 몇 분을 더 달리자 저쪽 산등성이 꼭대기 부근에 나무숲 때문에 잘 보이지는 않지만 커다란 건물 같은 게 보였다. 차는 어느덧 그 건물의 입구에 다다르고 있었다. 자세히 보니 건축 양식이 돋보이는 잘 꾸며져 있는 호텔이었다. 호텔 로비에 들어서자 마주 보이는 정면 쪽에 수채화 풍경이 그려진 그림 한 점이 눈에 띈다. 그림 오른쪽에는 같은 크기의 통영의 항공 파노라마 사진이 걸려 있다. 꼭 하늘 위에 있는 느낌이다. 엘리베이터를 타고 스카이라운지에서 내렸다. 창가의 제일 가까운 곳에 자리를 잡고 앉는다.

　"와! 굉장히 멋있는 곳인데요."

　상현이 눈앞에 펼쳐진 비경(秘境)에 감탄사를 연발한다.

　"정말이네. 이래서 네가 이리로 우리를 데리고 온 거였구나."

　수진도 그 광경을 보며 아름다운 장관에 입을 다물지 못한다.

　"제가 그래서 이리로 모신 거예요. 통영에서 제일 전망이 좋은 곳이에요."

　드넓게 펼치어진 푸른 바다, 옹기종기 무리지어 있는 작은 섬들이며 쪽빛 하늘 위로 두둥실 떠 있는 뭉게구름의 조화로움은 이

곳이 바로 천국이요, 지상 최고의 낙원인 듯 느껴졌다. 부드러운 헤이즐럿 커피향의 내음이 코끝에 향긋이 와 닿는다. 상현이 잠시 자리를 비우자 그녀들의 이야기는 다시 시작된다.

"수진아, 너 어제 남편하고 회포는 잘 풀었니?"

자경이 짓궂게 묻는다.

"회포는 항상 풀어. 우리 남편 힘 좀 쓰잖니. 나한테 얼마나 잘 해 주는데."

수진도 태연히 대답을 한다.

"그래 넌 좋겠다. 난 남편이 사업한다는 핑계로 1년에 3, 4번 그 짓 할까 말까야. 각자 알아서 하는 거지. 겉으로만 부부지 실젠 남이나 마찬가지야. 네가 부럽다."

이렇게 고상하고 멋지고 돈 걱정 없는 애도 이런 사연이 있다는 것이 무척이나 안타깝겠다고 수진은 짐작을 해본다. 물론 자기 자 신도 별 반 다르지도 않다. 2년 가까이를 아무 생각 없이 살아 왔 다. 생각해 보니 요즈음 외로움에 이따금씩 뒤척인 적은 있는 듯 하다. 상현이 돌아와 자리에 앉는다.

"상현 씨, 부디 우리 수진이 죽을 때까지 행복하게 해 주세요. 돈은 쓸 만큼만 있으면 되지 전부는 아닌 것 같아요."

"그럼요."

자경의 당부의 말에 상현도 자신이 마치 수진의 남편인 양 태연 히 화답을 한다.

"친구 중에 근처 고성에 사는 친구가 있는데 그 친구는 남편과 교회를 함께 다니면서 농사도 함께 짓고 농사일 없으면 함께 바다에 나가 고기도 잡고 하는데 너무 행복해 하더라고요. 애들도 넷이나 되는데 다들 공부도 잘하고 큰아들은 특목고 3학년인데 학교에서 일등을 놓치지를 않나 봐요. 서울대 가는 건 따 논 당상이죠. 둘째는 고 1인데 역시 1등으로 들어갔대요. 중1인 딸에 초등학교 4학년 막내아들, 다들 공부 잘하지, 효자지, 그러니 세상 누가 부럽기나 하겠어요? 그 친구 볼 때면 항상 부럽다니까요."

자경은 정말 그 친구가 부러웠다. 돈밖에는 가지고 있는 것이 없는 자신과 비교해 친구의 행복하고 사람답게 사는 그 모습들이 부럽기 그지없었다.

"알겠습니다. 저도 나이가 들어가는지 그런 모습들이 참 아름답게 보이더라고요. 이 사람 죽을 때까지 이 한 몸 다 바쳐야죠."

상현이 자경에게 진짜 수진의 남편인 듯 말한다.

"자기야, 고마워."

수진도 자기가 진짜 상현의 아내인 듯 감격까지 하는 모습을 지으며 말한다.

스카이라운지의 다른 코너에 한정식 전문 음식점에서 조금은 늦은 점심을 먹은 후 함께 호텔을 나와 아름드리나무들이 울창하게 우거져 있는 해변의 수림지역에 차를 세운다.

차에서 내려 나무들 사이를 함께 걷는다. 다행히 오후의 따사로운 햇볕이 스산할 수도 있는 늦가을의 기운을 잠재운다. 가을 바다의 전경이 아름답다.

자경이 시계를 한 번 쳐다본 후 '가자'라는 제스처를 수진에게
취한다.

산양읍의 해안도로를 모두 일주하는 여행인 셈이었다. 통영대교
를 지나 통영시내에 이르자 마치 서울의 한 곳에 온 듯 별반 차이
가 없다. 이곳도 교통은 서울이나 차이가 없다. 자경이 상현과 수
진을 호텔에 내려 준다.

"수진아, 오늘은 미안하다. 저녁 9시 비행기로 서울에 올라갈
일이 있어서 가봐야 할 것 같아. 모레 오전에 내려오니까 내일은
둘이 오붓한 시간 보내. 다음에 오면 잘 대접할게. 미안해요, 상
현 씨."

그녀가 다시 한 번 미안함의 말을 건넨다.

"아니야. 너무 황송한 대접 받아 미안하고 고맙다."

"자경 씨, 뜻하지 않게 신세를 져 죄송하고 고맙습니다."

친구로서 최고의 호의를 베푼 자경에게 두 사람 모두 고마운 마
음을 전한다.

"그럼 다음에 보자. 즐겁게 지내고 가."

"그래, 잘 다녀 와. 고마워."

수진의 친구 자경이 떠나자 갑자기 둘만 남은 거 같은 쓸쓸한
기분이 든다. 호텔 객실로 들어갈까 하다가 수진이 멈추어 선다.

"형부, 우리 지금 들어가면 뭐해요? 이러지 말고 우리 다시 시내
구경이나 해요. 바닷가를 따라 걷는 거 다른 데서는 느낄 수 없잖
아요. 통영처럼 도시가 해안에 밀집되어 형성 된 곳 별로 없을걸요.

가요."

수진이 상현의 팔을 잡아 이끈다.

통영 시내의 해안 길 도로는 타지에서 온 사람들에게는 조금은 색다른 정취를 느끼게 한다. 특히 인도(人道)의 바로 몇 m 앞에 바다가 있다. 그리고 지근거리에 수많은 다도해의 섬들이 자리하고 있다. 바다와 가로등, 그리고 연인들의 모습들, 잘 어울리는 예쁜 그림들이다. 시장에 들러 보기로 했다. 생선들의 종류도 가지각색이다. 거무죽죽한 모습의 생선도 있고 뿔 같은 게 달린 생선도 있다. 대나무에 둘러싸인 조개 같은 것도 보인다. 한쪽 끝에서 마치 수컷의 그것이 발기를 하듯 삐죽이 껍질을 헤집고 나온다. 수진이 그 모습을 보고 깔깔 웃는다. 남자의 무엇이 연상이 되었나 보다. 순간 상현의 장난기가 발동을 한다. 상현이 홍합 하나를 주워 들고 수진에게 보인다. 수진이 입술을 삐죽 내밀며 상현의 옆구리를 쿡 찌른다. 여자의 그것과도 거의 흡사한 조개를 들이미는 상현이 짓궂다고 느낀다. 마치 어느새 연인이 되기로 약속이라도 한 듯이 아무런 거리낌 없이 서로를 대한다. 서로 연인이 되자는 약속은 하지 않았지만 하룻밤 동안의 동행이 그들의 내면의 감정까지도 친밀하게 한 듯하다. 아니면 이심전심 감정이 통했는지. 서로의 모습들이 유쾌해 보인다.

배가 고파 얼른 밥을 시켜 먹은 후 한 시간 정도를 걷다가 해안가 광장 한쪽에 길게 무리지어 늘어선 포장마차 중 한 곳에 들러 꼼장어에 조개탕과 소주 한 병을 주문한다. 약간은 쌀쌀한 날

씨 탓에 따뜻한 조개 국물과 소주 한 잔이 들어가서인지 속이 풀리는 느낌이다. 수진과 소주 한 병을 다 마신 후 호텔로 향한다. 수진이 상현의 팔짱을 꼭 낀 채로 몸을 기댄 자세다. 마치 남편을 대하듯 한다. 생각해 보니 둘이 다닐 때 자연스레 수진이 취했던 행동이다. 호텔에 들어오자 따뜻한 기운이 온 몸에 퍼진다. 몸이 나른한 느낌이 든다. 소파에 앉아 목을 기대어 본다.

"수진 씨, 피곤하니까 목욕하고 자요. 내가 따뜻한 물 받아 놓을게요. 준비하고 오세요."

상현이 욕실로 들어가 욕조에 물을 가득 받는다.

"수진 씨, 물 다 받아놨어요. 목욕하고 쉬어요."

"알았어요. 고마워요."

상현이 욕실에서 나오고 수진이 준비를 해서 들어간다. 상현이 TV 리모컨을 켠 후 소파에 앉는다. 방금 들어갔던 수진이 욕실 문을 연다. 무얼 달라고 하는 줄 알고 고개를 돌린다.

"형부, 들어오세요. 우리 함께 목욕해요."

수진이 상현에게 함께 목욕을 하자고 부른다. '함께 목욕을?' 상현이 순간 깜짝 놀란다.

"수진 씨, 어떻게 함께 목욕을……."

둘이 함께 목욕을 한다는 건 많은 의미가 내포 되어 있는 매우 신성한 행위이다. 그걸 모를 리가 없는 그녀일 것이고 또한 욕실에 들어오란다고 들어갈 상현도 아니다. 묻지 마 관광을 온 것은 아닌 것이다. 눈앞에 보이는 수진의 알몸에 상현은 어떻게 처신하고 어디에 눈을 둬야 할지 난처하기만 하다.

"뭘 망설이세요. 어서요."

수진이 재촉을 한다.

"그래도 이건 좀……."

상현이 한참을 망설인다. 이건 이성적인 행동이 아니다. '처제와도 같은 사인데 어떻게 감히?' 상상 할 수도 없는 일들이 현실에서 벌어지고 있다.

"형부, 아니 이제 '자기'라고 부를 거야. 자기야, 무슨 의미인지 모르겠어?"

수진이 당돌하게 감정을 스스럼없이 말한다. 상현과의 아름다운 관계를 위해서라도 자신의 내면에 숨겨져 있는 거추장스런 윤리적인 감정은 치워버려야만 한다. 좋아하는 사람에게 좋아한다고 하는 것은 남녀 관계의 이치다. 용기 있는 사람이 사랑을 쟁취하는 법이다. 밥상을 차려 주는 데도 머뭇거리는 상현이 왠지 듬직해 보인다.

"……."

상현이 두 눈을 지그시 감은 채 서 있다.

"자기야, 내 마음을 모르겠어?"

수진의 목소리가 가녀리게 떨린다.

"그래도 이건 아닌 것 같아요."

상현이 쉽게 결정을 내리지 못한다.

"자기야, 우린 운명이야. 하늘이 내린 사랑이라고."

수진이 한층 더 적극적으로 자기의 감정을 표현한다. 상현의 감정이 혼란스럽다.

"……."

하지만 이젠 정말 좋은 여자 만나 평생 행복하게 살고 싶은 마음도 간절하다.

"자기야, 나 사실 자기 따라 오면서 단단히 마음먹고 온 거야. 독하게 결정하고 온 거라고. 생각해 봐. 어떤 미친 골 빈 여자가 남자 여행 간다고 무조건 따라 가겠어. 아무 생각도 없이 줏대 없이 따라 온 거 아니야. 내가 헤픈 여자라서 온 건 더더욱 아니고. 자기 여자 되겠다고 결심하고 나선거야. 난 벌써 자기에게 마음이 있었어."

수진이 여행을 따라 나선 이유를 말한다. 머릿속은 하얗고 어떻게 해야 할지 모르겠지만 수진이 이해가 될 것도 같다.

수진은 상현과의 여행을 신중히 판단하고서 결정을 한 것이다. 상현을 10년 이상이나 주위에서 봐 왔었다. 볼 때 마다 한결같이 아내를 위했었고 성실했던 그였다. '저 남자가 내 남자였다면……' 하는 상상도 자주 했었다. 남편으로서는 진국(眞麴)인 남자다. 이제 자기에게 기회가 왔고 그 기회를 잡으면 고백하리라 생각했었다.

"알았어요. 수진 씨."

상현이 마음을 굳게 다 잡아 먹고 욕실로 들어간다.

그들은 그렇게 진짜로 연인이 되었다. 그리고 머지않은 장래에 부부가 되자고 약속도 했다. 통영에서의 마지막 밤은 그들만의 영원한 아름다운 밤으로 승화되고 있었다.

"자기야, 나 자기하고 함께 하고 싶은데, 내일부터는 정신없이 바빠서 함께 할 수 없어. 자기 서울 가서 정리되는 대로 연락해. 그래야 나도 준비를 하거든."

내일 수진은 진해로 가야만 한다. 내일부터는 또 쉴 틈이 없다. 모레 남해에서부터는 혼자만의 여행이 된다. 함께 하지 못함이 아쉽기만 하다. 외로운 여행이 될 거 같다.

"알았어. 예쁜 수진일 안 만났으면 천천히 시간 흐르는 대로 여행할 계획이었는데 일정을 많이 앞당겨야겠어. 그동안 수진이 마음 변하면 어떡해?"

"그런 일 없으니까 걱정 말고 다녀. 밥 잘 챙겨 먹고."

"난 정말 꿈만 같아. 나에게 이런 행운이 어디 있어. 더구나 마음속에 품었던 여자를 여행하면서 운명적으로 만났고 또 그 여자가 나의 여자가 되었잖아."

상현은 정말 꿈만 같았다. 세상의 많고 많은 여자 중에 수진을 만난 건 그에게 다시 찾아 온 인생 최고의 행운임이 틀림없다.

　수진과 헤어진 후 혼자 여행한 지가 일주일이 지났다. 남해를 거쳐 여수(旅愁), 고흥(高興), 장흥(長興), 강진(强陣), 완도(莞島), 해남(海南), 목포(木浦)에서 하루씩을 보내고, 시골집이 있는 부안(扶安)에서 어머니를 뵙고 하루를 보낸 뒤 내일은 서울에 도착할 예정이다. 일주일이 한 달처럼 길게 느껴진다. 매일 수진과 통화를 했지만 너무 보고 싶었다. 그건 수진도 마찬가지였다. 마음속으로만 그리워하던, 결코 가질 수 없을 것이라 생각했던 남자를 만났고, 이젠 그 남자는 자신만의 영원한 남자가 되었다. 그 남자의 멋지고 아름다운 여자가 되리라 스스로 다짐을 한다.

　서울에 도착해 여장을 풀고 수진에게 전화를 한다. 수진이 너무도 보고 싶다. 그녀를 꼬옥 껴안아 보고도 싶다. 하지만 한편으론 어떻게 해야 할지 머릿속도 어지럽다.

　지난번 수진과 사랑을 맹세했었다. 그때는 수진을 사랑하며 살아갈 수 있으리라는 자신감도 있었다. 그러나 현실적인 게 눈앞에 놓여 있다. 수진이 어머니의 사업을 맡겠다고 내려간 게 불과 2년 전이다. 수진에게 사업을 포기하고 올라와 살자고 하는 것도 무책임하다. 만약 그녀가 그런 판단을 한다면 그녀의 어머니는 또다시 큰 충격을 받을지도 모른다. 그렇다고 자신에게 뚜렷한 직장이나 경제적 여유가 있는 것도 아니다.

"수진 씨, 조금 전에 집에 왔어. 걱정하지 말고 잘 있어. 내가 정리되면 전화할게."

상현의 음성엔 힘이 없다. 무언가 고민이 있는 목소리다. 하지만 상현의 고민도 헤아리지 않고 그를 택한 건 아니다. 그가 지금 어떤 고민이 있고 어떤 생각을 하고 있는지 알고도 남는다. 그 정도도 이해하지 못하고 배려하지 않는다면 그게 무슨 사랑일까. 상현의 마음을 위로해야 할 사람은 자신밖에 없다. '어떻게 다시 찾은 행복인데 그깟 가식적인 허울 때문에 사랑을 버릴 수가 있나' 스스로 반문을 한다. 결코 그럴 수는 없는 것이라고 다짐을 한다.

"자기야, 자기가 지금 무슨 생각하고 있는지 난 알아. 걱정 하지 마. 내가 그 정도도 모르고 자기 선택한 거 아니니까."

참으로 속 깊은 여자다. 하지만 두렵다. 모든 게 두렵고 책임감 또한 막중히 느껴진다.

"수진 씨, 미안해."

그렇게라도 말해야 할 것 같았다.

"뭐가 미안해. 엄마한테 자기 말씀드렸어. 사람보고 선택했다고 했어. 그러니까 자기 제발 딴 생각하지 마. 알았지?"

수진이 따스하게 위로하고 격려해 준다. 그녀를 위해서라도 며칠 내로 결단을 해야 할 것 같다.

"자기야, 엄마가 자기 만나보고 싶어 해. 엄마도 내 의견을 따르기로 했어. 딸이 선택한 운명을 당신이 어떻게 할 수 없지 않냐고 허락하셨어."

"수진 씨, 솔직히 자꾸만 자신이 없어져. 어머님을 뵐 면목이 없어."

수진의 말이 귀에 들리지가 않는다.

"내가 엄마한테 자기에 대해 솔직하고 충분하게 말했어. 물론 100% 사실대로 말할 수는 없었어. 자기의 지난날의 나쁜 과거의 일까지 말하진 않았어. 자기의 솔직한 면과 좋은 점을 말씀드렸어. 자기 나만 믿고 준비해서 내려와. 알았지?"

수진이 상현의 마음을 안정시키기 위해 온갖 시도를 다한다. 수진 자신의 인생을 위해서라도, 아니 서로의 인생을 위해서라도 포기할 수가 없다. 이번의 운명적인 만남의 인연은 하늘이 서로에게 내려준 신의 선물이며 축복이다. 둘이 함께 하는 인생은 행복만이 가득할 것이라고 확신한다.

"그래도 솔직히 결정 내리기가 쉽지 않고 또 두렵기도 해."

그의 솔직한 심정이었다. 두 번의 실패가 그의 머릿속을 복잡하게 만든다. 또다시 운명이 실타래처럼 꼬여지기라도 한다면 남은 인생은 영원히 회복불능의 실패의 인생이 되는 것이다. 인생의 종말을 초래하게 되는 것이다.

"자기야, 난 자기가 내려와서 중심을 잡아 주면 좋겠어. 음식점이 크니까 혼자 운영해 나가기가 무척 힘이 들어. 엄마는 이젠 연로하셔서 돕는데도 한계가 있고. 자기 옆엔 내가 든든히 있으니까 걱정 마. 기다릴게."

거듭된 수진의 격려에 힘이 나는 것 같기도 하다. 가슴 저 편에서 자신감도 샘솟는 기분도 든다. '서로 열심을 다해 아름답고 행복하게 살면 된다.' '긍정적인 생각으로 수진의 모친을 만나면 된다.' '수진만을 위하고 사랑하자.' 힘찬 발걸음을 내딛으며 진해를 향해 떠난다.

새로운 시작, 그녀

우선 그녀와 동거를 하기로 했다. 결혼식을 아직 올리지는 않았지만 양가 부모님들의 허락 하에 함께 살기로 한 것이다. 물론 엄밀하게 말하면 둘 다 재혼(再婚)이지만 새로운 삶의 동반자로서의 시작을 함께 하기로 한 것이다. 둘이 재혼을 결심하게 된 데는 수진의 영향력이 더 많았다. 오히려 그에게 적극적으로 프러포즈를 하며 그를 감싸 안았고 그를 이해한다며 설득한 그녀였다. 그녀는 참으로 심성이 고운 여자였다. 그녀의 전남편인 현우가 바람을 피웠고 도리어 이혼을 요구 했을 때에도 그녀는 함께 사는 정이 있는데 매몰차게 할 수 없다며 재산을 처분하여 그에게 주기도 했다. 그에 비해 상현의 아내였던 민희의 행동은 인간 말종(末種)의 모습과 다를 바가 없었다. 너무도 비교가 되는 두 사람의 차이점이었다.

상현은 이혼을 한 후 돈 한 푼 없고 직업 또한 변변치 못한 아니 백수(白手)나 다름없는 상태였지만 그녀는 그의 진실한 모습이 좋았다. 만약 상현이 '정말 형편없는 인간 말종의 그런 남자였다면 민희에게 그토록 헌신할 수 있었을까'라는 생각이 든다. 그가 정말로 열심히 살았다는 걸 옆에서 자주 보아온 그녀로서는 그가 좋은 사람이고 성실한 사람이란 걸 누구보다도 잘 알고 있었다. 민희가 유방암 진단을 받고 수술 후 항암 치료중일 때 상현은 지극정성으로 아내를 위했다. 그건 민희 자신도 인정 한다고 수진에게 말하기도 했었다. 수진 그녀가 보았던 상현은 항상 아내만을 생각하고 아내를 위해 사는 그런 헌신적인 남자였다. 이런 모습을 볼 때면 시샘도 나고 민희 언니가 부럽기까지 했었다.

이제 그 남자는 그녀 자신만의 남자가 되었다. 수진은 다시는 이혼이라는 슬픈 전철을 밟지 않고 예쁘게 살아 보리라 다짐을 해본다.

"자기야, 아니 이제 여보라고 불러야겠다. 여보, 내일이 우리 언약식인데 자기는 무슨 생각했어?"

아내가 될 여자, 내일이면 그만의 아내가 될 여자 수진이 묻는다.

"응, 나도 생각 많이 했지. '두 번 다시는 이혼이란 거 생각하지도 말고 그러기 위해서 정말 열심히 살아야겠다.' '당신을 위해서만 살고 당신 생각만 하며 살자.' 그런 다짐을 했지. 정말 멋지게 살아 볼 거야."

상현이 수진의 묻는 말에 대답을 한다.

"우리 죽을 때까지 함께 해. 나도 정말 잘할게."

서로 꼬옥 안으며 사랑을 속삭인다. 가슴 가득 밀려오는 벅찬 환희를 느끼며 미래를 꿈꾼다.

언약식은 정말 조촐하게 치렀다. 결혼식을 대신하기로 했다. 두 사람 다 1번씩의 이혼이라는 아픔이 있었고 수진의 입장에서는 아는 언니의 남편인 사람과, 상현의 입장에서는 아는 처제와의 만남이니 만큼 많은 사람을 부른다는 자체가 조금은 두렵기도 했다. 그래서 정말 친한 친구 2, 3 명과 부모, 형제 정도만 불러 간단하게 하기로 한 것이다. 그들은 식을 마치고 바로 제주도로 신혼여행을 떠났다. 그동안 음식점의 관리는 수진의 모친이 하기로 했다. 이번 그들의 결합에는 그녀의 모친의 결단이 큰 영향을 미쳤다. 물론 본인들이 알아서 할 문제들이지만 칠순의 노모가 극구 반대한다면 많은 난관에 가로막혀 결합이 쉽지는 않았을 것이다.

더욱이 딸 수진이 한 번 이혼의 상처가 있었고 사위될 사람 또한 이혼의 상처가 있다니 처음엔 선뜻 마음이 내키지 않았었다.

"수진아, 네가 이혼한 적이 없는 것도 아니고 더 좋은 사람 만날 수도 있잖니. 결혼은 현실이야."

모친은 처음에는 탐탁치가 않았다.

그러나 수진은 적극적이고 솔직한 그녀의 마음을 모친께 전했고 모친도 딸의 상현에 대한 진솔함이 느껴져 허락을 한 것이다.

　수진의 모친은 요즘 상현의 모습이 기특하기만 하다. 처음 수진이 상현과 결혼하겠다고 할 때만 해도 걱정이 더 많았었다. 하지만 그를 만난 뒤엔 사람이 솔직하고 진실해 보였고 또 워낙 딸 수진의 의사가 완강해 결혼을 허락 했었지만 거의 한 달을 함께 하다 보니 그가 마치 아들처럼 살갑게 느껴졌고 어떤 거리감 같은 것도 느껴지지가 않았다. 상현은 수진과 결혼을 결심하면서 그녀의 모친인 장모님에게 벽이 느껴지지 않도록 아들처럼 대하리라 마음먹었다. 사위가 아닌 친구 같은 아들이 되어야 장모님도 마음 편히 여생을 보내실 수 있으리라 생각했었다. 아내 수진을 아끼고 사랑하는 것이 모두에 대한 도리이며 인륜(人倫)과 천륜(天倫)을 지키는 길이라 생각했다.

　"어머니, 저 사위라고 생각마시고 아들이라 여겨주세요. 저도 장모님이라고 생각하지 않습니다. 엄마라고 저는 생각하고 있습니다."

　속마음을 장모님에게 말한다.

　"알았어, 아들. 고마워."

　장모도 자신의 속마음을 기쁘게 받아 주신다.

　"어머니, 아들한테 고맙다는 말이 어디 있습니까."

　상현은 장모님이 거리감을 느끼지 않도록 일부러 말도 걸고 친숙하게 대하려고 노력했다. 수진은 그런 상현이 고마웠다. 정말 아내를 애지중지(愛之重之) 각별하게 대하는 남자다. 더구나 음식점에서 중심을 잡고 있으니 든든하고 또 직원들도 예전과는 달리 부지런하게 일하려 한다. 결혼한다고 할 때만 해도 직원들은 두 사람만 모여도 쑥덕쑥덕 수근거리곤 했었다. 그리고 그 사람이 내려와 음식점 일을 거들자 '아마 그렇고 그런 사람이겠지' 하는 투로 수근 거렸고, 상현이 내려와 살면서는 '얼마 못 갈 거야', '힘들다고 당장 음식점 때려치운다고 할 걸', '사장의 남편이면 다인가' 하는 식으로 조금은 빈정거리는 투의 말과 행동으로 대하려 했다. 하지만 상현은 원래 성격이 꼼꼼하고 차분한 편이어서 직원들을 유심히 관찰하고 파악했고, 그들과 인간적인 유대 관계를 가지려고 각별한 노력을 기울였다. 이제는 상현을 큰 사장님이라 부르기도 한다. 특히 달라진 점은 수진에겐 전에 비해 여유로움이 많이 생겼다는 것이다. 1년 동안 정말 힘들고 숨 돌릴 겨를도 없이 달려왔다. 남편이 있어 너무 행복하다. 정말로 잘한 결혼인거 같다고 수진은 생각을 한다.

"여보, 추운데 고생 많이 했어. 차 한 잔 마시자."

수진이 생강차 2잔을 타서 가지고 온다. 이럴 땐 따뜻한 차 한 잔이 제일 그립다. 특히 요즘같이 매서운 날씨가 계속 될 때 생강차 한 잔이면 오는 감기도 물러난다고 한다.

"당신도 오늘 고생했어. 차 마시고 이리 와. 주물러 줄게."

상현이 아내 수진이 안쓰러워 마사지라도 해 주려 한다.

"아니야. 괜찮아. 엄마 보신단 말이야."

엄마가 보는 게 쑥스러운가 보다.

"어머니 보시면 좋아하시지. 당신 딸 사랑해 주는데 뭐라 할 사람 없어."

"알았어."

수진이 차를 후루룩 마신 후 상현의 곁으로 와 앉는다. 상현이 아내 수진의 어깨를 주무른다. 수진이 온전히 어깨를 맡긴 채 눈을 감고서 남편의 손길을 느낀다.

"여보, 당신 나 선택한 거 후회하지 않도록 잘할게. 그리고 우리 재미있게 살자."

상현이 수진에게 거듭 다짐을 한다. 그녀에게만은 자신의 모든 것을 다해 사랑하리라고. 마지막 그의 생이 다할 때까지 '정말 아름답고 고결하게 살아 왔노라'고 스스로에게 결코 부끄럼이 없는 그런 삶을 살고 싶었다.

상현이 음식점에 나와 일을 한 이후로 전반적인 매출이 거의 2배 가까이가 늘었다. 창원, 마산, 진해 세 도시가 통합된 이후로 진해는 주로 관광분야의 중심지 역할을 하게 돼 방문객이 50% 가까이 늘었다. 당연히 음식점의 매출도 늘었음은 물론이다. 더욱이 상현이 중심을 잡고 빈틈없는 관리와 직원들과의 유대관계에도 적극 애쓴 덕분에 모두가 자신의 일처럼 일하는 분위기가 되었다.

그래서 올해는 음식점 바로 옆 부지를 매입하여 증축할 계획도 세워 놓았다. 다행히도 수진의 모친이 처음 음식점을 하실 때 이익이 있을 때마다 땅을 많이 사 놓으셨던 터라 새로 다시 땅을 많이 매입할 필요는 없었다. 한쪽 구석의 삼각형 모양의 대지(垈地) 20여 평만 매입하면 온전한 사각형 모양의 대지가 완성이 된다. 주차장으로 사용하고 있는 땅의 위에다 피로 티(Piro T) 구조로 하여 3층짜리로 증축하고 현재 사용하고 있는 본관과 연결 통로로 잇기로 했다. 공사는 장사 하는데 영향을 끼치지 않도록 10월 말에 기초 및 외부 공사를 하고 골조 공사까지 마무리할 것이다. 겨울엔 실내 인테리어와 마무리를 하여 봄부터 장사를 시작하는 데 지장이 없도록 그동안 일을 계획해 왔었다.

정말이지 이제 수진은 상현이 없으면 장사는 엄두조차 나지 않는다. 그에게 큰 것들을 거의 맡기다시피 하여 이젠 상현의 곁에서 내조하는 모양새가 되었다. 그래도 너무 행복하다. 어머니도 너무 좋아 하시고 대견해 하시니 이런 날이 다시는 오지 않을 것 같다.

"역시 젊고 배운 사람이 우리 늙은이보다 낫다니까. 우리 아들 정말 대견해. 고마워."

수진의 모친, 즉 상현의 장모는 요즘 살맛이 난다. 오랜만의 딸의 행복해 하는 모습은 당연지사이고 든든한 아들이 하나 생겼고 그 아들이 야무지게 사업적 수완을 발휘하고 있으니 세상 부러울 게 없는 것이다. 많은 딸 가진 부모들이 사위 때문에 딸과 함께 힘들어하고 있는데 자신은 오히려 사위 때문에 사는 맛이 무언지를 마음껏 맛보며 살고 있다.

"어머님이 다 일구신 거죠. 저희야 어머님의 비법들을 배우고 익혀 거기에다 약간만 덧붙인 건데요. 저희들 혼자서 시작했다면 어디 가당키나 하겠어요?"

상현이 어머님의 칭찬에 그 공(功)을 어머니에게 돌린다. 어머니의 가르침이나 비법들이 없었다면 지금의 자신들의 성취는 불가능한 일이다.

"엄마, 저 남편 제대로 고른 거 맞죠?"

아내 수진이 옆에서 듣고 있다 모친에게 어깨를 으쓱이며 한 마디 한다.

"그래, 이년아. 내가 너 때문에 얼마나 속을 썩었는지. 딸이 아니고 원수였다니까. 이제 네가 내 며느리고 박 서방이 내 아들이다."

수진의 모친이 딸에게 행복한 면박을 준다. 딸 고생 안 시키려고 애쓰는 아들이 너무 고맙고 미안하다. 하루하루 살아가는 재미가 이렇게 좋았던 적이 있었을까 생각해 본다.

어느덧 공사가 거의 마무리 되어간다. 다음 주 부턴 증축한 제2관에서도 영업을 하게 된다. 그동안 회 및 수산물 코너로만 했던 걸 제2관에서는 별도로 한식 위주로 영업을 하고 기존의 공간은

1관으로 하여 그대로 하기로 했다.

특히 증축한 제2관의 2층은 1관과 연결하여 연회장 및 단체 손님 위주로 운영할 예정이다.

모두들 제2관 개업식 준비로 한창 바쁘다. 이번 개업식은 단순히 기념행사에 그치지 않고 모친의 30년의 맛과 열정을 함께 하는 자리로 만들기로 했다. 모친은 너무 감격해 하며 눈물이 글썽글썽 했다. 사위 아들 덕분에 인생의 말년(末年)을 여한 없이 보내는 것 같다. 수진이 옷을 잠옷으로 갈아입은 후 소파에 앉아있는 상현에게 다가온다.

"여보, 너무 고마워. 엄마 요즘 같이 환하게 웃으신 적 없었던 거 같아. 만나는 사람들마다 당신 자랑 하느라고 입이 귀에 걸려 계셔. 딸 자랑은 안하고 사위 자랑만 하니까 내가 괜히 염치없이 느껴지는 거 있지. 샘도 나고."

"어머님이 그러셔? 이러다가 당신 필요 없다고 하시는 거 아냐?"

상현이 은근슬쩍 수진을 놀린다.

"이 남자 미쳤어. 오늘밤부터 당신 국물도 없어. 당신 나한테 올 때마다 천만 원씩 받을 거야."

수진도 토라진 척 상현에게 눈을 흘기며 말한다.

"그럼 당신 안 건드리면 천만 원씩 굳겠네. 나는 더 좋을 거 같은데. 그럼, 당신이 손해일 텐데."

상현도 수진에게 제대로 복수를 한다.

"그래도 할 일은 해야 할 거 아냐. 당신은 나의 영원한 마당쇠이

자 돌쇠라는 거 잊지 말라고. 남자로서 남편으로서의 임무는 제대로 하란 말이야. 알았지.”

수진이 상현에게 단단히 임무에 대해 역설을 한다. 하지만 그 모습이 귀엽고 사랑스러워 보인다.

“알았습니다. 마님.”

갑자기 상현이 느끼한 어투로 말하며 수진을 번쩍 안은 채 침대로 향해 걸은 후 그녀를 침대로 던진다.

“아이, 왜 그래?”

수진이 싫지 않은 듯 콧소리로 말하며 저항하는 척 시늉을 한다.

“마님이 아까 그러셨잖아요. 마당쇠, 돌쇠의 임무는 하라면서요. 그래서 지금 하려고요.”

상현이 마치 영화에서의 마당쇠의 배역을 흉내 내기라도 하듯 어투와 동작을 표현한다.

“뭘 하려고?”

“알면서, 앙탈은.”

상현이 마치 돌쇠가 안방마님에게 하는 듯한 어투와 행동으로 수진을 대한다. 그녀를 꼬옥 안은 채 키스를 한다. 근엄하고 위엄 있던 안방마님 수진도 상현을 꼭 끌어안는다. 하나의 몸이 되어 사랑을 노래한다.

벌써 수진과 함께 한지도 4년째이다. 아직까지 부부싸움 한 번 없이 살아왔다. 주위의 이웃들은 '아직껏 살아오면서 이렇게 금슬 좋고 서로를 배려하는 부부를 본 적이 없다' 며 이구동성(異口同聲) 칭찬이 마르지를 않았다. 장사는 장사대로 야무지고 똑 부러지게 했고 손님을 대할 땐 속이거나 불친절한 모습들은 찾아 볼 수 없었다. 손님에게서 불평이나 항의가 들어오더라도 그들의 입장에서 그들의 요구를 들어주었다. 지금 당장 하나는 잃을 수는 있지만 장기적인 미래의 관점에서 보면 잃었던 하나에 또 다른 하나도 덧붙여 돌아오는 것이 세상의 이치고 순리라고 그와 그의 아내 수진은 굳게굳게 믿고 있었다. 배우자에게도 마찬가지다. 가장 소중하고 사랑하는 존재가 바로 남편이고 아내인 부부의 관계인 것이다. 배우자에게 최선을 다하는 건 부부의 의무이며 도리이다. 상현과 그의 아내 수진은 서로의 아픔이 있었기에 누구보다도 그 아픔을 알고 있고 상대를 이해 할 수 있었다. 아픔을 사랑으로 승화 시키는 연금술사였다.

그동안 상현 부부는 앞만 보고 달려 왔었다. 그런 노력의 덕택으로 음식점의 규모나 수익 면에서 상현과 수진이 처음 함께 했던 4년 전보다 거의 2배 이상의 성장을 했다. 규모로 보나 실적으로 보나 확연히 달랐다. 2년 전부턴 아예 주말에는 휴업이란 걸 해 보지를 못했다. 한 달 전부터의 예약은 기본이었다. 그러다 보니 쉴 엄두가 나질 않았고 직원들까지도 거의 2배가 되는 월급을 받게 되다 보니 그들 스스로가 일정을 조정을 해가며 출근을 해서 일을 하려고 했다. 모두들 일 욕심이 대단했다. 인원도 거의 배 정도로 충원을 했지만 바쁘기는 마찬가지였다. 그런데 그게 화근이었다. 정작 그들의 몸을 돌보는 일에는 소홀할 수밖에 없었다.

"여보, 당신 요즘 조금 힘들어하는 것 같던데, 병원에 한 번 가보면 어때?"

전에 비해 힘들어하는 게 확연히 눈에 보였다. 피로감을 자주 느꼈고 조금은 수척해 보이기도 했다.

"아니야, 특별히 아픈 데는 없어. 그동안 한 번도 쉬지 않았잖아. 그래서일 거야. 걱정하지 마."

힘은 들었지만 그래도 남편에게 괜찮다며 안심을 시키는 수진이다. 또한 일이 바빠 그럴 수도 있다.

"여보, 병은 사소한 중세에서부터 시작돼. 그냥 한 번 검진 받아 보자."

수진을 설득해 본다. 예전의 일들이 문득 생각난다. 전에 아내였던 민희의 경우도 감기와 피로감을 느끼는 것부터 병이 시작 되었었다. 암이 발병하기 5, 6개월 전부터 너무도 자주 아파해 했고 힘들어 했었다. 민희를 보더라도 감기나 피로감의 경우는 병의 시초인 경우가 많다는 걸 경험을 통해 알 수 있었다.

"그래, 알았어. 당신도 함께 받아 보자."

수진을 설득한 후 곧바로 검진 날짜를 예약했다. 가능하면 수진에게 피로감을 주지 않으려고 잠깐 동안의 휴식이나 교대 때만 그녀에게 관리를 맡겼다. 그게 남편으로서 그가 할 수 있는 최선의 배려였다. 또한 시간을 내어 운동도 규칙적으로 하려고 애썼고 여행도 일주일에 1, 2번 정도씩 떠나보려 했다. 전에는 상상할 수도 없는 변화였다. 음식점의 운영도 장윤희 씨에게 상당 부분의 권한을 주었다. 사십대 초반의 나이에 수진의 모친과 함께한 세월이 15년이나 함께 했고 야무지고 부지런한데다 그동안의 모습들을 봤을 때 가장 믿음직스러웠고 신뢰감이 가는 사람이었다. 하여튼 장 윤희 씨에게 운영을 맡긴 후론 상현은 수진과 시간을 함께 보내려고 많은 애를 썼다. 수진의 모친도 딸인 수진의 건강이 조금은 염려스러웠다.

"수진아, 너 어디 아픈 거 아니냐? 한 번 검사 좀 받아보자."

"알았어요, 엄마. 걱정 마세요. 잠깐 이러다가 괜찮아질 거예요."

모친의 염려에 대해 안심은 시켰지만 딸로서 꼭 불효를 하고 있는 것 같아 죄스러웠다. 그러나 자식 입장에서 모친에게 곧이곧대로 알릴 수는 없었다. 연로하신 부모님의 정신적 충격은 말로 표현 할 수가 없을 것이다.

검진 결과가 나오는 날이다. 조금은 걱정이 되기도 한다. 솔직히 수진의 건강 상태가 더 걱정이다. 상현은 5년 전의 대장(大腸) 용종(龍種)의 발견 때문에 2년 단위로 추적 검사를 받아 보는 상황이라 크게 걱정은 되지 않았지만 수진의 경우는 결혼하고 4년 동안은 한 번도 검진을 받아본 적이 없었다. 물론 결혼하기 전에도 오랜 기간을 검진을 받아보지 않았었다. 30대 때 건강보험공단에서 보내 준 안내서를 보고 동네 작은 병원에서 받아 본 게 전부였다.

"검진 결과가 음……."

상현 부부와 마주한 의사가 무슨 말을 하려다 멈칫한다. 하지만 바로 말을 잇는다.

"먼저 남편분의 검진 결과부터 말씀드리겠습니다. 남편분의 소견은 지극히 정상적입니다. 물론 약간 이상 소견이 있는 부분도 있지만 크게 염려될 것은 없습니다. 제가 처방해 준 데로만

약 드시고 건강관리에 유념을 하시면 문제 될 건 없습니다. 그런 데……."

또 다시 무슨 말을 하려다 멈춘다.

"아내분의 검진 결과가……."

의사는 2번씩이나 말을 하려다 멈칫거린다.

"지금 예단하기는 그렇고 이상 소견이 있는 부분을 정밀 검진해봐야 정확한 걸 진단할 수가 있을 거 같군요."

순간 상현과 수진의 안색이 굳어진다.

"어디에 이상 소견이 있는지."

상현이 묻는다.

"조금이라도 몸에 이상이 느껴진 건 언제부터였습니까?"

담당 의사가 수진에게 자세한 상황에 대해 묻는다.

"3, 4개월 전부터예요. 약 1년 전인가 그때부터 조금씩 피곤한 게 느껴졌고요."

수진이 의사의 질문에 상세히 대답을 한다.

"다 말씀해 보세요."

"가끔씩 소화가 안 되기도 했던 거 같아요. 그래서 몇 번 소화제를 먹었고요. 전에는 그런 적이 없었거든요."

수진은 의사의 요구대로 그동안의 몸 상태에 대해 자세히 설명을 했다.

"네, 수고 하셨고요, 5일 후 나오셔서 정밀 검진을 받으시면 됩니다. 파트별로 조치를 취해 놓을 테니까 가서 검진만 받으시면 됩니다."

"네. 그럴게요."

상현과 수진은 불안했다. 의사의 태도로 봤을 땐 무슨 병세가
있는 것이 분명하다.

정밀 건강 검진을 받았던 결과가 나온다. 상현 부부는 서둘러
예약 시간 전에 병원에 도착했다. 긴장이 되어 벌써 커피만 세 잔
째이다.

"함께 들어오세요."

상현과 수진이 자리에 앉는다.

"이런 경우는 극히 희박한 경우인데……."

"상태가 안 좋은 건가요?"

두려움이 묻어나는 목소리이다.

"어차피 당사자가 아시는 게 치료 효과가 더 좋은 걸로 나와 있
고 언젠가는 아셔야 될 거구요. 말씀드리겠습니다."

"저희도 마음의 준비는 하고 있습니다."

상현 부부는 담담하게 받아들이기로 했다.

"적어도 세 곳 이상에서 종양(腫瘍)이 발견됐습니다. 현재의 소견
으로 봤을 땐 췌장에서 종양이 시작 되어 간(肝)과 뼈에서도 작지
만 여러 개의 종양이 발견이 되었습니다. 의학 기술이 많이 발전

해 지금 상태에서 포기한다는 건 좀 그렇고요, 한 번 해 보죠. 저희도 최선을 다할게요. 환자분도 마음 단단히 잡수세요."

청천벽력(靑天霹靂)과도 같은 의사의 소견이다. 상현과 수진은 한참 동안을 말을 잇지 못했다. 정신이 혼미하다. 상현과 수진은 이 정도일 줄은 생각하지 않았다. 암이라면 요즘 의학 기술로서 충분히 완치가 가능한 질병이란 걸 그녀는 잘 알고 있었다. 암보다 더한 불치병이 아니고는 크게 낙담하거나 포기하지만 않으면 된다는 것도 그녀는 알고 있었다. 그러나 완치가 아주 힘들다는 췌장암(膵臟癌)이라니! 그리고 간과 뼈에까지도 전이(轉移)가 되었다니! 왜 이런 일이 자신에게 벌어지는 것인지. 신의 존재가 너무도 야속하기만 하다.

상현의 심정 또한 그녀와 별반 다르지 않았다. 여자 복이 없는 것인지, 아니면 전생에 죄를 많이 지어서인지 도무지 이해를 할 수 없다. 아직까지 여자를 정욕의 대상으로만 생각해 본 적이 단 한 번도 없었다. 인생의 동반자이며 영원한 친구라고 그는 생각했었다. 그리고 그의 연인이었거나 아내였던 여인들에게 그는 진실로 그녀들을 사랑했고 또 그녀들에게 최선을 다해 왔었다. 그런데 또다시 그에게 이런 불행하고 안타까운 상황이 일어나고 있다. 너무 가슴이 아프다.

"여보 당신은 이겨낼 수 있을 거야. 함께 이겨내자. 세상에는 많은 기적들이 일어나고 있어. 포기하지 말자."

병원 문을 나서며 아내 수진을 끌어안으며 격려를 한다.

　수진은 그동안 2번의 어려운 수술과 10여 번의 힘든 항암 과정을 잘 버티어 내었었다. 상현도 전에 민희를 간병한 경험이 있어서 수진에게도 역시 온 정성을 다해 그녀를 보살폈다. 하지만 민희의 경우는 그래도 약과였다. 강인하고 자존심이 강한 그녀였지만 병환을 이겨내는 것과는 달랐다. 초인적인 힘을 다해 병마(病魔)와 싸우는 것이 너무도 애처롭고 안타까웠다. 민희의 경우는 그래도 시간이 흐르면 흐를수록 병색(病色)이 호전되고 있다는 게 보였지만 수진의 경우는 정반대였다. 오히려 점점 더 수척해져 갔고 악화되어갔다. 여신과도 같던 아름다운 모습은 온데간데없는 지금의 그녀의 몰골은 처참하기까지 하다. 체중은 10kg 정도나 줄어 있고 얼굴은 수척하여 마치 7, 80대의 노환이 든 노인과도 같다. 상현이 그의 품에 안겨 잠들어 있는 수진을 물끄러미 바라본다. 상현의 두 눈에서 뜨거운 눈물이, 비통함의 눈물이 흘러내린다. 그녀 앞에서 만큼은 강해지고 싶었고 든든한 남편이고 싶었지만 생명의 기운이 사그라져가는 꽃 몽우리 앞에서는 그저 슬퍼지기만 한다. 그녀는 점점 현대 의학의 한계에서 벗어나고 있었다. 기적의 요행도 바랐었지만 그건 정말 꿈일 뿐이었다.

　그녀는 상현의 품속에서 잠들어 가고 있었다. 싱그러운 초록의 대지 위로 온갖 꽃들이 만발해 있다. 순백의 하얀 백합화도 피어 있고 열정적인 빨간 장미꽃도 가득히 피어 있다. 청초한 자태의

수선화도 가득하다. 꽃향기가 가득하다. 아름답고 영롱한 오색 빛깔의 무지개가 찬란히 떠오른다. 수많은 하객들의 축복을 받으며 그녀만의 영원한 궁전을 향해 발을 내딛는다. 그녀의 궁전은 푸르른 산의 중간쯤에 하얀색의 성곽처럼 지어져 있다.

잔잔하고도 아름다운 피아노의 선율이 연주되고 있다. 어디서 들어 본 적이 있던 '사랑의 세레나데'다.

그녀가 한 걸음, 한 걸음, 발걸음을 내딛을 때마다 피아노의 반주소리가 또렷하게 들려온다. 결혼 행진곡의 축가가 울려 퍼지 듯 잔잔하고도 부드럽게 들려온다. 그도 영원한 동반자가 되어 한 걸음씩 발걸음을 내딛는다.

그대 잠드소서.
영원한 천국의 낙원에서
당신만의 보금자리를 가꾸며 영원히.
따스하고 아름다운 사랑이여.
가슴시리고 애달픈 사랑이여.
하룻밤의 나의 꿈이여.

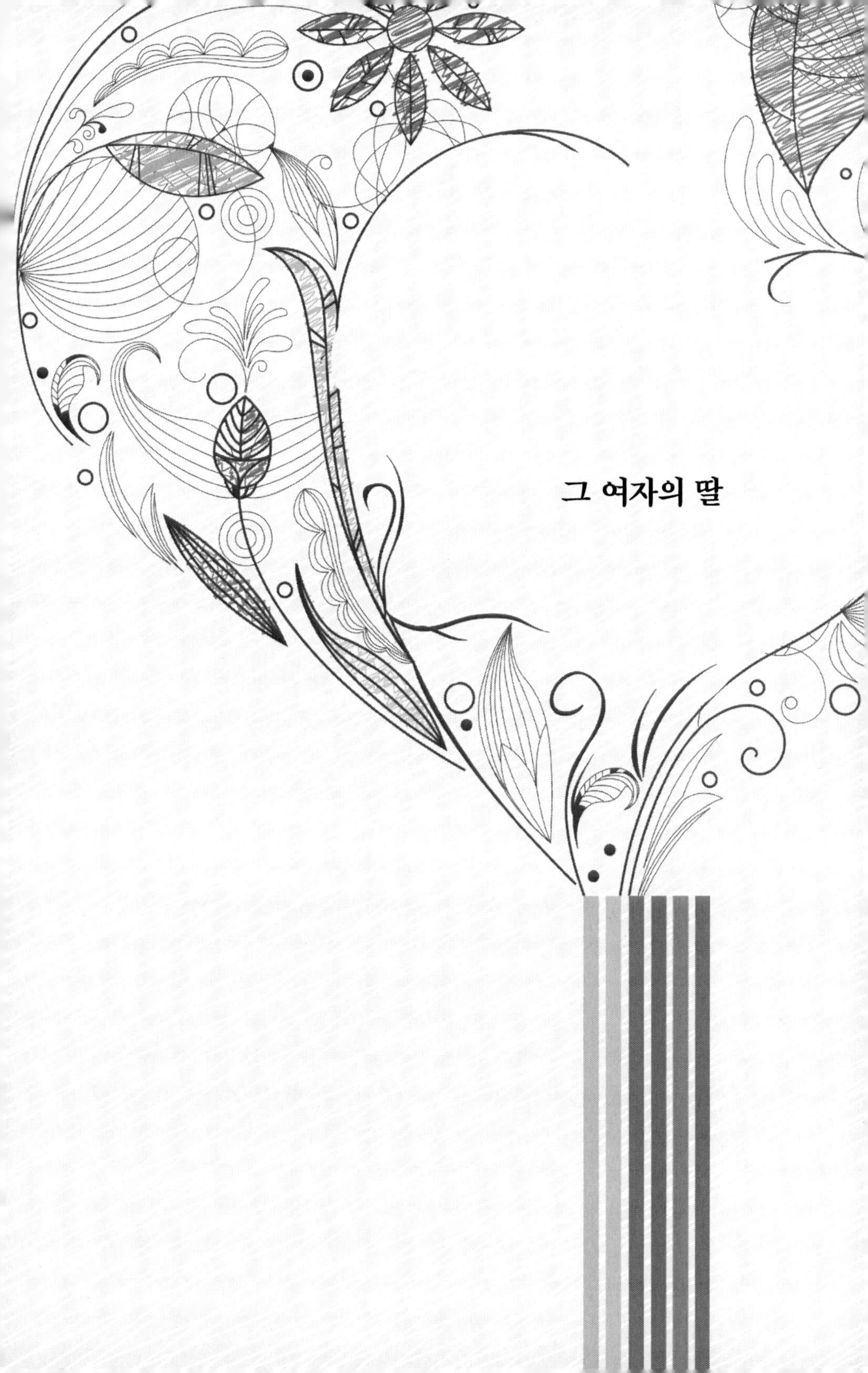

그 여자의 딸

　　세상살이가 참으로 모질고 기가 막히다 못해 어이가 없다. 하나님께서 왜 자신에게 이런 고통과 시련을 주는지 따져 물어 보고 싶은 심정이다. 인생이 허무하기만 하다.

　상현은 수진을 떠내 보낸 후 한동안 실성한 상태로 지내다시피 했다. 처음으로 아름다운 사랑으로 결실을 맺어가는구나 했었다.

　은경과는 추악한 애욕(愛慾)과 더러운 욕정(欲情)이 뒤범벅이 된 채 치정(癡情)적 사건으로 관계가 끝나 버렸었다.

　결혼식까지 치르고 제대로 멋지게 살아 보리라며 새 출발을 했던 민희와는 꽃도 채 피워보지 못하고 10년의 기간을 다툼과 불신의 허송세월로 보낸 뒤 결국은 헤어짐의 아픔을 겪어야만 했다.

　그리고 아름다운 결혼생활을 유지하며 너무도 단란하고 행복하게 살아가고 있던 수진과는 신(神)의 시기심과 질투로 인해 그녀를 떠나보내야만 했다.

　그의 뜻대로 되었던 적이 단 한 번도 없었다.

　세상을 살아 갈 이유가 뭔지 이제 도무지 모르겠다. 방에 틀어박힌 채 멍하니 천장만을 바라보고 누워 있은 지 며칠이 지났는데도 상현은 꼼짝을 않고 있다. 수진의 모친도 팔순을 바라보는 나이에 딸의 갑작스런 죽음으로 충격을 받아 실신을 했고 지금 몹시 위독한 상황이다. 언제 운명을 하실지 모른다. 음식점의 직원들 분위기 또한 말이 아니다.

음식점의 운영은 장윤희 씨가 야무지게 틀어잡고 있어서 그런대로 유지는 되고 있지만 상현마저 저러니 직원들은 쥐죽은 듯 자기의 일만 해나갔다. 마치 절간 같은 분위기이다.

그런데 그의 장모인 수진의 모친마저 급기야 운명을 하셨다는 것이다. 수진과의 이별의 아픔이 치유되기도 전에 또 아픔을 맛보는 상현이다. 정신을 가다듬을 겨를도 없이 장모의 상(喪)을 치러야만 했다. 가슴이 얼얼하고 아리다. 하느님께서 왜 이렇게 큰 고통을 자신에게 주는지 너무도 원망스럽다.

이곳에 계속 머무를 이유가 이젠 없는 것 같다. 세상에서 가장 사랑하던 아내를 떠나보내고도 부족해 그녀의 하나밖에 없는 모친마저 운명을 했는데 어찌 온전한 정신으로 그곳에 남아 그녀의 존재감을 잊을 수가 있겠는가. 그녀와 함께 했던 추억으로부터 가능하면 멀리 떨어져 있는 것이 최선일 거 같았다. 그렇게라도 해야만 티끌만한 정신이라도 남아 있을 거 같았다. 직원들과의 회의를 통해 음식점은 법인화하여 운영하기로 하고 직원들에게 지분의 절반을 골고루 나누어 주기로 마무리를 했다. 직원들이야 남기를 간곡히 바랬었지만 그의 마음이 한결 같으니 직원들도 어쩔 수가 없어 그의 바람대로 모두 하기로 한 것이다. 돌아오는 건 언제든 환영을 하겠다는 그들이다.

그의 나이도 어느덧 50줄에 들어선 지도 몇 년이 지났다. 이젠 세상의 미련도 없다. 아무도 없는, 아니 굳이 말하자면 복잡하지 않은 한적한 곳에서 혼자 살아가고 싶다. 그래서 서해 바다의 탁 트인 전망이 마음에 들어 이곳으로 오기로 했다. 바다가 내려다보이는 적당한 곳의 헌 집을 사서 다시 수리를 하니 그런대로 살 정도는 되는 것 같다. 더구나 여긴 시골집 고향과도 가깝다. 그래서 정신적으로 안정이 되었고 마음은 무척 편안했다. 물론 모든 상처가 온전히 치유 된 거는 아니지만 그런대로 지낼 만은 하다. 금세 1년이 지났다. 그동안 지난날의 아픔을 잊으려 무던히도 애를 썼다. 낚시도 하고 글도 쓰기도 하고 교회에서 직분을 맡아 봉사를 하며 인간관계도 유지해 나갔다. 마을 사람들과도 친해지려 노력했고 그래서 지금은 친구나 형제처럼 지내는 이들이 많이 생겼다. 교회의 여 집사님들이 '남자는 혼자 살면 청승맞게 보인다' 며 여러 차례 여자를 소개해 주려고 했지만 상현은 아직 그럴 때는 아니라고 생각을 했다.

그러던 어느 날 어떤 젊은 여인이 상현을 만나러 왔다는 것이다. 대체 누가 왔는지 감이 오지 않는다. 큰 키에 다소곳하게 보이는 30살이 조금은 넘은 것 같은 여인이었다.

"누구신데 절 만나러 왔다는 것인지……."

"아저씨, 안녕하세요. 기억하실지 모르겠네요."

설령 아는 사람이라고 해도 세월의 흐름 탓에 누구인지의 구별
은 어려운 것이다.

"아니, 전혀요."

상현은 정말 앞에 있는 이 여인이 누구인지 통 알 수가 없었다.

"저 승혜에요. 유 승혜. 전주에서 살았던 그 아이요."

30대의 그 여인이 자신의 신분을 말한다.

"그럼, 자네가 그 꼬마아이 승혜?"

맞다. 그 아이. 그 여자의 딸인 승혜였던 것이다.

"네, 채은경 씨의 딸이에요."

그 여자의 딸 승혜란다. 그런데 왜? 어떻게?

"그렇군. 세월이 참 많이 흘렀네."

"아저씨의 시골집이 어딘지는 어머니에게 들어서 알게 됐어요.
물어물어 다니다가 여기 계실 거라고 친구 되시는 분이 알려 주시
더군요."

"그런데 무슨 일로?"

그 여자의 딸 승혜가 이렇게 오랜 세월이 흐른 후에 갑작스럽게
찾아올 리가 없다. 분명 엄마의 아픔과 상처를 알고 따지러 왔거
나 그녀 나름의 어떤 판단이 생겨서 찾아 왔음이 분명하다.

"어머니께서 몇 년 전에 운명하셨어요. 생전에 어머니는 아저씨
와의 일을 무척 후회했어요."

그녀의 딸 승혜가 모친의 소식을 전한다. 그런데 운명이라니. 아
직도 한창 젊은 나이인데. 살아갈 날이 많은 청춘과도 같은 나이인데.

"미안하네. 내가 어리석었어."

그녀의 딸의 '후회'라는 말이 그의 가슴을 찌르는 듯 아프다. 상현 그 자신은 수감 생활을 하고 나오면 그만이지만 은경 그녀는 육신의 상처를 매일 마주해야 한다. 지금 와서 생각해 보면 참으로 못난 객기(客氣)이고 어리석은 행동이었다. 승혜에게 미안하고 면목이 없다.

"아니에요. 아저씨 잘못을 말하려는 게 아니에요."

승혜가 강하게 부정을 한다.

"그런데 어떻게 운명을 하신 것인지."

"우울증이 심하셨는데 결국은 스스로 목숨을 끊으신 거예요."

"우울증으로 자살을 하신 거라고?"

은경이 자살로서 생을 마감했다는 말에 상현이 놀라며 묻는다.

"네. 엄마는 아저씨와의 그 일이 있었던 1년 후 재혼을 하셨는데 사람의 만남이 마음대로 되는 것은 아닌가 봐요."

"왜? 어머니에게 무슨 일이 있었던 건가?"

자연스럽게 그 여자의 지난날들에 대한 이야기를 하는 상황이 되어버렸다.

"아저씨와의 일로 친부(親父)와는 이혼을 하고 새아버지인 세무사와 한 1년을 살았어요. 그런데 같이 살면서 사람이 완전히 변하는 거 있죠."

듣고 보니 그 세무사라는 그 사람일 거라 짐작이 간다. 승혜는 모친인 은경과 세무사와의 관계를 전혀 모르는 것 같다.

"직업이 세무사였다고?"

"네. 나이 차가 많았는데 같이 살자마자 엄마를 마치 바람난 여자처럼 보시더라고요. 새 아빠의 전처와 이혼을 한 후 바로 엄마랑 살게 됐는데 엄마에게 무슨 감정이라도 있었던 것처럼 하시는 거예요."

"……"

물 한 잔을 마신 후에 승혜의 이야기는 계속 이어졌다.

"정말 치가 떨릴 정도로 변하니까 엄마도 정을 떼시더라고요. 1년 정도 사시다가 바로 헤어진 뒤 그 뒤론 쭉 혼자 사셨어요. 그때부터 우울증이 생기시기 시작하더니 나중엔 점점 심해지셨어요. 알츠하이머 증세도 나타나기 시작했고요. 그러시면서 마음이 좀 편안하시곤 할 땐 아저씨 이야기를 참 많이 하셨어요. 어머니 자신이 잘했어야 했다고. 아저씨 같은 남자는 세상 어디에도 없을 거라고. 아저씨만큼 엄마를 진실로 사랑하셨던 분은 없었다고요. 항상 아저씨에게 미안한 마음을 가지고 계셨어요."

상현도 은경과의 지난날 들이 주마등(走馬燈)처럼 흘러가는 듯 두 눈을 지그시 감고서 이야길 듣고 있다.

"내가 자네 엄마에게 죽을죄를 지었네. 나 때문에 자네와 자네의 모친이 고생을 한 거네."

승혜의 말을 듣고 보니 이 모든 일들은 자신의 못나고 어리석은 생각과 행동 때문이라는 게 뒤늦게나마 깨달아진다.

"물론 처음엔 아저씨를 몹시 증오하고 미워하셨어요."

"다시 한 번 미안하네."

그의 마음을 뒤늦게나마 전해본다.

"엄마가 돌아가시기 전에 써놓은 글이 있어요."

그녀가 생전에 그에 대해 썼다는 글을 그녀의 딸 승혜가 대신하여 상현에게 전한다.

당신에게 이 글을 전해 봅니다.

먼저 당신이란 사람에게 이렇게나마 마음을 전할 수 있어 행복합니다. 그리고 나의 무거웠던 마음의 짐을 홀가분하게 벗고 갈 수 있어 다행입니다. 그동안 나란 여자를 아주 많이 미워하시고 욕도 많이 하셨겠죠? 나도 알아요. 나도 역시 그때 그 일이 있었던 당시에는 당신한테 그랬답니다. 나도 그땐 당신이 죽이고 싶을 만큼 정말 미웠으니까요. 하지만 세월이 지나가고 많은 사람들을 만나며 살아가다 보니 그래도 당신과 함께 했던 그 세월들이 가장 행복했고 즐거웠던 시간이었던 거 같습니다. 당신은 나에게 육신의 고통의 아픔은 주었지만은 그건 나의 잘못도 있기에 덮어두고자 합니다. 당신이 나를 진실로 위하고 사랑했었던 것을 나는 알고 있습니다. 세상에 당신과 같은 남자가 어디 있을까요! 적어도 당신은 나에게 위선의 영혼은 팔지 않았으니까요. 당신과 함께 했던 그때를 회상해 보노라면 나의 마음까지도 편안해지고 가슴은 뜨거워집니다. 당신의 사랑을 뒤늦게나마 깨닫습니다.

고맙습니다. 나에게 아름답고 소중한 추억거리를 만들어 주어서. 진심이에요.

당신이 아니었다면 나의 가슴엔 황량함만이 자리해 몹시도 쓸쓸해했을 겁니다. 달콤한 사랑을 느낄 수 있는 지난날이 있어 행복합니다.

나는 요즈음 정신이 오락가락 한답니다. 내가 정신이 나가 있을 땐 당신만 찾는다고 합니다. '상현 씨, 당신을 사랑해. 근데 어디 갔어? 빨리 와. 보고 싶어' 이런데요. '박상현, 그 남자가 그래도 제일 멋진 남자였어'라고 딸에게 그런데요. 호호, 세상에.

상현 씨, 그 때 당신의 프러포즈를 내가 외면하지 않고 받아 들였더라면 어찌 되었을까요? 처음엔 세상의 눈치들 때문에 좀 그랬겠지만 아마 우린 잘 살았을 거 같아요. 요즘 보세요. 연상연하 커플도 많고 이혼녀와 총각의 결혼도 엄청 많잖아요. 그런 면에서 우린 시대를 앞서간 사람인 셈이네요. 나이차야 1살밖엔 안 되지만.

상현 씨, 당신의 그 열정적인 사랑의 마음 나의 가슴에 꼭 보듬고 갑니다. 부디 아내 되시는 그 분도 나에게 하셨던 만큼 사랑해 주세요. 죄송해요. 못난 나를 용서해 주세요. 그리고 고맙습니다. 사랑합니다.

2017년 5월의 어느 맑은 날, 예쁜 꽃을 바라보며
당신의 여인으로 남고 싶은 여자 은경으로부터

예쁜 꽃 그림이 그려진 편지지 위에 예쁜 글씨로 써 내려간 편지였다. 왠지 가슴이 뭉클해진다. 지난날이 너무도 후회스럽고 안타깝기만 하다. 조금만 냉정해지고 미련 따위만 갖지 않았더라면 서로에게 이런 후회나 아픔은 없었을 것이다.

그녀는 그녀대로 육신의 아픔과 함께 주위 사람들로부터의 비난과 멸시를 고스란히 받으며 살아 왔을 것이며, 딸에 대한 엄마로서의 부도덕함이라는 멍에의 굴레를 오랫동안 짊어진 채로 살아야만 했을 것이다.

상현 역시 그때 그 일로 인해 오랜 수감 생활을 보내야만 했고 이후론 자기의 능력이나 적성과는 상관없는 막노동의 일을 주업으로 하며 살아야만 했다. 그리고 평탄치 않은 결혼생활과 이혼, 재혼과 아내의 죽음 등 한 사람이 그동안 받았던 업보(業報)라고 하기엔 너무나 크고 무거운 일들을 겪으며 살아야만 했다.

이제는 그녀를 놓아 주어야 한다. 미움과 증오의 가시덤불을 모두 치워버려야 한다.

사랑과 자비의 마음으로 그녀를 이해하고 감싸 안아야 한다.

그녀와의 사랑을 아름답고 소중하게 지켜 나가야 한다.

그녀의 영혼의 평안함을 위해 기도하며 살아야 한다.

그녀를 만났다. 하얀 옹기 단지 속에 한 줌의 재로 자리하고 있는 그녀였다. 자꾸만 눈물이 나고 가슴이 아팠다. 너무도 후회가 되고 죄스럽기만 했다. 그녀와 그녀의 딸과 셋이 함께 찍었던 선유도(仙遊島)에서의 사진이 행복했던 그 시절의 선명한 영상을 남기며 걸려 있었다. 액자 속의 그녀는 너무도 즐겁고 행복해 하는 미소를 띠우고 있는 밝은 표정이었다. 천사보다도 더 아름다운 여인이 거기 있었다. 그 옆의 어린 꼬마 아이 승혜의 모습이 귀엽고 사랑스럽다. 그리고 그 옆의 상현 그 자신의 20여 년 전의 모습이 마치 한 가족의 분위기와도 같다. 그녀는 그때의 그 순간들을 가장 그리워하고 행복해 했던 것이다. 아마 그녀의 인생의 여정이 그리 순탄치만은 않았고 그리 행복하지를 않았기에 한 때의 행복했던 그 순간들이 강렬하고 짜릿할 수도 있으리라 생각하니 조금은 쓸쓸하기도 하다.

"아저씨, 전 그때 그 당시의 아저씨의 마음을 이해해요. 어떤 남자가 자기 여자를 사랑하지 않는 남자가 있겠어요? 절대로 자책하시거나 죄책감 같은 건 갖지 마세요."

승혜가 위로를 해준다.

"나의 행동까지도 정당화될 수는 없는 일 아닌가."

승혜의 말이 귀에 들어오지 않는다. 은경이 이런 극단적 선택으로 생을 마감하게 된 가장 큰 원인이 바로 자신에게 있는 것이다. 그 때 그 일이 없었다면 은경의 운명 또한 달라져 있을 것이다.

"엄마는 진심으로 당신의 지난날의 자신의 모습을 후회를 하셨고 아저씨에게 용서를 구하고자 했었어요. 엄마가 아저씨를 속였고 아저씨를 농락했고 아저씨를 이용한 거잖아요. 엄마의 어쩔 수 없는 삶의 한 방법이었을 거라고 아저씨께서 너그럽게 이해해 주세요. 물론 아저씨의 행동이 조금은 과격했고 위험했던 건 사실이지만 엄마를 그만큼 사랑했기 때문에 그렇게 표현이 되었다고 저는 생각해요."

승혜는 당돌하고도 야무지게 자신의 생각을 나타내고 있었다. 엄마의 남자였던 상현의 못난 행동까지도 감싸 안고 이해를 한다는 것이다.

"자네를 보니 다시 한 번 미안하고 죄스럽네. 든든하기도 하고."

상현은 승혜와의 대화 내내 미안하다는 말을 반복했다. 그만큼 그도 그녀를 사랑했었지만 배신감과 함께 상실감도 컸었다. 과거를 들추어봤자 아무 소용이 없겠지만 어찌됐건 그때 그 일이 있었던 이후로 두 사람과 그들의 주변의 많은 사람들까지도 송두리째 인생이 뒤바뀌어지고 뒤죽박죽이 된 건 부인할 수 없는 사실인 것이다.

저녁노을이 예쁘게 물들어지고 있다. 그녀를 홀로 남겨두고 그녀의 딸과 함께 발길을 돌린다.

추모공원에서 내려오는 발길이 무겁다.

부디 좋은 곳에서 편히 잠들 수 있기를 간절하게 기도 할뿐이다.

그녀의 유해(遺骸)가 안치(安置)되어 있는 추모공원을 다녀 온 뒤 상현은 먼 바다를 바라보며 홀로 있는 날이 많아졌다. 거의 일주일가량을 집에만 있었다.

세월의 덧없고 무상함이 뼛속 깊이 느껴지는 요즘이다. 그녀 은경과의 일들을 겪은 지가 20여 년이 지난 먼 과거의 일인데도 마치 얼마 전의 일인 양 생생한 파노라마(panorama)가 되어 회상된다. 순수한 백합화처럼 아름다운 사랑이리라 믿었던 그 사랑이 세상에서 가장 더럽고 추악한 오욕과 정욕의 찌꺼기로 변질되어 질 때의 그 역겨움은 당해 보지 않은 사람은 이해할 수도 없을 것이다. 그런데 그녀가 진심으로 지난날들에 대한 후회와 반성의 생활을 했었고 상현 그를 사랑했었다는 소식을 들었을 때 그의 가슴이 도려내듯이 아팠었는데 그녀의 죽음은 그를 패닉(panic) 상태로 만들어 버렸음이라.

"아저씨 도대체 이렇게 넋이 나간 상태로 계시다가 무슨 일이라도 생기시면 어쩌시려고요."

승혜였다. 은경 그녀를 만나고 온 뒤 한사코 이곳에 머무르며 있겠다는 그녀의 딸을 심하게 나무라서 돌려보냈었다. 그런데 그 아이가 다시 이곳에 나타났다. 마치 자신이 진짜 그의 딸인 양 상현에게 말한다.

"또 뭣하러 왔는가."

상현이 버럭 화를 낸다.

"아저씰 혼자 이렇게 두고는 도저히 잠이 오지 않았어요. 아저씨 모시고 살려고 아예 내려 왔으니까 가라는 말씀은 하지 마세요."

그런데 이건 또 무슨 소린가. 참으로 당돌한 소리를 하고 있다. 막무가내로 방에 들어와 상현의 팔을 붙잡아 일으켜 세우려 한다. 정말 그의 딸처럼 말이다.

아니 승혜는 이미 그의 딸이자 분신이었다. 하나밖에 없는 소중한 딸이었다. 하나밖에 없는 딸아이를 든든하게 키운 그녀가 대견하다.

푸르른 서해 바다를 바라보며 잠시나마 회상에 잠겨본다. 그래도 그녀에게 주었던 사랑이 헛된 사랑은 아니었나 보다. 그녀는 진정 천사였다. 세상에서 가장 소중한 걸 모두에게 깨우쳐주고 이슬같이 사라진 고귀한 꽃송이였다. 보석같이 찬란한 빛을 발하며 영롱하게 홀로 피어 있는 아름다운 꽃, 꿈속의 바람꽃이었다.

상현의 두 눈가에서 뜨거운 슬픔의 눈물이, 사랑의 눈물이 흘러내린다.

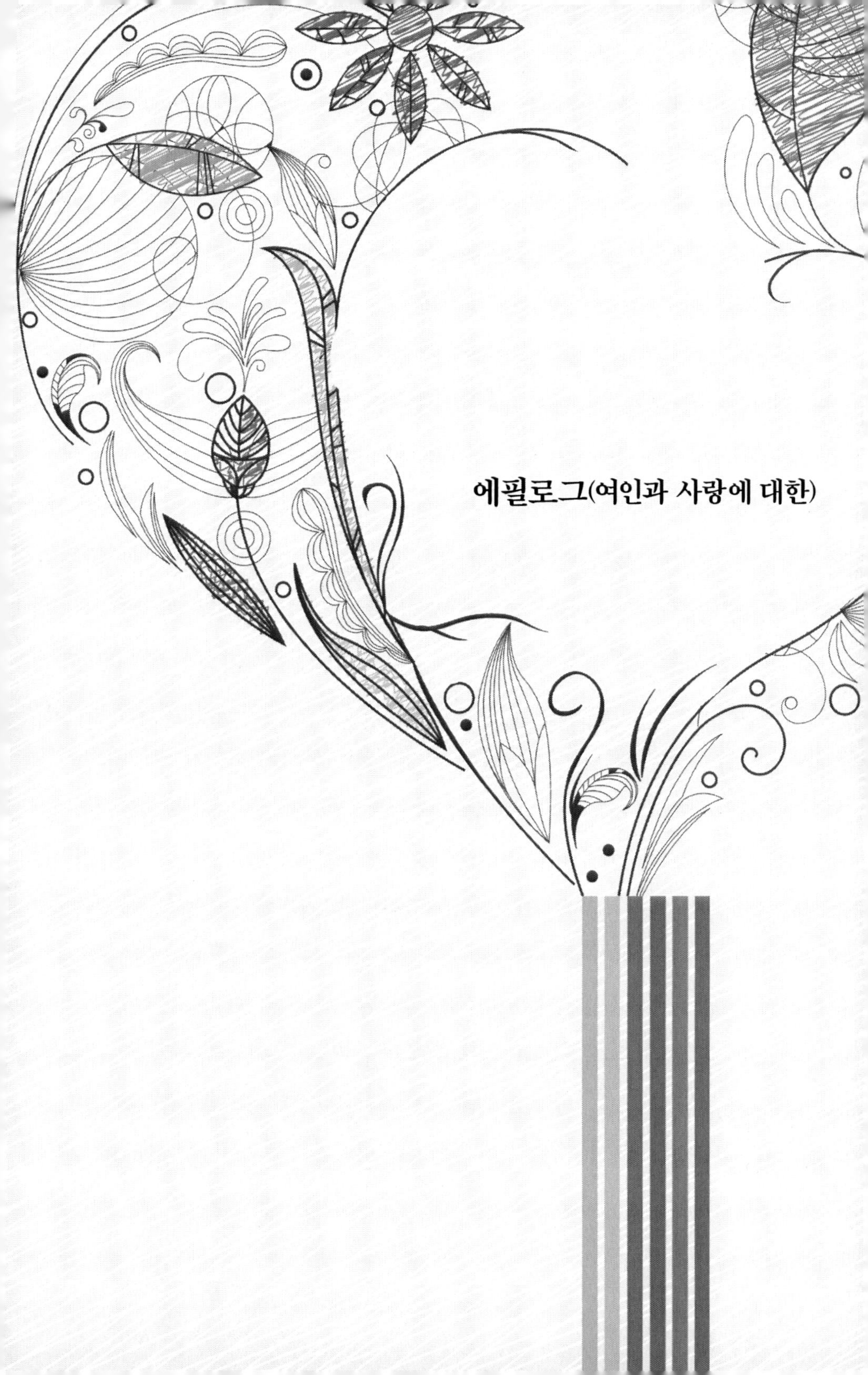
에필로그(여인과 사랑에 대한)

● ● ●

　　　인생을 살아가는 데 있어 남자에게 여자라는 존재는 꼭 있어야 할 대상 중 첫째이다. 물론 여자에게도 남자라는 존재는 꼭 필요한 대상이다. 존재의 이유가 함께 살아 갈 배우자의 이유일 수도 있고 때론 이성적 교감의 상대로서의 이유일 수도 있다. 친구나 동료로서의 이유일 수도 있다. 아니면 그저 성적(性的)인 욕구 충족의 대상으로 남자와 여자의 존재 이유를 국한(局限)할 수도 있다. 하지만 남자와 여자를 단지 성적인 대상으로만 인식한 다면 그건 하등 동물의 그것과 다를 바가 없다. 남자와 여자라는 구분이 아닌 수컷과 암컷이란 구분이 더 어울릴 것이다. 남자와 여자, 서로 분리해서 생각할 수 없는 상호보완적 존재로서 이해해 나가는 것이 올바른 방법이 아닌가 싶다.

　신이 태초에 우리 인간을 창조했을 때 '생육하여 번성하고 땅에 충만케 하라'고 했다. 남(男)과 여(女)의 진실 되고 아름다운 사랑의 행위를 통하여 자녀를 잉태하여 낳고, 키우고, 사람으로서의 인격 함양에 애쓰고 그 결과로 한 세대는 부모의 세대를 따라 배우고 익히며, 자손에겐 배우고 익힌 걸 그대로 물려주는 전통을 이어나가는 걸 인간의 기쁨이자 최고의 가치가 되도록 가르쳐 주었다. 배우자를 위해 희생을 하고 배우자를 위해 헌신하도록 만들었다. 그러나 언제부터인가 우리 인간은 음란과 쾌락에 빠져 스스로 타락해지기 시작했다. 사랑의 위대함을 망각하고 있다. 이런 말을 하는 내가 성인군자도 아니고 많은 일반 사람들과 똑같은 평범한 부류의 인간이다. 나 역시도 음란과 쾌락에 빠져 인생의 소중한 일부분을 허비했고 지금 그 죗값을 톡톡히 치르고 있다. 난 만약 다시 태어난다면 정말로 내가 사랑하는 여자와 이해하고 아끼며 그녀만을 위해 헌신하고 사랑하고 싶다. 사랑의 이상향을 만들고 싶다. 영원히 한 여인만을 사랑하고 싶다. 만약 그녀의 목숨을 대신해야만 하는 상황이 찾아온다면 기꺼이 즐거운 마음으로 그러하고 싶다. 사랑은 위대하고 소중하다. 사랑은 인간이 표현할 수 있는 세상에서 가장 가치 있는 행위이다.

　　세상을 살아가는 수많은 사람들의 사랑의 방식은 사람의 수만큼이나 헤아릴 수 없이 다양하다. 남자에게 있어 여인이란 대상의 존재감은 가장 위대할 수도 있고 여흥(餘興)의 수단처럼 가벼울 수도 있다. '남자라면 여자를 다룰 줄 알아야 한다'느니 '여자를 즐길 줄 알아야 진짜 남자'라느니 하며 남자임을 과시하기도 한다. 난 이러 부류의 인간들을 제일 경멸한다. 여자에게도 자존심이 있고 인격이 있다. 여자는 남자의 장식품이 아니며 소유물도 아니다. 내가 장사를 할 때의 일이 생각난다. 3천 원짜리 떡을 사면서 '왜 이리 비싸냐', '만 원에 5개를 줘라', '그렇게 안 팔려면 말아라'며 온갖 모욕과 무시를 했던 남자들이 있었다. 난 '그렇게는 팔 수 없으니 가게 가서 사 드시라'며 거절한 적이 수없이 많았었다. 그들은 자리를 뜨면서 나에게 온갖 욕설과 행패를 부리기도 했고 장사를 방해하기도 했었다. 그런데 그들이 떠나고 난 뒤 그들의 주머니에서 흘러나온 카드 영수증이 내가 그들을 경멸하게 한 주된 이유가 되었다. '은하수 카페', '실낙원 주점', '미시클럽' 등이 선명하게 적혀 있는 영수증이었다. 그리고 나의 두 눈을 의심하게 만든 '3,500,000원', '2,300,000원', '17,000,000원'의 결제 금액 이었다. 이런 일들이 비일비재(非一非再)했다. 자신들의 쾌락과 유흥(遊興)에는 수백, 수천만 원의 돈을 아낌없이 물 쓰듯 하면서도 타인의 수고에는 눈곱만큼의 아량도 없는 냉혈 인간쓰레기들! 그들은 여자를 자신의 쾌락과 유흥의 대상으로만 여겼던 것이다. 여인들 역시 그녀들의 물질적 풍요를 추구하기 위해서, 그녀들의 쾌락을 즐기기 위해 남자들에게 기꺼이 그녀들의 품속을 허락했음이라. 사랑과는 거리가 먼 육체의 거래이고 영혼의 파멸적 행위이리라. 물론 세상의 모든 인간들이 다 그러한 것은 아니다. 이 세상에는 고귀한 사랑을 실천해 나가는 사람들도 많고 각자의 위치에서 묵묵히, 열심히 살아가는 사람들도 많이 있다. 부부로서의 사랑의 행위를 행하기도 하고 부모와 자식으로서의 사랑의 행위를 행하기도 한다. 친구의 관계로서, 이웃의 관계로서, 사회·국가의 구성원으로서 사랑의 행위를 행하기도 한다. 모두가 고결한 사랑의 모습들인 것이다.

나는 동성애(同性愛), 즉 레즈비언(lesbian), 게이(gay), 이런 사랑의 방식들은 별로 좋아하지 않는다. 그들은 항변(抗辯)할 수도 있을 것이다. '사랑은 금전적 가치로 환산할 수 없다.' '사랑은 누구나 향유할 수 있는 인류 공통의 무형의 대상이다.' '남녀 간의 사랑만이 전부가 아니다.' 물론 틀린 말은 아니다. 아니 전부 다 옳은 말이다. 하지만 조물주가 태초에 인간을 창조했을 때의 근본적인 목적에서 벗어나지 않아야 한다. 정상적인 관계를 통해 교제를 하고 혼인을 하고 자녀를 낳아 기르는 일, 진정 아름답고 가치 있는 사랑의 행위이다. 미혼인 젊은이들의 교제는 언제 보아도 참으로 아름답고 한편으론 부럽기도 하다. 에너지가 넘치고 감정이 충만한 상태에서의 만남은 싱그럽게만 보인다. 젊은이가 아닌 조금 나이가 있거나 사별(死別)을 했거나 또는 이혼한 사람이 자기의 연인이나 인생의 배우자를 얻기 위해 벌이는 구애의 행위 역시 자연스럽고 당연한 사랑의 행위이다. 하지만 이러한 행위를 벗어나 자신의 육체적 쾌락과 향락만을 쫓는다면 그들의 종말은 파멸뿐이다. 앞에서 말한 동성애, 레즈비언, 게이들의 사랑이라는 행위들이 생활과 정서들을 공유하고 감정을 교류하며 정신적 만족을 추구하는 그러한 관계라면 아무런 이야기꺼리도 될 수도 없다. 하지만 더럽고 불결한 섹스 내지는 육체의 쾌락을 함께 즐기는 행위에 바탕을 둔다면 난 그들의 행위들을 경멸하고 저주할 것이다.

사랑은 어디까지나 플라토닉 러브(platonic love)이어야 한다. 에로스(eros)적인 사랑은 배우자나 연인에게나 가끔씩 필요할 뿐이다.

요즈음의 세태는 참으로 기묘하고도 이해 불가하다. 오로지 쾌락과 향락만을 좇아 거리를 방황하고 먹잇감을 사냥한다. 남자와 여자 모두 예외가 없이 타락의 노예가 되어 간다. 결혼을 한 사람들까지도 타락과 파멸의 행렬에 동참을 한다. 배우자는 집안에서만 배우자일 뿐이다. 애인을 한두 명 가지고 있지 않으면 바보 소리 듣는 세상이다. 배우자에게 성심을 다해 충실히 임하는 사람은 고지식하고 전근대적인 사람쯤으로 치부를 해버린다. 뭔가 쇼킹하고 솔깃한 것에는 열광하며 혁신적이고 진보적이라고 치켜세운다. 참으로 통곡할 일이다. 조물주께서 우리 인간을 처음 창조하셨을 때의 목적은 '서로 아끼고 사랑하며 자손을 번성케 하여 이 땅에 충만하게 하라'는 것이었다. 숭고하고도 고결한 사랑을 통해 온 세상이 풍요롭고 아름다운 세상이 되라는 게 창조주가 우리 인간에게 부여한 임무였다. 난 배우자가 아닌 이성(異姓)에 대해서는 그냥 즐기는 대상으로는 생각하고 싶지 않다. 도덕과 윤리에서 벗어난 쾌락의 종말은 그들 인생의 종말이기도 하다. 서로를 아끼고 사랑하는 아름다운 인간이기를 소망을 한다. 신이 우리 인간에게 허락한 최고의 선물이리라. 자신의 아내를 사랑하고 자신의 아내를 위해 살아가는 삶보다 아름답고 멋진 삶은 없을 것이다. 이 땅의 남자들이여, 세상에서 제일 사랑하는 여인, 아내를 위해 살자. 여인들이여, 남편을 사랑하며 살자.

-The End-

작가 후기

나는 어렸을 때부터 글쓰기를 좋아했다. 학교 수업이 파(破)한 후 집에 오면 마땅히 즐길 수 있는 꺼리가 없었다. 쓸쓸하거나 외롭다고 느껴지면 난 노트 한 권과 연필 한 자루를 들고 나만의 아지트로 향한다. 나의 아지트는 풍광이 멋진 곳에 자리하고 있었다. 집 근처의 환경은 나의 정서에 많은 영향을 미친 포근하고 안락한 그런 곳이었다. 드넓은 간척지의 평야가 펼쳐져 있고 푸르른 서해 바다가 눈앞에 드리워진 바닷가의 작은 마을이었다. 싱그럽고 상쾌한 기분은 뭐라 형용할 수 없었다. 시작(詩作)을 하고 일기도 쓰기도 하고 또 때로는 인생에 대한 설계도 해 보기도 했다. 상념이 있을 땐 그 상념을 말끔히 씻어 주는 그런 곳이었다. 나의 정서에 많은 영향을 미친 나의 고향이었다. 그렇다고 내가 글을 쓰는 솜씨가 있다는 것은 아니다. 나에게 조리 있는 말솜씨가 없다보니 말보다는 글로 표현하는 데 조금 더 익숙할 뿐이다. 대학을 졸업하고부터는 언젠가 꼭 한 번 나의 생각이나 느낌 또는 나의 이야기들을 글로 표현해 보고 싶은 마음이 있었다. 시(詩)는 약 100여 편 이상을 써서 보관하고 있었으나 부부싸움을 한 이후에 모두 없애 버렸다. 이 소설 역시 그때 다 없애 버린 걸 1년 전부터 다시 추론하고 재구성해서 쓴 것이다.

　10여 년 전, 나는 한 여자를 너무도 좋아하고 사랑한 적이 있었다. 그녀의 모든 것을 사랑했었고 그녀의 모든 것을 믿었었다. 첫 사랑이었고 첫 여자였었다. 하지만 사랑의 말로(末路)는 너무도 끔찍하고 소름이 끼쳤다. 그리고 나는 죄의 대가(代價)를 받았고 지금은 지나간 과거의 일일 뿐 지극히 평범하고도 부지런한 소시민으로 살아가고 있다. 이 글을 읽은 독자들이 '나(상현)'라는 인간을 어떻게 생각하실지 어떻게 판단하고 계실지 솔직히 궁금하기도 하고 두렵기도 하다. 아니 너무 무섭다. 하지만 난 언제나 한 남자로서, 한 여자를 위해 한 가정을 위해 열심히 살아 왔음은 부인할 수 없는 사실이다. 지금 이 순간까지도 나는 한 여자를 사랑하고 있고 한 가정을 위해 열심히 살아가고 있다. 진정 소중한 가치는 사랑이리라. 사랑하는 사람이여, 당신을 사랑합니다. 영원히, 영원히.

　세상은 살아갈 만한 가치가 있는 곳이라고들 말한다. 나의 눈에 보이는 세상 역시 너무도 아름답고 영롱히 빛나 보인다. 그러한 아름다운 공간 안에서 누군가를 사랑하고 사랑하는 사람을 위해 자신의 모든 것을 다하고 위했을 때의 그의 인생은 가치 있고 소중히 느껴질 것이다.

　나는 이 소설을 사실적 정황을 토대로 하여 솔직하게 쓰고자 노력했다. 제목 또한 나의 여인에 대한 솔직한 사랑의 마음을 노래하고 싶어 '내 마음의 칸타타'라는 제목을 붙였다.

은경과의 관계에 대해 위의 내용대로 마무리한 연유는 그녀에 대한 나의 죄스러운 행위들이 미안하기 때문이다. 요즘 말로 쿨하게 헤어지지를 못하고 미련을 갖고 연연해했던 나도 그리 좋은 남자는 아니기 때문이다. 하지만 그땐 그 여자가 인생의 전부인 줄 알았다. 첫사랑이었다. 그런데 나의 기대와는 너무도 많이 달라져 있는 사건들 앞에선 나도 나 자신을 통제할 수 없었다. 어쨌든 나의 행위는 정당화될 수는 없다. 정말 좋은 사람 만나 행복하게 사는 그녀가 되길 진심으로 바랄 뿐이다.

그리고 혹 나의 글이 베스트셀러라도 된다면 그녀에게 사람으로서의 도리를 뒤늦게나마 하고 싶은 것이 솔직한 심정이다. 그녀의 화상에 대한 성형 치료비라도 뒤늦게나마 부담해 주고픈 솔직한 마음이다. 그런 날이 올 수 있기를 간절히 기도해 본다.

그리고 아내인 민희에 대해서는 솔직히 미안한 마음도 든다. 하필 왜 이런 내용으로 자신을 표현하냐고 할 것임은 자명한 일이다. 하지만 그건 민희가 판단하고 결정할 일이다. 난 그저 그녀가 너그러이 이해해 주었으면 하는 바람을 가져볼 뿐이다.

　솔직히 결혼 초의 우리의 모습은 전혀 아니라고는 할 수 없기 때문이다. 사실 소설 속의 내용이 맞는 부분도 많다. 하지만 그녀는 이제 아름다운 여인으로 돌아와 나의 가장 소중한 사람으로 남아 있다. 나도 변했지만 그녀도 변했다. 이제 우리는 서로를 위해 헌신하고, 서로를 열렬히 사랑한다. 난 아내를 사랑한다. 진정 그녀를 위한 일이라면 죽을 각오도 되어 있다.

　'당신의 아량으로 이 못난 남자 부디 이해해 주기를 진심으로 바랄 뿐이오. 사랑하오, 여보.'

　수진의 경우는 99% 허구의 내용으로 소설을 썼다. 은경과의 이루어질 수 없었던 가슴 아픈 사랑과 아내인 민희와의 아름다운 결혼 생활에의 소망을 수진이란 가상의 여인을 통해 위안을 삼고자 하지 않았나 하고 스스로 생각해 본다.

　독자 여러분들의 격려에 감사드리며 모두가 아름다운 사랑을 이루어 가는 여러분이 되시기를 진심으로 바란다.

2013년 8월 어느 더운 날

박 상 현